시드 2권

김형신 판타지 장편 소설

초판 1쇄 찍은 날 § 2009년 5월 7일
초판 1쇄 펴낸 날 § 2009년 5월 16일

지은이 § 김형신
펴낸이 § 서경석

편집장 § 문혜영
편집책임 § 정서진
편집 § 주소영

펴낸곳 § 도서출판 청어람
등록번호 § 제1081-1-89호
등록일자 § 1999. 5. 31
어람번호 § 제2-1051호

주소 § 경기도 부천시 원미구 심곡2동 163-2 서경B/D 3F (우) 420-822
전화 § 032-656-4452 팩스 § 032-656-4453
http://www.chungeoram.com
E-mail § eoram99@chollian.net

ISBN 978-89-251-1796-6 04810
ISBN 978-89-251-1794-2 (세트)

The Seed

시드

김형신
퓨전 판타지 소설

FUSION FANTASTIC STORY

김형신 퓨전 판타지 소설
FUSION FANTASTIC STORY

THE 시드 SEED

2 |둘|

청어람

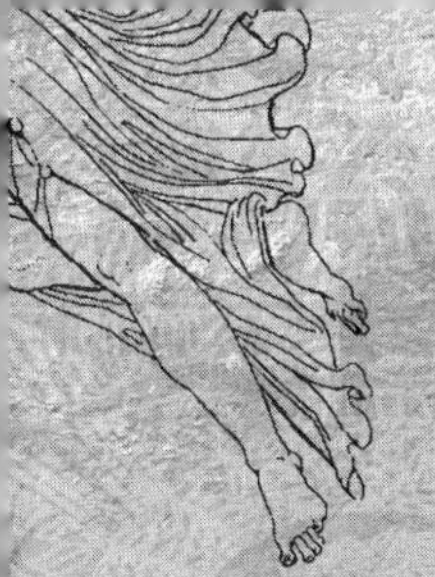

Contents

Chapter 01
5년후

　　모두가 잠든 새벽 시간, 그는 잠든 지 세 시간 만에 깨어나 밖으로 나갔다.

　　새벽의 밤하늘에 물든 검은 머리카락과 눈동자를 보유한 18~20세의 남자는 먼저 차가운 공기를 폐 깊숙이 들이마시며 정신을 깨웠다.

　　그 후, 가볍게 몸을 풀고 달리기 시작했다.

　　한 시간 동안 쉬지 않고 달린 후, 집 근처 언덕에 올라 자리를 잡고 앉았다.

　　풀이 남자의 무게를 이기지 못하고 기울었고, 그는 천천히 호흡을 유지하면서 두 눈을 감았다.

그의 두 손에는 귀족들, 그중에서도 돈이 많거나 특별히 강해지고 싶은 이들이 찾는 상급의 마나스톤 두 개가 쥐어져 있었다.

사아아악.

마나가 몸속으로 밀려들어 왔다. 남자의 표정에 따스함이 깃들었다.

맞은편에서 해가 뜨며 남자의 모습을 비췄다. 남자답게 선이 굵은 잘생긴 외모였다.

"시엘 오빠!"

그가 마나 호흡법을 시작한 지 세 시간 정도가 지났을 때다.

천천히 고개를 돌리자 한 소녀가 시야에 들어왔다. 은빛의 머리카락을 허리까지 기른 채 환한 미소를 머금고 있는 예쁜 소녀.

봄날의 갓 피어난 꽃처럼 활발한 기운이 넘쳤다.

올해 열네 살의 고아 소녀 메리아였다.

"응. 잘 잤어?"

"헤헤, 오빠는? 오늘도 몇 시간 안 자고 수련했지?"

그는 웃는 얼굴로 고개를 끄덕이며 자신의 옆에 앉은 메리아의 머리카락을 쓰다듬어 줬다. 그러자 메리아는 기분이 좋아져 볼이 불그스름해졌고, 그의 어깨에 얼굴을 기댔다.

"나는 진짜 오빠가 걱정된다 말이야. 매일 그렇게 잠도 안 자고."

“괜찮아. 지금의 난 그 정도만 자도 충분해. 예전에는 몇날 며칠을 안 자도 문제없었어.”

“그래도……”

메리아는 입술을 삐죽 내밀었다.

자신의 오빠가 또래에 비해 특별하다는 사실은 잘 알고 있다.

지식은 물론 검술 실력 역시 고아원 그 누구도 상대할 수 없으니. 오죽하면 용병들조차 검법을 배우고 싶다고 조를 정도였다.

그럼에도 메리아는 염려를 떨칠 수가 없었다.

많이 자도 하루에 세 시간, 적게 자면 한 시간 정도 자면서 수련에 열중했다.

사람이라면 최소한 하루에 여섯 시간은 자야 한다고 들었는데…….

“에잇! 오빠가 그렇다면 그렇겠지! 밥 먹으러 가자!”

“응. 배고파 죽겠어.”

그는 수련을 더 하고 싶은 마음이었지만 메리아의 마음을 잘 알기에 배고픈 척 일어섰다.

“그래, 오늘이구나. 준비는 됐느냐?”

“네, 그동안 고마웠습니다.”

그는 입안 가득 씹고 있던 음식물을 삼키며 맞은편에 앉아 있는 노인, 바실에게 진심을 담아 대답했다.

"내가 도와줄 일은 없고?"

"괜찮습니다."

이곳에 고아원을 설립하고 갈 곳 잃은 아이들을 자식처럼 키우는 바실은 기특한 시선으로 그를 쳐다봤다.

기특한 아이였다. 영특한 아이였다. 알면 알수록 놀라운 아이였다.

마음 같아서는 위험한 길에 보내지 않고 곁에 두고 싶지만 잡아두기에는 너무도 큰 날개를 가지고 있었다.

아쉽고 걱정돼도 보내야 했다.

'5년…….'

바실, 메리아와 식사를 마친 그는 자신의 방에 돌아와 창밖을 내다보고 있었다.

이곳에 온 지도 어느덧 5년의 세월이 흘렀다.

'기다려라.'

온화하고 부드럽던 그의 눈빛이 차갑게 물들었다. 아직도 그때만 생각하면 이가 갈리고 피가 역류했다.

'언젠가는 꼭 네년의 목을 비틀어 버릴 테니.'

으드득!

이를 가는 소리와 함께 누군가를 떠올린 그는 마나를 끌어올렸다.

'크으윽!'

그러다 심장 부근에서 치밀어 오르는 아픔을 느끼며 바닥에 주저앉았다.

입에서 피가 흘렀다. 두 눈동자는 충혈됐다. 숨은 헐떡댔다.

"크큭."

웃음이 터져 나왔다. 한심했다. 겨우 라탈 급에 올라섰는데 라탈 급의 힘을 충분히 발휘할 수 없었다.

정확하게는 5분 이상은 위험했다. 에트 급까지의 마나는 시간 제약이 없으나, 라탈 급의 마나는 몸이 견디지 못하는 것이다.

만약 5분을 넘길 경우에는 견디기 힘든 통증과 함께 위험을 감수해야 했고, 5분 안으로 발휘해도 아픔은 뒤따랐다.

생명력을 불태운 대가였다.

'리스네, 리스네, 리스네!'

그는 시드였다.

처음 시드가 눈을 떴을 때 본 것은 메리아의 얼굴이었다.

하염없이 맑고 깨끗한 그 아이는 자신이 깨어나자마자 기쁜 얼굴로 바실을 불렀다. 그리고 바실한테 자세한 사정을 듣게 되었다.

시드가 발견된 곳은 숲 속이었다.

때마침 그 길을 지나가던 용병단이 발견했는데, 상태가 너무나 위급해서 결국 이곳으로 보내졌다.

바실은 과거 치유 마법에 능통했던 에트 급 마법사였으며, 용병단과도 인연이 있었다.

시드의 입장에서는 천운이었다.

그렇게 바실과 만난 시드는 그의 치료 마법으로 외상의 위기는 넘길 수 있었다. 문제는 내상이었다.

바실조차도 하늘에 맡길 수밖에 없다고 할 만큼 시드의 몸은 심각한 상태였다.

시드가 의식을 차리지 못한 채 두 달이라는 시간이 흘렀다.

그동안 바실은 자신이 해줄 수 있는 최선을 다해 시드를 돌봤다.

매일 치료 마법과 마나의 기운을 불어넣어 줬으며, 몸의 체온을 유지시키기 위해 항상 방 안을 따뜻하게 했고, 즙으로 만든 약도 잊지 않았다.

그 결과 시드는 두 달 만에 부상이 나으며 눈을 떴다.

그날 이후 시드는 이를 악물었다.

마나가 없어져서인지 육체는 마탈 급임에도 불구하고 잠이 왔다. 예전처럼 며칠 밤을 새우며 지낼 수 없었다.

그렇지만 강해지기 위해 자신을 채찍질했다. 죽지 않을 만큼 최소한의 잠만 자며 수련했다.

하루 중 자는 시간을 제외한 1/4은 육체와 검술 수련, 나머지 3/4은 마나 호흡법에 박차를 가했다.

　다행히도 마법 주머니를 빼앗기지 않았기에 마나스톤을 쥐고 빠르게 마나를 흡수할 수 있었다. 샤리스의 호흡법에 온몸으로 마나를 흡수하고 저장하는 육체와 마나스톤, 마탈 급의 깨달음!

　이 네 박자의 조화로 시드는 1년 전 라탈 급의 반열에 올라설 수 있었다.

　4년이 채 걸리지 않은 기간 동안 이룩해 낸 성과.

　만약 시드가 과거에 마탈 급이 아니어서 깨달음이 부족했다든지 육체가 새로 만들어지지 않았다면 불가능한 일이었다.

　또한 샤리스의 호흡법이나 저승사자로 인해 만들어진 전신으로 마나를 흡수하는 육체가 없었더라도 해낼 수 없었다.

　그만큼 4년이라는 시간은 짧았다.

　하지만 남들은 하나도 가지기 힘든 것을 세 개나 가진 채 마나스톤의 힘까지 빌린 시드는 불가능을 현실로 만들었다.

　이제 마탈 급에만 올라가면 적어도 예전의 강함을 가지게 된다.

　비록 그리폰의 마나를 되찾을 수 없고, 마탈 급이 되기 위해서는 자신이라 할지라도 7년 정도의 시간이 필요하겠지만, 적어도 복수라는 이름의 문을 열었다.

　이제는 계단을 밟고 리스네가 있는 곳을 향해 올라가는 일만 남았다.

그런데 예상치 못한 문제가 발생했다.

라탈 급의 힘을 5분 이상 발휘하지 못하는 치명적인 후유증!

즉, 마탈 급이 돼도 자신은 시한부 전투력이라는 뜻이었다.

'하나… 무너질 수 없다.'

시드는 아파오는 가슴을 부여잡은 채 벽에 등을 기댔다.

긍정적으로 생각하기로 결심했다. 불행에 빠져 허우적대기보다 그 시간에 차라리 희망을 부여잡으려 노력하자.

안타깝게도 후유증을 가지게 되었지만 죽지 않았다는 사실만으로도 축복이었으며 적어도 복수의 기회를 잡을 수 있게 됐다.

만약 그때 용병단이 나타나지 않았더라면, 바실이 자신을 받아주지 않았거나 포기했더라면 지금처럼 숨을 쉬고 있지도 못했을 테니.

'카란 형님……'

통증이 사라지자 시드는 길게 숨을 내쉬며 그를 떠올렸다.

분명 사라진 자신을 사방으로 찾아다닐 사람이었다.

시드 역시 정신을 차리고 나서 가장 먼저 카란을 떠올렸으며, 몸이 어느 정도 회복되자 그를 찾기 위해 노력했다.

그러나 자신이 깨어나기 한 달 전, 카란이 사라졌다는 소식만을 접할 수 있었다.

'리스네… 너인가?'

카란은 살수이기에 적이 많을 테니 꼭 리스네라고 단정할 수 없었다. 아니, 오히려 유력한 용의자였다.

리스네는 자신이 정신을 잃은 지 한 달이 지나서 이세스의 플루닉을 세상에 밝혔다. 시드는 그 시기가 마음에 계속 걸렸다.

자신이 죽고 바로 이세스의 플루닉이 나타난다면 그녀를 믿는 프리야 공작이나 자신을 찾으려고 혈안이 되어 있을 카란의 의혹이 짙어질 수 있다.

그렇기에 한 달이라는 시간을 가진 것은 당연하다.

다만 문제는 카란이 사라진 시기와 맞물린다는 점이었으며, 리스네에게 있어 카란은 귀찮은 존재였다. 자신으로 인해서.

거기다 카란이 사라지고 얼마 뒤, 리샤르의 살수 집단 중 선두인 검은 달마저 괴멸됐다. 그들을 무너뜨린 집단은 바로 피의 눈물.

아무리 카란이 사라졌다고 하지만 기존의 전력을 비교할 때, 피의 눈물에서는 쉽사리 내리지 못할 결정이었다.

한데, 당연히 자신들의 승리를 믿는 듯 움직였고, 그로 인해 검은 달의 살수들은 대부분 목숨을 잃었다.

살아남은 이들도 달아나 종적을 감췄다.

이세스의 출현, 카란의 실종, 검은 달의 괴멸!

그들의 연관성은 하나의 해답을 드러내고 있었다. 다른 이들은 알 수 없으나 시드 자신만은 알 수 있는 답.

'아니야, 살아 있어야 해.'

시드는 고개를 세차게 저었다.

자꾸만 떠오르는 불길한 상상. 그때마다 반복한 행동이었다. 제발 이번에는 추측이 틀리기를 바랐다.

'너무나 높구나.'

자신의 편은 존재하지 않았다. 시한부 라탈 급의 전력 빼고는 힘도 없었다. 그런데 카란은 사라졌고, 리스네는 공작의 자리를 되찾았다.

그 내면에는 아폴레의 노력도 한몫했지만 대륙에서 가장 강한 전력인 이세스의 플루닉은 그만한 가치가 있었다.

그로 인해 프리야 공작의 세력은 더욱 약해졌다.

겉으로는 평화로운 관계이지만 전체적으로는 프리야 공작이 잡아먹히고 있는 형국이었다.

거기다 공작은 아직도 리스네를 믿고 있었다.

양날의 검을 가진 성격이었다, 존경을 받을 만하면서도 하염없는 바보가 될 수 있는.

그 이유로 시드는 공작을 찾아갈 수 없었다.

몰래 만날 수 있다면 또 모르겠지만 연락을 취할 방법이 없었다.

귀족들과 아무런 연줄도 없고 힘을 잃은 자신이 무슨 수로 한 나라의 공작을 만나겠는가?

그렇다고 자신이라 밝힐 수도 없었다. 편지를 비롯해 공작을 만나기 위해서는 여러 단계를 거쳐야 했다.

예전처럼 마탈 급의 힘을 보유하고 있다면 마음대로 다른 이들의 눈을 속이며 찾아가겠지만 지금은 있을 수 없는 일이다.

그리고 첩자가 없으리라는 보장도 없었다.

분명 리스네는 공작의 저택을 비롯해 주변까지 자신의 심복들을 심었을 것이다.

카란을 제외하고 도움을 구할 수 있는 존재는 프리야 공작뿐이란 사실을 잘 알고 있으니.

'그리고 이세스의 비밀을 알고 있는 내가 계속 마음에 걸리겠지. 시체를 확인하지 못했으니까. 타렌마저 죽인 여자가 나를 잊는다는 건 말이 안 되지.'

시드는 타렌의 죽음 뒤에 리스네가 있다고 확신했다.

'조급해하지 말자.'

시드는 자리에서 일어나며 스스로를 다독였다.

리스네 한 명과 싸우는 게 아니다. 귀족들, 아폴레와도 부딪쳐야 했다.

모두 한편이니, 그 편에 속한 이를 쓰러뜨리기 위해서는 집단을 상대할 수밖에 없는 현실.

그 둘이 리샤르 왕국을 얻게 된다면 한마디로 왕국 전체와 싸워야 한다는 뜻이다.

더불어 이제는 리샤르 최대의 살수 집단이 된 피의 눈물 역시 리스네의 손아귀에 있다고 봐야 했다.

그렇기에 넓게 봐야 했다. 오랜 시간을 가지고 하나씩 준비해야 했다.

'그리폰, 난 할 수 있지?'

시드는 마법 주머니에서 날카로운 검을 꺼내 허리에 찼다. 그리폰이 생전 사용했던 검이다.

다크 플루닉이 잠든 검은 마탈 급이 아니기에 뽑을 수조차 없었다.

'이제 시작이다.'

4년 동안 숨어 살며 라탈 급이 됐다. 시한부라 할지라도 라탈 급의 힘을 안정적으로 펼치기 위해 1년 동안 마나 수련에 더욱 열중했다.

이제는 더욱 강해지기 위해 길을 떠날 때였다.

"여어, 준비는 끝났어?"

방에서 나와 식당으로 내려오자 수프와 감자, 돼지고기 볶음을 먹고 있던 느끼한 얼굴에 단단한 육체를 보유하고 있던 남자가 한쪽 손을 들어 올렸다.

그는 시드를 구한 용병단의 마스터인 벨트라로, 과거 발라스 왕국의 성기사였으나 여자를 너무 밝히고 사고를 많이 쳐서 직위를 박탈당했다.

"혼자 오신 거예요?"

"아, 다른 놈들은 일하고 있지. 일이 끝난 다음에 오드르 영지에서 만나기로 했어."

"그렇군요."

시드는 고개를 끄덕였다. 오드르 영지는 항구가 있는 바닷가 지역이었다.

"그런데 거기를 가는 이유가 뭐야? 그들은 위험한데……."

갈색의 긴 머리카락을 쓸어 넘기며 벨트라가 찝찝한 표정으로 말했다.

처음 목적지를 들었을 때 기겁하던 일이 떠올랐다.

"그들이 저를 강하게 만들어줄 수 있을 듯해서요."

"에에? 너는 지금도 충분히 강한데? 욕심 하고는. 하지만 죽을 수도 있어."

"알고 있습니다."

시드는 벨트라의 맞은편에 앉으며 웃음을 머금었다.

자신이 현재 가려는 곳은 4대왕국 중 하나인 초인의 나라 마르트였다.

인간이지만 인간이 아닌 존재들. 개개인이 일당백이었으며 그 누구도 무시하지 못했다.

소수이나 4대왕국 중 한곳이라는 사실 자체가 그들의 강함을 잘 보여줬다.

'나에게는 힘이 필요하다.'

시드가 마르트를 찾는 이유는 그리폰이 생전에 해줬던 얘기 때문이었다.

만약 혼자서 해결할 수 없는 일이 닥치면 마르트 왕국의 벨케를 찾으라고 했다. 어쩌면 큰 힘을 얻게 될 수 있다고.

어쩌면이라는 단어를 붙였다.

즉, 그리폰조차도 결과가 어떻게 될지 장담하지 못한다는 의미였다.

그렇지만 두렵다고 도전 자체를 포기할 수 없었다.

힘을 간절히 바랐다. 자신의 강함도 마찬가지지만 뒤에서 받쳐 줄 힘도 중요했다.

아무리 마탈 급이 된다고 해도 든든한 아군이 없다면 리스네와 싸울 수 없었다.

"무언가를 얻기 위해서는 위험을 감수해야죠."

시드가 담담하게 얘기하자 벨트라는 머리를 긁적였다. 얘기를 나누면 나눌수록 나이가 의심스러웠다.

"너 정말 열일곱 살 맞냐?"

"하하! 제가 왜 나이를 속이겠어요?"

"하는 짓이나 말투를 보면 애늙은이잖아."

"생긴 게 동안이니 됐죠."

"그다지……. 생긴 것만 보면 20대… 켁!"

애기를 꺼내다 말고 벨트라는 다급히 입을 막았다.

시드의 온몸에서 살기가 뻗어 나왔기 때문!

여전히 노안과 늙었다는 말을 싫어하는 시드였다.

'나중에 진짜 나이를 알면 더 놀라겠군.'

시드는 속으로 실소를 머금었다.

현재 자신의 나이는 열다섯 살이었다. 그런데 정신을 차리고 나서 일부러 열일곱 살이라 거짓말을 했다. 거기다 이름도 바꿔서 알려줬다. 시엘이라고.

더불어 바실한테 부탁해 마법 물품으로 머리카락과 눈동자의 색을 바꿨다.

그렇게 한 이유는 리스네의 추적을 따돌리기 위함이었다.

다행스럽게도 이곳에 있는 동안 자신을 찾는 이는 없었다. 하나 아직도 안심할 수는 없었다.

5년이라는 시간이 흘러서 포기했을 수도 있지만 굳이 대놓고 알릴 필요는 없었다.

본의 아니게 이름이 알려질 경우가 있더라도 안전장치를 해두는 것이 좋았다.

그래서 아직도 진실된 이름과 나이를 밝히지 않고 있었다.

"오빠, 나도 갈래!"

"으응?"

벨트라가 접시를 다 비우는 시점이었다.

메리아의 외침과 함께 시드는 불안함을 느끼며 돌아봤다.

‘이런.’

메리아는 자신의 몸통만 한 짐 가방을 낑낑거리며 들고 오고 있었다.

“나 오빠랑 헤어지기 싫어!”

시드가 난감한 표정을 짓자 메리아는 울상을 지으며 미리 선수를 쳤다.

“위험해, 안 돼.”

시드는 마음이 좋지 않았지만 애써 단호하게 거절했다.

5년간의 고아원 생활. 많은 이들 중 메리아는 유독 시드를 잘 따랐다. 시드 역시 따스하게 대해주는 메리아가 싫지 않았다.

아니, 전생의 여동생이 떠오르며 더욱 마음이 갔다.

그래서 밥을 먹을 때는 언제나 메리아와 함께 먹었고, 그녀와 조금이라도 시간을 함께 보내려 노력했다.

그러나 자신 앞에 펼쳐진 길은 밝지 않았다.

만약 복수를 포기하고 이대로 살아간다면 상관없을 것이다.

라탈 급의 능력만으로도 충분히 평생을 풍족하게 먹고살 수 있다. 한 입이 더 늘어 피 같은 지출이 늘겠지만. 메리아 역시 행복하게 해줄 수 있었다. 이생에서 얻게 된 자신의 여동생으로.

하지만 지옥의 불길처럼 타오르는 복수의 불꽃이 사그라

지지 않았다. 자신과 그리폰의 마나를 모두 빼앗아간 리스네를 용서할 수 없었다.

그리고 카란 역시 찾아야 했다.

자신을 몇 번이나 구해주고 마음을 열어주었던 그를 이대로 방치할 수 없었다.

만약 이 세상을 떠났더라면 그 이유를 밝혀내고 갚아줘야 했다.

"싫어! 싫어!"

메리아가 바닥에 주저앉으며 소리를 질렀다.

그런 메리아의 두 눈동자는 시뻘겋게 충혈되어 있었다.

"오빠가 지켜줄 수 있잖아! 오빠는 강하잖아! 왜 나를 두고 가려고 해! 언제나 같이 있자고 해놓고!"

"……."

시드는 아무런 대꾸도 하지 않았다. 분명 그런 대화를 한 적이 있었다.

동생처럼 여기게 되었을 때 메리아의 간절한 바람이 담긴 눈동자를 보게 되자 언젠가 떠나게 된다는 사실을 알면서도 약속했다.

"오빠는… 누구도 지키지 못해."

시드의 발언에 바실과 벨트라는 발견했다. 그의 얼굴에서 묻어 나오는 슬픔과 아픔을.

'그래, 난 누구도 지킬 수 없다.'

　지금보다 더욱 강한 마탈 급일 때도 자신의 몸조차 지켜내지 못했다. 그리폰의 또 다른 유품이자 평생 함께할 그의 마나도 빼앗긴 죄인이다.

　그런 자신이 누구를 지킬 수 있겠는가. 마탈 급도 아닌 시한부 라탈 급의 힘을 가진 지금에서.

　“오빠는 지킬 수 있어! 나는 오빠를 믿는단 말야!”

　시드는 안타까운 시선으로 메리아를 쳐다봤다.

　어린 시절 부모를 잃은 소녀. 한 살 위이자 하나뿐인 오빠조차 고아원에 오기 전 귀족에게 죽임을 당했다고 들었다.

　그리고 그 오빠가 자신과 닮았다고.

　메리아가 아무런 연관이 없는 자신을 유독 따랐던 이유이다.

　“우리 이제 가족이지?”

　언제나 같이 있겠다고 말했던 그날.

　메리아의 부탁으로 오빠, 동생의 언약을 맺었을 때 그녀가 했던 말이다.

　가족 모두를 잃어버리고 혼자 남겨진 그녀에게 자신은 유일하게 기댈 수 있는 나무였다.

　“후우우.”

　시드는 길게 한숨을 내쉬었다.

메리아의 마음은 잘 안다. 자신과 다를 바 없었다.

혼자 남게 된다는 심정. 그 누구보다 잘 알고 있지 않은가? 전생부터 지금까지 혼자였고 누군가가 생겨도 또 혼자 남게 됐다.

그래서 두려웠다. 메리아를 곁에 두었다가 또 혼자 남게 될까 봐.

"저토록 바라는데 같이 가는 게 어떤가?"

"바실 할아버지?"

"그래, 같이 가다가 마르트에는 혼자 갔다 오면 되잖아? 메리아는 우리가 지켜주고 있을게. 어차피 나와 동료들은 어떤 왕국에 있든 일을 해서 돈을 벌 수 있으니까. 만약 위험한 일이 생기면 메리아는 바로 이리로 오면 되잖아. 바실 할배, 이동 주문서 있어?"

"그래. 이런 날이 올 줄 알고 미리 준비해 뒀지."

바실이 품속에서 세 장의 이동 주문서를 꺼내며 시드에게 내밀었다.

시드는 잠시 갈등에 빠지며 메리아를 바라봤다.

이렇게 떠난다면 언제 다시 만날 수 있을지 모른다. 길면 몇 년, 혹은 그 이상이 걸릴 수도 있다.

또한 이동 주문서가 있다면 언제든지 순식간에 이곳으로 돌아올 수 있다.

결국 시드는 고개를 끄덕이며 주문서를 받아 들었다.

위치가 지정된 이동 주문서는 만들기가 쉽지 않았다. 마법뿐 아니라 필요한 재료도 많았으며, 특히 에트 급에서 머무르고 있는 바실은 한 장을 만들기 위해 며칠 동안 마나를 쏟아부었을 것이다.

그들은 오늘의 상황을 예측하고 있었다.

"하나만 약속해 줘."

"응! 응!"

메리아는 바실과 벨트라에게 고마움을 표시한 다음 힘차게 대답했다.

"만약 위험한 일이 생기면 바로 이 주문서를 찢어야 해. 그 약속을 어길 경우 나는 너와 함께 갈 수 없어."

"알았어. 나, 오빠가 하는 말은 다 듣잖아. 히히."

"조금 전에는 안 들어놓곤."

"치이. 오빠가 나 혼자 두고 가려니 그렇지."

메리아의 입술이 삐죽 나오자 시드는 그녀를 품에 안아주며 다정하게 속삭였다.

"오빠가 어떤 결정을 하게 되든 네가 걱정돼서야. 이해해 줬으면 좋겠어."

"응."

메리아는 시드의 넓은 등을 놓지 않겠다는 듯 꼭 껴안았다.

그 모습을 바실과 벨트라는 흐뭇하게 쳐다봤다.

고아원의 특성상 핏줄은 중요하지 않다는 사실을 잘 알고 있는 그들이었다.

"잘 부탁하네."

"할배, 걱정하지 마."

밖으로 먼저 나온 벨트라는 바실의 걱정 어린 말에 그의 등을 세게 두드렸다.

"저놈은 우리보다 강해. 알잖아?"

"그렇지. 아네, 안다만……."

바실은 시드의 거대한 마나를 떠올렸다.

처음 봤을 때는 마나가 아예 존재하지 않았다. 아무런 수련을 하지 않아도 미세한 마나가 존재하는 법인데 시드는 텅텅 비어 있었다.

그런데 5년 만에 라탈 급의 마나를 보유했다.

"영감은 애들을 너무 좋아해서 문제야. 우리의 목숨을 버리더라도 지켜줄 테니 염려 따위는 날려 버려. 시드도 그렇지만 메리아도 나에게는 딸과 다름없어. 절대 위험하게 두지 않아."

바실은 진지한 얼굴의 벨트라를 보며 고개를 끄덕였다.

언제나 장난기가 넘치고 짓궂은 그가 저런 표정이 될 때는 진심이라는 뜻이었다.

"이번에는 꽤 멀리 가는군. 한동안 못 들를지도 모르겠어. 잘 지내고 있으라고."

마르트를 향한 여정은 꽤 오래 걸릴 일이었다.

인간들한테 배척당하고 인간들을 배척하는 왕국이기에, 어마어마한 가격이지만 이동 주문서가 존재하는 다른 왕국들과는 달리 한 번에 가는 지름길이 없었다.

물론 마르트 역시 주문서가 존재하겠지만 듣기도 힘들 만큼 희귀했다.

"조심히 다녀오게."

벨트라는 엄지손가락을 치켜 올리며 대답을 대신했다. 그때 시드와 메리아가 고아원의 아이들과 인사를 마친 뒤 밖으로 나왔다.

"이제 가보겠습니다. 아참, 할아버지."

"으응?"

메리아가 바실의 품에 안겨 작별을 고할 때 시드가 마법 주머니에서 무언가를 꺼내 그한테 건넸다.

"이게 뭔가?"

작은 주머니를 받아 든 바실이 의아하게 묻자 시드는 준비된 말 위에 올라타 메리아를 부르며 대답했다.

"받아두세요. 약소하니 부담 갖지 마시고요. 꽉 잡아."

"응."

그 말을 남기고 시드는 메리아가 허리를 부여잡자 말을 움직였다.

오늘 같은 날이 올 줄 알고 벨트라와 일행이 간혹 들를 때

말 타는 법을 배워두었다.

"아, 아니! 이런 돈을 받을 수……."

바실은 그때서야 내용물을 깨달으며 다급히 손을 저었다.

하나 그의 말은 이어지지 않았다. 이미 시드와 메리아, 벨트라가 멀어지고 있었다.

"허헐. 고맙네, 고마워. 다시 무사히 볼 수 있기를 바라네."

바실은 시드의 진심을 느끼며 천천히 주머니를 풀었다.

정말 약소했다…….

"이 근처인데?"

말을 타고 하루가 지났을 때, 낯익은 도시에 도착한 시드는 주변을 두리번거렸다. 그의 곁에는 메리아가 팔을 꼭 붙잡고 서 있었고, 벨트라는 길게 하품을 했다.

"도대체 어딘데? 꼭 들러야 해?"

"네. 가기 전에 뵙고 싶은 분이 계세요."

시드는 고개를 끄덕이며 머리를 긁적였다.

현재 시드는 전설에 대해 알려준 주인의 무구 상점을 찾고 있었다.

그리폰의 검을 아껴두고 싶은 마음에 새로운 검을 사기 위해서였다. 더군다나 발라스로 넘어갈 경우 언제 다시 돌아올지 알 수 없기에 인사라도 남기고 싶었다.

그런데 그의 가게가 존재하지 않았다.

분명 주변의 건물들을 봤을 때는 자신이 서 있는 곳이 맞는데 말이다.

'내 기억이 잘못됐나?'

벌써 5년 전이니 충분히 그럴 수도 있었다. 하지만 일단 물어보기나 해야겠다고 결심한 시드는 둘과 함께 가게 안으로 들어갔다.

"어머! 어서 오세요! 오호호!"

들어가자마자 귀가 아플 정도의 고음을 보유한 여주인이 달려나와 환영했다.

'무기는 없다.'

시드는 목례로 인사를 대신한 뒤, 주변을 둘러봤다. 보석 상점이었다.

"저기… 물어볼 게 있습니다."

"아앙? 물어볼 거?"

여주인은 안색을 급변시키며 되물었다.

겉보기에는 부티가 나지 않지만 가게를 찾은 손님이었기에 최선을 다해 입을 찢어 웃었다.

그런데 보석은 구경도 하지 않은 채 질문이나 하겠다니? 오늘은 하루 종일 제대로 된 손님이 들어오지 않았다.

"혹시 이전에도 여기서 장사를 했었나요?"

"그럼, 한 4년 정도 됐지? 왜?"

"4년……. 그러면 전에 이곳이 어떤 가게였는지 아세요?"

시드의 질문에 여주인은 고개를 들어 기억을 되짚었다. 그리고 시큰둥하게 대답했다.

"허름한 가게였어. 듣기로는 여러 가지 무구를 팔았다고 하던데?"

'역시 맞았어.'

시드는 안타까운 표정으로 한숨을 쉬었다.

자신은 제대로 찾아왔다. 다만 주인이 무슨 이유에서인지 가게를 정리하고 떠난 것이다.

그와 가게가 없어졌다면 만날 수 있는 방법이 존재하지 않았다.

"알겠습니다. 그러면 수고하세요."

시드는 고개를 숙여 인사하며 밖으로 나갔다.

"찾을 방법이 없는 거야?"

"지금으로서는 그렇네요."

벨트라가 묻자 시드는 쓴웃음을 흘리며 대답했다.

"어쩌냐?"

"괜찮아요. 뵙고 싶었지만 꼭 봐야 하는 것은 아니었어요."

"그러면 다행이고. 야, 우리 밥이나 먹자."

"밥 좋죠. 먼저 말씀하신 분이 사는 겁니다?"

"크큭! 알았다, 알았어!"

벨트라는 사람 좋게 웃으며 근처 식당으로 들어갔다.

5년 동안 시드가 얼마나 돈에 관해서 인색한지 잘 알고 있

는 탓이다. 그렇지 않더라도 어린 시드에게 얻어먹을 마음은
없었지만.

"너, 좀 너무하다?"

"뭐가 말입니까?"

시드의 반문에 벨트라는 기가 찬 표정으로 식탁을 쳐다봤
다.

어른보다 많이 먹는단 사실을 모르지 않았지만 지금은 해
도 너무했다. 혼자서 10인분을 주문하다니!

식당에 들어오자마자 날카로운 눈빛으로 정말 사는 거냐
고 물을 때 왠지 불안하더라니.

"아, 아니다."

시드가 정말 영문을 모르겠다는 듯 묻자 벨트라는 고개를
저으며 자신의 앞에 놓인 돼지고기 요리를 포크로 찍어 입에
넣었다. 입에서 아무런 맛이 느껴지지 않았다.

머릿속에서 바쁘게 돈 계산을 하고 있는 탓이다.

'크윽! 적자야, 적자. 앞으로 열심히 일해야겠군.'

며칠 동안은 고아원에서 챙겨 온 음식과 짐승을 잡아, 혹은
열매로 배를 채웠다.

'시드와 여행할 때는 절대 마을에 들르면 안 되겠어.'

중요한 교훈을 깨닫는 벨트라였다.

"저는 잠시 나갔다 오겠습니다."

"에? 오빠, 어디 가?"

"응. 뭐 좀 사야 할 게 있어."

"나도 같이 갈래!"

"밥 마저 먹어. 금방 갔다 올게."

자신이 주문한 요리를 먼저 후다닥 해치운 시드는 자리에서 일어선 채로 메리아를 달랬다.

"위험할 수… 아니다. 기다리마."

벨트라는 자신의 실언을 깨달으며 황급히 말을 바꿨다.

이곳의 지리를 알고 있으며 자신보다 강했다. 즉, 불필요한 걱정이었다.

"그러면 부탁합니다."

시드는 벨트라에게 눈짓으로 메리아를 가리킨 뒤 움직였다.

시드가 이동한 곳은 다름 아닌 조금 전 들렀던 보석 가게였다.

'보여줄 수 없지.'

보석 가게를 찾은 이유는 과거 리스네에게 받았던 1,000골드 상당의 보석을 돈으로 마련하기 위함이었다.

한데, 벨트라가 본다면 돈의 안전이 위험하다.

변함없이 돈과 관련되면 주변의 누구도 경계하는 까칠함.

물론 이유는 그뿐만이 아니었다. 1,000골드는 어마어마한 액수였다. 다른 이들이 본다면 출처에 대해 의문이 생길 것이다.

어린 소년이 가지고 있을 만한 액수가 아니니까.

그래서 몬스터 가죽 역시 알리지 않았고, 상급의 마나스톤들도 비밀리에 간직했다.

다만 마나스톤만큼은 고아원을 떠나면서 벨트라에게 알렸다.

한동안 매일같이 붙어 다녀야 하는데, 마나 호흡법을 안 할 수 없고, 그러면 벨트라가 마나스톤의 존재를 당연히 알게 된다.

그러니 먼저 이실직고를 했다. 부모님이 준 것이라고 거짓말로 둘러대며.

"어서 오세… 엥? 너 또 왔니?"

문소리와 함께 영업 모드가 됐던 보석 가게 여주인은 인상을 찌푸렸다.

"보석을 팔고 싶어서요."

"보석?"

"네, 얼마나 쳐줄 수 있는지 봐주세요."

여사장의 흥미없는 눈길이 시드의 손에 닿았다.

옷차림과 나이를 봐서는 어차피 싸구려 보석일 것이다. 그게 아니라면 모조품을 진짜로 착각하고 있다던가.

하나 여사장의 표정이 바뀌는 데에는 오랜 시간이 걸리지 않았다.

시드가 보석을 탁자 위에 내려놓자 여사장의 두 눈은 놀라움을 가득 담았고, 입은 환하게 웃었다.

겉으로 보기에도 최고급 보석들이었다.

"이, 이게 다 네 것 맞니?"

"네, 얼마나 할까요?"

시드의 말에 여사장은 빠르게 머리를 굴렸다.

액수를 자꾸 물어보는 것으로 봐서는 분명 가격을 모르는 듯했다.

'200골드면 충분하겠지?'

자신의 눈이 노망나지 않은 이상 눈앞에 놓인 보석은 대략 3,000골드의 가격이었다.

그중에서 원형의 붉은 보석은 사아라로 언제부터인가 잘 발견되지 않더니 3~4년 전부터는 희귀 보석으로 지정되어 가격이 대단히 높아졌다.

그 사아라 하나의 가격만 무려 2,000골드가 넘었다.

"한 200골드 정도 될 것 같은데?"

여주인은 최대한 표정 관리를 하며 대답했다. 그러자 시드는 속으로 실소를 흘렸다.

자신이 가지고 있는 보석의 이름 정도는 알고 있었다.

리스네에게 받을 때 확실하게 하기 위해 그녀가 가지고 있는 보석의 모양과 이름, 가격이 적혀 있는 책을 확인했다.

그리고 작년에 용병들로 인해 사아라의 가격이 대단히 높아졌다는 사실도 듣게 되었다.

'200골드라……. 대단한 심보군.'

사아라 하나만 해도 2,000골드가 넘는다고 들었는데 1/10 가격을 부른다. 아니, 다른 보석들까지 합치면 1/15 정도다.

물론 보석 가게도 이윤을 남기기 위해 어느 정도 낮은 액수로 부르는 것이 당연하겠지만, 정도라는 것이 있는 법이었다.

"200골드라……. 대단한 액수군요."

시드는 기쁜 척하며 연기했다.

"그렇지? 너는 운이 좋은 거야. 만약 다른 가게에 갔더라면 100골드도 받지 못했을걸."

"다행이네요. 그러면 이 보석들은 다른 곳에 팔겠습니다."

"그래, 얼른 팔… 뭐라고?"

생글생글 웃는 얼굴은 여전했지만 말의 내용이 급변한 시드. 여주인은 자신의 귀를 의심하며 되물었다.

"여기 오기 전에 다른 가게에도 들렀는데 거기서는 더 높은 가격을 제시하더라고요."

시드가 태연하게 거짓말을 하자 여주인의 표정이 어두워졌다.

"거기서는 1,000골드를 준다 했는데… 다섯 배 차이가 나네요."

"자, 잠깐만. 1,000골드? 말도 안 돼! 에? 어머! 내가 이걸 못 봤네! 사아라가 있었구나?"

여주인의 임기응변은 뛰어났다. 그녀는 다급히 사아라를 못 본 척 떠들었다. 오랜 시간 상인의 길을 걸어온 노하우였다.

"아, 그래요?"

"그래, 사아라가 있다면 얘기는 달라지지. 나는 1,200골드 주겠어!"

그렇게 줘도 1,800골드 이상이 남는다. 1골드만 남겨도 수지맞는 장사인데 말이다.

"1,200골드면 다른 가게보다 높게 쳐주네요. 알겠습니다, 팔게요."

2,900골드는 받아낼 수 있는 보석이었지만 시드는 그답지 않게 흔쾌히 수락했다. 그러자 여주인은 보석을 사려던 돈과 가지고 있는 현금을 모두 꺼내며 속으로 환호를 질렀다.

'이런 바보 같은 놈! 고맙다!'

1,800골드! 지저분한 거위가 예상치 못한 황금알을 낳았다.

"감사합니다. 수고하세요!"

시드는 입이 귀에 걸린 채 밖으로 빠져나왔다.

여주인은 그런 시드의 뒷모습이 보이지 않을 때까지 손을 흔들다 킥킥거리며 몸을 돌렸다.

어수룩한 이들한테 자주 큰 수입을 올렸지만 오늘처럼 횡재한 적은 없었다.

"사아라, 내 사아라!"

여주인은 기쁨을 주체하지 못하고 양팔을 활짝 벌린 채 사아라를 찾았다. 그러나 사아라는 어디에도 없었다.

'지금쯤 난리가 났겠군.'

여주인의 시선이 사라지자 마나를 이용해 빠르게 달린 시드는 고소를 머금었다.

그런 시드의 손에는 사아라가 들려 있었다.

여주인과 인사를 하고 나오기 직전, 순식간에 빼낸 것이다.

육체와 깨달음은 마탈 급, 마나는 라탈 급인 자신의 움직임을 아무런 힘도 없는 여주인이 알아차리기란 불가능했다.

"그러게, 아줌마. 사람을 봐가면서 장난질을 쳐야지. 그래도 너무 서운해 마슈. 당신은 2,000골드 가까이 먹으려 했지만 나는 300골드밖에 안 챙겼으니."

여주인의 비명을 상상하며 시드가 말했다.

눈에는 눈, 이에는 이였다.

CHAPTER 02
초인족 소녀

"마법 주머니 가장 싼 걸로 주세요!"

마법 상점이 가득한 골목에 도착한 시드는 먼저 가격들을 알아본 다음 가장 싼 곳을 찾았다. 그리고 그 가게에서 가장 싼 물품을 선택했다.

300골드를 손쉽게 벌었음에도 여전히 쪼잔한 씀씀이!

사실 마법 주머니도 300골드를 벌었기 때문에 사주는 것이지, 그 수입이 없었더라면 굳이 사지 않았다.

'메리아의 마법 주머니는 샀고.'

시드는 메리아의 짐을 떠올리며 구입한 마법 주머니를 자신의 주머니에 넣으며 가게를 둘러봤다.

리샤르를 떠나기 전에 상급의 마나스톤을 사두려는 것이다.

다른 대륙에서도 팔지만 마나스톤은 리샤르가 가장 저렴하다는 얘기를 들었다.

'현재 네 개가 있으니 여덟 개 정도 사둬야겠군.'

마나스톤의 유효 기간은 급을 떠나서 반년이다.

더군다나 시드는 한 번에 두 개를 잡고 호흡을 하기에 일 년에 총 네 개의 마나스톤이 사라진다.

그래서 과거 가지고 있던 마나스톤은 오래전에 다 써버렸고, 열세 살 때 고아원을 빠져나와 몬스터 가죽을 처분했었다.

오랜 시간 마법 주머니에 있었지만 현실의 냉장고보다 더욱 뛰어난 마법의 힘이 담겨져 있기에 가죽은 썩지 않았고, 4,000골드의 수입을 올렸다.

과거 그리폰과 대륙을 돌아다니며 몬스터들을 수없이 잡으면서 모아둔 덕이었다.

그 후, 상급의 마나스톤을 구입한 다음 지금까지 써왔다.

시드가 보유하고 있는 골드는 대략 2,700골드였다.

마나스톤을 사고 남은 몬스터 가죽의 수입과 이전에 가지고 있던 골드, 보석을 판 돈과 추가로 얻게 된 300골드까지 모두 합해서 말이다.

마음 같아서는 모든 돈을 다 써서 사고 싶지만 만약을 대비해 조금의 돈은 남겨둬야 했다.

"혹시 상급 마나스톤은 이게 다입니까?"

"여러 개가 필요하신지요?"

마나스톤을 찾아낸 시드가 묻자, 주인은 의아해하며 되물었다.

흔히 마나스톤은 대량 구매하지 않는 편이다. 하더라도 하급이나 간혹 중급이나 그렇지 상급은 드물었다.

귀족들이 특별한 목적으로 사지 않는 이상.

"아, 여행을 떠나는데 시일이 얼마나 걸리지 몰라서요. 미리 사두려고 합니다."

"음, 몇 개나 필요하신가요?"

"개당 얼마죠?"

개수를 묻자 시드는 눈빛이 달라지며 반문했다.

이제 흥정을 할 타이밍이었다.

"저희 가게에서는 상급의 경우 개당 350골드에 판매합니다."

"그렇다면 대량 구매를 할 때는 당연히 가격이 낮춰지겠군요?"

"그야 당… 그, 그렇죠."

저도 모르게 대답한 주인은 시드의 입가에 진한 미소가 배이자 왠지 모를 불안감을 느끼며 말을 더듬었다.

"여덟 개를 원합니다."

"여덟 개요?"

"네, 350골드가 여덟 개이니 2,700골드군요. 할인을 하지 않은 가격이 말이죠."

"어, 얼마를 원하십니까?"

상급의 마나스톤은 수요가 많지 않다.

높은 가격 때문에 사는 이가 많지 않은 탓이다.

그러나 하급, 중급에 비해 이윤이 많이 남는 편이었기에 마나스톤을 취급하는 곳은 꼭 몇 개씩은 준비해 두고 있었다.

간혹 찾는 이들은 언제나 존재하며 음식처럼 시간이 지나도 상하지 않기 때문이다.

그런 상급의 마나스톤이기에 한 번에 여러 개 사가는 이가 있다면 10%, 인심이 좋은 주인이라면 20% 할인을 해주기도 했다.

"저는 이 가게에서 어느 정도 할인이 되는지 모르는데 제가 어찌 말하겠습니까? 마음씨 좋은 주인 분께서 결정해 주셔야죠."

어린아이처럼 티없는 미소와 함께 은근히 마음씨를 강조하는 시드!

거래에선 힘의 우위가 확실하지 않는 이상은 먼저 부르지 않는 것이 좋았다.

"2,500골드 어떻습니까?"

"10%가 채 되지 않는 할인이군요. 2,322골드면 적당할 듯

싫습니다. 여기서 20분 거리의 가게에서는 여덟 개를 살 때 15% 할인을 해주겠다고 했으니 특별히 14% 할인만 받겠습니다. 간혹 20% 할인을 해주는 이들도 있지만 여기는 싼 편이니까요."

이미 사전 조사와 계산을 마치고 마음을 굳힌 시드의 발언에 주인은 강적이라는 사실을 알아차리며 고개를 저었다.

저런 이와는 흥정해서는 안 된다.

14% 할인을 해도 한 번에 여덟 개를 팔 수 있다면 이득이었다.

"알겠습니다. 그렇게 하도록 하죠."

"으하하! 거 시원해서 맘에 드는구려! 앞으로 일이 있을 때 자주 애용하겠습니다!"

2,322골드에 거래를 마친 시드는 흐뭇한 표정으로 가게를 빠져나왔다.

가장 싼 곳을 찾으며 마나스톤을 대량 구매할 때의 할인과 개당 가격을 알아봤다.

산 곳을 제외하고 가장 싸게 쳐주었던 가게가 15% 할인을 해주겠다고 한 것은 맞았다. 한데 그 가게는 마나스톤의 가격이 비쌌다.

개당 380골드. 여덟 개면 3,040골드. 15% 가격인 456골드를 할인해 줘도 2,584골드였다.

그래서 2,500골드를 불렀을 때도 싼 편이었지만 시드는 일부러 경쟁심을 부추겼다.

그 결과 더욱 싼 가격인 2,322골드에 상급의 마나 스톤 여덟 개를 챙겼다.

'남은 돈은 378골드. 한동안 지내는 데는 문제가 없겠지.'

귀족들처럼 비싼 요리와 낭비를 하지 않는 이상 메리아와 둘이 오랜 시간 버틸 수 있는 액수였고, 마나스톤이 총 열두 개가 있으니 앞으로 3년 동안은 걱정없이 지낼 수 있었다.

'이제 마지막.'

모든 볼일은 끝났다. 이제 기다리고 있을 벨트라와 메리아에게 가면 된다.

하지만 시드의 발걸음은 그들을 향하지 않았다.

또한 들떠 있던 조금 전과 달리 시드의 표정은 굳어 있었다.

거대한 저택 앞에서 시드는 추억에 젖은 눈길이 되어 있었다.

그 추억에는 즐거웠던 일도 있었지만 대부분 분노와 증오뿐이었다.

저택은 바로 리스네 공작가였다.

'높은 정상에서 모두를 내려다보고 있겠지?'

시드는 웃었다. 그 속에는 짙은 감정이 담겨 있어 소름이 끼칠 정도였다.

‘피로 얼룩진다.’

리스네의 목적을 잘 안다. 공작의 자리는 시작일 뿐이다.

리샤르를 집어삼키고 대륙 전체를 자신의 것으로 만들기 위해 그녀는 살육을 멈추지 않을 것이다.

‘하지만 너도 그 지옥에서 벗어날 수 없다.’

시드는 주먹을 불끈 쥐었다.

자신이 돌아왔다. 예전에 비하면 약하고 시한부이지만 적어도 라탈 급의 능력을 찾은 채.

잊지 않았다. 그날 느낀 아픔을, 좌절을, 분노를!

돌려주고 말 것이다. 하나도 남김없이, 아니, 자신이 당한 이상으로.

‘그날을 기다려라.’

시드는 몸을 돌렸다. 머릿속으로 많은 기억이 지나갔다.

산에서 내려와 리스네와 타렌, 카란을 만나고, 위험 속에서도 즐거웠던 시간들. 그리고 다시는 돌이킬 수 없는 관계.

리스네는 깨서는 안 될 거울을 산산조각 내버렸다.

그래서 자신 역시 그녀의 거울을 가루로 만들 것이다.

피로 이루어진 욕망이라는 거울을.

“이제 그날이 다가오고 있다.”

붉은 머리카락을 허리까지 기른 요염한 미녀가 입술을 벌렸다.

　그녀는 풍만한 가슴과 허벅지가 아슬아슬하게 노출된 로브를 입고 있었는데, 바로 그 유명한 아폴레 공작이었다.

　60이 넘은 나이에도 불구하고 마법으로 20대의 모습을 갖추고 있으며, 대륙에 둘밖에 없다는 마탈 급 마법사 중 한 명이자 리스네의 스승이었다.

　"하아, 얼른 시간이 지났으면 좋겠어."

　아폴레는 떨리는 눈길로 신음을 흘렸다. 그녀의 새빨간 혀가 자신의 입술을 핥았다.

　"지금까지 기다린 시간에 비하면 아무것도 아니잖아요."

　"그래, 그렇지. 하지만……."

　맞은편에 앉아 있는 여자의 말에 아폴레는 고개를 끄덕였다. 그리고 사랑스러운 눈길로 그녀를 쳐다봤다.

　올해 스물한 살이 되어 성숙한 매력을 풍기는 리스네였다.

　"긴 시간이었어. 매일매일 상상으로만 흥분을 달래야 했지. 리샤르의 국왕인 그의 심장을 나의 손으로 빼앗을 그날을. 그 5년이라는 시간에 앞으로 남은 시간은 아무것도 아니지. 제자야, 너도 그날을 원하지?"

　아폴레의 깊은 붉은색 눈동자가 리스네를 주시했다.

　"아시잖아요, 저의 바람을."

　"하긴, 그래서 내가 너를 믿었던 것이지. 그런데 벌써 라탈 급에 오르다니… 이러다 훗날 나를 능가할지도 모르겠구나?"

리스네는 그 속에 감춰진 뜻을 알아차리며 고개를 저었다.

"이제 겨우 올라섰는걸요. 다 스승님의 가르침 덕분이에
요. 만약 스승님이 아니었다면 저는 아직 에트 급에 있겠죠.
훗날 제가 마탈 급이 될 수 있다 할지라도 스승님 덕분일 테
고, 그때쯤 스승님은 소울 급에 가 계실 거예요."

아폴레는 흐뭇한 표정으로 고개를 끄덕였다.

처음 리스네를 봤을 때 자질을 한 번에 알아봤다.

그래서 자신의 아래에 뒀다. 뛰어난 인재가 자신의 세력이
된다면 든든할 것이고, 이세스의 플루닉도 탐이 났으니까.

혈육밖에 쓸 수 없다는 사실을 나중에 듣게 됐을 때, 안타
까웠지만 금세 그 감정을 지워 버렸다.

결과적으로 이세스를 보유한 리스네는 자신의 제자였으
며, 그녀가 강해질수록 자신이 강해진다는 것이었으니.

다만 한 나라에 왕이 두 명은 존재할 수 없다.

그래서 왕은 자신을 위협할 수 있는 존재들을 없앤다.

그것은 자신도 다를 바 없었다. 만약 리스네가 자신이 불안
감을 느낄 정도가 된다면 언제든지 내쳐 버릴 수 있다.

하나, 모든 것은 일이 다 마무리된 다음이고, 아직까지는
걱정하지 않아도 됐다.

아무리 리스네가 공작가가 됐고, 이세스의 플루닉이 있다
할지라도 오랜 시간 세력을 쌓아온 마탈 급인 자신에 비해 많
은 부분이 부족하기에.

그러나 훗날에라도 혹시나 그와 같은 불안 요소가 생길지 몰라 질문을 했는데 만족스러운 대답이 돌아왔다.

'저 아이는 괜찮아. 나에게서 벗어날 수 없어.'

아폴레의 미소가 짙어졌다.

그녀에게는 보험이 있었다. 리스네가 절대로 자신을 배신할 수 없는.

'그래요. 그렇게 저의 늪에 빠져드세요.'

그런 아폴레를 보며 리스네는 속으로 조소를 선사했다.

그녀는 방금 전의 대답으로 인해 기뻐하고 있을 것이다. 저 아이는 역시라고 생각할 테다. 아무리 찾아봐도 배신할 동기가 존재하지 않으니.

하지만 아폴레는 모르고 있었다.

자신은 언제나 1등을 바란다는 사실을…….

1등은 리샤르의 1등이 아닌, 대륙의 1등이라는 사실을.

"그러면 저는 이만 가보겠습니다."

"그래, 시간을 너무 빼앗은 것은 아닌지 모르겠구나."

"스승님과의 대화는 언제나 즐거운 걸요."

차를 다 마신 리스네가 일어서며 말하자 아폴레가 고개를 끄덕였다.

언제나 말 한마디에도 자신을 기분 좋게 해주는 리스네가 딸처럼 보기 좋았다.

스으윽.

리스네가 문 앞에 서자, 굳게 닫혀 있던 문이 천천히 열렸
다.

그 앞에는 네 명의 남자가 서 있었는데, 두 명은 문을 지키
는 아폴레의 기사였고, 다른 두 명은 리스네의 기사였다.

그중 한 명은 바로 스로우였으며, 다른 한 명은 가면을 쓰
고 있어 얼굴이 보이지 않았다.

"알아보신 일은 어떻게 됐어요?"

아폴레의 탑을 빠져나와 마차에 오른 리스네가 뒤에 앉은
스로우를 향해 물었다.

"그게… 여전히 똑같은 대답일 뿐입니다."

"그런가요?"

리스네는 아쉬움을 느꼈다.

일주일에 한 번 피의 눈물한테서 경과를 들었다. 하지만 아
직도 시드를 발견하지 못했다.

"계속 진행할까요?"

"그렇게 해주세요. 그 아이는 저희에게 있어 큰 힘이 될 수
있는 존재잖아요. 그리고 아무 일 없이 잘 지내는지도 알고
싶고요."

스로우에게는 아직 진실을 알리지 않았던 리스네가 처음
의뢰를 할 때처럼 거짓 이유를 대자 스로우는 아무런 의심 없
이 받아들였다.

마탈 급의 소년에게 관심을 갖는 것은 당연한 일이었으니.

더군다나 둘은 가까운 관계이지 않았는가.

"알겠습니다."

스로우의 대답과 함께 리스네는 두 눈을 감았다.

짙은 어둠 속에서 붉은 빛줄기가 나타났다.

빛줄기는 점점 사람의 모습이 되었고, 곧 시드가 나타났다.

시드라는 이름, 붉은 머리와 눈동자, 열 살의 어린 나이, 나이보다 성숙하고 잘생긴 외모, 나이에 비해 잘 발달된 육체, 그 특징을 가지고 찾기 시작했다.

그 일이 벌어지기 전이었다면 마탈 급의 능력도 추가됐겠지만, 모든 힘을 잃었기에 포함되지 않았다.

한데, 피의 눈물에서는 오랜 시간이 지나도 찾아내지 못했다.

이제는 그때와 다른 사람으로 보일 만큼 컸을 테고, 과거에는 리샤르뿐이었지만 이제는 반경도 대륙 전역으로 넓혀졌으니 찾기란 더욱 어려워졌다.

그럼에도 리스네는 시드를 포기할 수 없었다.

불안했다. 혹시나 살아 있을지도 모른다는 걱정이 바늘처럼 콕콕 쑤셨다.

만약 보통의 상대라면 이렇게 찾지도 않을 것이다.

하지만 시드는 열 살이라는 나이에 마탈 급에 올랐던 괴물이다. 모든 힘을 잃었다 할지라도 위험 요소가 가득한 존재인 것이다.

아무리 자신이 공작이 되고 이세스가 부활했다 할지라도.

'시드, 너는 지금 무엇을 하고 있니? 죽었어? 아니면 복수를 꿈꾸고 있어?'

리스네는 감은 눈을 한참이나 뜨지 않으며 시드를 떠올렸다.

"리스네! 리스네!"

시드는 고함을 지르며 잠에서 깨어났다.

"오, 오빠?"

그로 인해 시드의 코를 간질이며 장난을 치던 메리아는 깜짝 놀라며 울상이 되어버렸다.

"하아! 하아!"

시드는 거친 숨을 달렸다. 온몸에서는 식은땀이 흘렀다. 그러다 겁에 질려 있는 메리아를 발견했다.

"어? 아, 놀랐어? 미안해, 악몽을 꿨어."

"다행이다, 난 나 때문에 화난 줄 알고. 그런데 리스네가 누구야?"

"오빠가 아는 사람. 신경 쓰지 않아도 돼."

자신이 웃자 안도한 표정으로 품에 안긴 메리아의 등을 토닥이던 시드는 갑작스러운 질문에 내심 당황했지만 태연하게 대처했다.

그러자 메리아 역시 더 이상 묻지 않았고, 시드의 얼굴은 메리아가 볼 수 없는 위치에서 어두워졌다.

그날 이후 일 년에 몇 번씩 반복되어 찾아오는 꿈을 또 꿨다.

리스네가 단검으로 자신을 찔렀다.

꿈임에도 끔찍한 통증이 밀려오는 것 같은 착각을 일으켰다. 현실에서 똑같은 일을 겪었기 때문이다.

그러면 자신은 마나를 끌어올려 리스네를 죽이려 한다.

하지만 몸 안에 마나가 존재하지 않았다. 힘을 발휘할 수 없다.

결국 리스네의 마법에 묶여 수없이 단검에 찔린다.

"웅? 무슨 일 있냐?"

언제 어디서 만날지 모르는 여인들로 인해 항상 깔끔해야 된다고 생각하는 벨트라. 그는 여관 밖에 위치한 우물에서 두 바가지로 가볍게 몸만 씻고 돌아왔다가 방 안의 이상한 분위기를 감지했다.

"아무것도 아니에요. 그런데 시간이 얼마나 흘렀어요?"

시드는 메리아를 품에서 놓으며 어느새 웃는 얼굴로 물었다.

"두 시간 정도. 설마 안 자려고?"

"네, 그 정도면 충분히 잤어요."

시드의 발언에 벨트라는 졌다는 표정으로 고개를 저었다.

하루 정도는 잠을 설칠 수 있었다. 불면증에 시달린다면 며칠, 혹은 일주일도 그럴 수 있다.

단, 그럴 경우 대부분은 두통이나 몸의 피로를 호소한다.

하나 시드는 몇 년째 그런 생활을 유지하면서도 아무렇지 않았다.

"저 좀 나갔다 올게요. 메리아, 아저씨 말 잘 듣고 있어."

"오빠, 어디 가게?"

"설마 너……."

벨트라는 몸을 일으키는 시드로 인해 불안감을 느꼈다.

오늘 계획과 달리 마을 여관에 머무르게 된 이유는 하나였다.

여행이 처음이고 몸을 단련하지 않는 메리아가 체력적으로 지쳐 있었기 때문이다.

그로 인해 벨트라는 한 가지 조건을 걸고 여관을 잡았다. 그 조건이란, 한 끼 식사에 절대 3인분 이상을 먹지 않을 것.

시드가 질보다 양을 택해서 3인분이지, 만약 비싼 요리를 먹었더라면 1인분뿐이었을 것이다.

쪼잔해 보일 수도 있지만 목적지까지 경비의 분배를 위해 어쩔 수 없는 결정이었고, 다행히 시드는 제안을 받아들였다.

이유는 하나였다. 벨트라를 위해서가 아니다. 만약 여행 도중 돈이 다 떨어지면 자신이 내야 하지 않은가!

만약 벨트라와 단둘이라면 계속 산에서 노숙을 하면서 짐
승을 잡아먹겠지만 연약한 메리아에게는 힘든 여정이다.

"네? 수련을 하려고요."

"하, 하하! 그렇군!"

혹시 저녁에 3인분밖에 먹지 않은 시드가 식당에 가려는
것이 아닌가 걱정했던 벨트라는 안도의 웃음을 터뜨렸다.

"두 시간 자고 곧바로 수련이라……. 정말 너도 독하구
나."

"인연이 이유를 만들더라고요."

시드는 그 말과 함께 둘한테 살짝 웃어준 다음 방을 빠져나
갔고, 벨트라는 잠시 동안 시드의 말을 곱씹었다.

'다행히도 씻고 있었다.'

메리아는 리스네가 누구인지 충분히 모를 수 있었다.

그렇지만 벨트라는 달랐다. 만약 그가 리스네의 이름을 들
었다면 분명 그녀의 정체를 간파했을 것이다.

타타탁!

마음을 정리한 시드는 빠르게 달렸다.

가끔씩 총알이 발사된 것처럼 굉장한 속도로 순식간에 치
고 나가기도 했는데, 서적 중 하나인 메스토의 스텝이었다.

마나를 발에 모은 뒤 이동 속도를 극대화시키는 기술!

메스토의 스텝은 서적 중 유일하게 용병들에게 전수해 준

것이었다.

벨트라를 비롯한 시멘 용병들이 어느 날 자신의 수련을 보다가 용기를 내어 검술을 가르쳐 달라고 했다.

처음에는 돈을 받고 알려줄까 고민했지만 그들은 목숨을 구해준 은인이었다. 결국 시드는 메스토의 스텝을 공짜로 알려줬다.

용병단에서 가장 뛰어난 실력자가 에트 급인 벨트라였기에 그들이 배운다 할지라도 제대로 된 능력을 발휘할 수는 없겠지만 무언가를 보답하고 싶은 마음 때문이었다.

"여기가 좋겠군."

어느덧 시드는 여관에서 30분 거리에 있는 산 정상에 올라섰다.

다른 이들에게는 30분이지만, 시드한테는 몇 분밖에 걸리지 않았다.

"흐으읍."

시드는 차가운 밤공기를 들이마셨다. 폐 깊숙이 시원함이 빨려 들어왔다.

이렇게 탁 트이고 자연의 마나가 풍부한 곳이 마나 호흡의 효율에도 좋았다.

상급의 마나스톤이 어둠 속에서 푸른빛을 발했다. 그와 함께 시드는 샤리스의 마나 호흡법을 시작했다.

마나가 전신에 밀려들어 왔다. 따스한 느낌이 내부를 꽉 채

왔다.

그렇게 시간은 흘러 어느덧 아침이 찾아왔다.

"하아."

떠오른 해를 보며 호흡을 끝낸 시드는 마나스톤을 마법 주머니에 넣고 씁쓸함을 내쉬었다.

샤리스의 호흡법, 상급의 마나스톤, 온몸으로 빨아들이는 육체. 이 삼박자는 여전히 다른 이들에 비해 놀라운 속도로 마나를 흡수했다.

또한, 몸속에 들어온 마나를 자신의 것으로 만드는 속도 역시 다른 이들에 비해 월등했다.

타고나고, 마탈 급인 육체의 효과였다. 그러나 만족스러운 수준은 아니었다.

이렇게 가다가는 정말 오랜 시간이 걸릴지도 모른다.

예상대로라면 스물두 살 때 마탈 급의 마나를 찾게 될 것이다.

만약 그리폰의 마나처럼 특별한 힘을 얻으면 또 몰라도 말이다. 하나 그럴 가능성은 희박했다.

그러고 보니 카란은 정말 천재였다. 자신처럼 타고난 것도, 강해지기 위한 최고의 조건도 아니었으나 서른 살에 마탈 급이 되었으니.

어쩌면 새로운 소울 급은 자신이 아닌 카란이 될지도 모르는 일이었다.

‘찾아보자.’

몸을 일으킨 시드는 세상 모두를 공평하게 비추는 해를 잠시 처다보다 숲 속을 헤집고 다니기 시작했다.

숲을 비롯한 세상 여러 곳에는 특별한 것들이 존재했다. 오랜 시간 세상과 함께 호흡하며 마나를 간직하고 있는.

전생에서는 오래 된 산삼이나 영지버섯 등이 그 종류에 속했다.

시드는 그 귀한 것들을 찾고 있었다. 마나 증가를 위해서.

‘없나?’

10여 분의 시간이 지났다. 시드의 얼굴에 아쉬움이 스쳐갔다.

여행을 하면서 산을 지나갈 때는 언제나 마나에 집중하며 찾아봤지만 발견하지 못했다. 여기도 마찬가지였다.

특별한 마나의 힘을 간직한 무언가가 존재하지 않았다. 결국 시드가 체념의 한숨과 함께 돌아가려는 때였다.

‘뭐지?’

시드는 특이한 기운을 느끼며 뒤를 돌아봤다.

만약 집중하지 않고 있었다면 알아차리지도 못할 만큼 미약했다.

시드는 내심 찾던 것이 아닐까 기대하며 높게 자란 풀을 젖혔다. 그러자 곧 낯선 기운의 정체가 드러났다.

"에엥?"

시드는 깜짝 놀랐다. 예상과는 달리 한 소녀가 쓰러져 있었다.

검은 머리카락을 허리까지 기른 소녀는 피부가 살짝 갈색이었고, 메리아 또래로 보였다.

소녀는 새하얀 옷을 입고 있었는데, 옷은 온통 피로 얼룩져 있었다.

'다른 사람의 피다.'

가까이 다가가 먼저 살아 있는지를 확인한 시드는 소녀의 상태를 확인하다 알 수 있었다.

어떻게 할지 잠시 갈등하던 시드는 소녀를 흔들었다. 일단 깨워보려는 생각이었다.

외부 상처는 없는 것 같았고, 마나를 통해 몸 안을 살펴보니 내부 부상도 존재하지 않았다. 즉, 잠이 들었거나 기절했다는 뜻이다.

부스스, 벌떡!

효과가 있었는지 소녀는 감긴 두 눈을 뜨며 몸을 일으켜 앉아 지금의 상황을 파악하기 위해서인지 주변을 살폈다.

그런 소녀의 눈은 점점 맑아지기 시작했으며, 마지막으로 눈곱을 떼고 긴 하품을 하더니 시드를 똑바로 쳐다봤다.

그와 함께 상황이 급변했다.

"크으윽!"

어린 소녀에게서 나왔다고 믿기 힘들 정도로 거친 신음이 들렸다.

동시에 소녀의 두 눈동자에서는 흰자위가 사라졌으며 이빨이 삐죽 튀어나왔다. 등에는 한 쌍의 검은 박쥐 날개가 살을 찢고 펄럭였다.

파아앗!

찰나였다. 그사이 변화를 마친 소녀가 순식간에 달려들었다.

'가, 강하다!'

소녀의 주먹을 다급히 막은 시드는 인상을 찌푸리며 뒤로 물러섰다.

변신과 함께 온몸에서 느껴지는 기운이 이전과 비교할 수 없을 정도로 선명했으며 강력했다.

자신이라 할지라도 쉽게 상대할 수 없는 수준.

"이봐! 얘기 좀… 큭!"

소녀를 위협하거나 겁을 주지 않았다. 소녀가 자신한테 이럴 이유가 존재하지 않았다.

그렇기에 어떻게든 대화로 풀어보려는 시드의 노력은 재차 공격을 하는 소녀로 인해 물거품이 돼버렸다.

파파팍!

아주 빠른 주먹과 발의 교차!

결국 시드는 얼굴에 주먹을 한 대 허용하며 뒤로 날아가 떨어졌다.

주르륵.

골이 흔들렸고 입에서는 피가 새어 나왔다.

시드는 결국 결심을 굳히며 마법 주머니에서 검을 꺼냈다. 마나스톤의 가격을 알아보러 다니면서 적당한 가격에 하나 구입한 것이다.

"제정신은 아닌 것 같지만 네가 먼저 시작한 싸움이다."

그 말과 함께 시드의 신형이 흐릿해졌다. 레폰의 환영검을 시전한 것이다. 동시에 메스토의 스텝도 발휘하며 돌진했다.

소녀는 빠른 속도와 여럿으로 늘어난 시드로 인해 당황했는지 허공으로 솟구쳤다. 등의 박쥐 날개가 펄럭였다.

"위라고 무사하지 못한다!"

시드의 검이 크게 휘둘러졌다.

번쩌억!

시드의 검에서 반월형의 마나가 소녀를 노리며 날아갔다. 소녀는 괴성을 지르더니 두 주먹을 교차해 자신의 몸을 가로막았다.

그러자 검은색의 어둠이 그녀의 전신을 뒤덮었다.

콰아앙!

허공에서 폭발이 일어났다. 먼지 구름이 시야를 가렸지만 금세 사라졌고, 시드는 뒤에서 느껴지는 살기에 황급히 검의 방향을 틀었다.

검과 소녀의 주먹이 부딪쳤다.

한데 손이 베이기는커녕 폭발음과 함께 시드의 신형이 뒤로 밀렸다.

'저렇게 강했나?'

뒤로 몇 걸음 물러나 숨을 고르던 시드는 의문을 가졌다.

소녀의 정체를 알고 있었다. 바로 초인족이었다.

과거 초인족을 만났던 경험이 있었다. 그들에게서 지금과 같은 특이한 기운이 미세하게 흘렀었다.

그러다 변신을 하면 그 기운이 폭발적으로 증가했다.

하지만 지금처럼 강하지는 않았다. 눈앞의 소녀보다 나이도 많고 수련을 해온 이들이었음에도.

'특별히 강한 유전자를 타고난 것인지도. 어쨌든 지금의 힘만으로는 안 되겠군.'

에트 급의 마나로만 싸워도 갓 마탈 급에 오른 이들한테는 이길 수도 있는 시드였다.

여러 최상의 서적을 다 익혔고, 그리폰의 검술과 마탈 급의 육체, 깨달음으로 인해서 말이다.

그렇지만 소녀는 지금의 상태로 이기기 어려웠다. 아니, 죽이려고 마음을 먹는다면 이길 수 있지만 그러고 싶지 않았다.

상대는 어떤 이유인지는 모르지만 의식을 잃은 채 무차별적인 공격을 하는 상황. 서로가 다치지 않는 선에서 싸움을 끝내고 싶었다.

그렇다면 완벽한 차이가 나는 힘을 쓸 수밖에 없다.

"5분이다."

시드는 라탈 급의 마나를 끌어올렸다.

"너… 뭐냐?"

"오빠……?"

막 잠에서 깨어나 식당에 내려와 시드가 오기를 기다리고 있던 벨트라와 메리아는 당혹함을 감추지 못하며 말문을 열었다.

시드의 곁에 처음 보는 소녀가 그의 상의를 입은 채 손을 꼭 잡고 서 있었는데 얼굴에 상처가 있었다.

소녀는 무언가에 위축되고 경계하는 모습이었다.

그런데 시드 역시 얼굴에 싸운 흔적이 보였으며, 옷을 벗어 줘 근육이 잘 발달된 상체가 드러난 상태였다.

"무슨 일이야?"

급하게 이층으로 올라가 시드의 윗옷을 챙겨 온 메리아가 옷을 건네며 묻자, 시드는 대답을 미룬 채 일단 옷을 먼저 입고 자리에 앉았다.

그러자 호기심 어린 눈빛으로 지켜보던 몇몇 손님이 고개를 돌렸다.

"아, 그게……."

시드는 차가운 물로 목을 축인 후, 소녀를 만난 일을 설명했다. 자연스럽게 벨트라와 메리아의 시선이 소녀에게로 향했다.

"어디에 맡겨두려고?"

"데리고 갈 생각이에요."

"응? 시엘, 내 귀에 살이 찐 거야? 헛소리가 들린 것 같은데."

시드의 대답에 벨트라는 고개를 저으며 웃음을 터뜨렸다.

자신들은 놀러 가는 것이 아니었다. 더군다나 일정이 어느 정도나 걸릴지도 모르는데 알지도 못하는 소녀를 데리고 가겠다니…….

있을 수 없는 일이었다.

"데리고 가야 할 듯해요."

하나 시드의 반복된 대답에 벨트라는 인상을 찌푸렸다.

"걱정이 돼서라면 바실에게 보내면 되지 않을까? 메리아가 받은 이동 주문서 한 장을 쓰면 되니까. 저 아이에게 편지를 줘서 말이야."

"아니요, 이유가 있어요."

"알려줄 수 있을까?"

벨트라의 진지한 표정에 시드는 고개를 저었다. 알려주지 않겠다는 뜻이 아니었다.

"지금은 곤란해요. 올라가서 얘기하죠."

그 말에 벨트라는 고개를 끄덕였고, 모두는 위층으로 향했다.

"초인족입니다."

"초인족?"

시드의 발언에 벨트라의 두 눈이 커지며 시드 옆에 앉아 있는 소녀에게로 향했다.

초인족! 그들을 다른 왕국에서 보는 일은 흔하지 않았다.

때론 여행이나 경험을 쌓기 위해 돌아다니는 이들도 있지만, 어린 소녀 혼자인 경우는 없었다.

하나 벨트라는 잘못 알고 있었다.

사실 마르트 왕국의 초인족 모두가 인간을 싫어하는 것은 아니었다. 그래서 여러 왕국에 뿌리를 내리고 있지만 대다수의 사람들이 알아차리지 못할 뿐이었다.

그들이 자신들의 힘을 발휘하지 않는 한, 아무런 차이가 없는 탓이다.

"처음에는 긴가민가했어요. 하지만 싸우면서 확신하게 됐어요. 변신을 하더라고요."

"싸웠다고?"

1층 식당에서 얘기할 때는 지금과 같은 반응을 예상해 일부러 싸움에 관해서는 말하지 않았었다.

"네, 아무래도 사람들한테 적의를 가지고 있는 것 같더라고요. 깨어나자마자 달려드는데 어쩔 수 없었어요."

"그렇군. 그래서 데리고 간다는 거야?"

"고아원보다는 초인족에서 찾는 것이 더 나으니까요. 바실 아저씨를 따를지도 모르겠고, 거기로 데려가면 가족을 만날 수도 있잖아요. 또 저와 떨어지지 않으려고 하네요."

시드의 말에 메리아는 입술을 삐죽 내밀었다.

원래 그의 옆자리는 항상 자신의 차지였다. 하지만 소녀가 자꾸 곁에 있었다. 방에 올라와서도 냉큼 옆에 앉아 시드의 팔을 꼭 붙잡았다.

"왜 너는 따르는 것이지?"

"글쎄요, 저도 잘 모르겠어요."

시드는 머리를 긁적이며 어깨를 으쓱했다.

시한부 라탈 급의 힘을 사용해서야 자신도 상처입지 않고 소녀에게도 위험한 부상을 입히지 않으면서 싸움을 끝낼 수 있었다.

그 후, 소녀를 앉히고 자신도 맞은편에 앉아 대화를 시도했다.

그러나 시작부터 문제가 발생했으니 소녀가 말을 할 줄 모르는 것이었다. 다행스럽게도 글은 쓸 줄 알았다.

정신연령은 나이보다 어린 6~7세 아이 정도 수준인 듯했지만 의사소통에 큰 문제는 없었다.

한데 왜 여기에 있는지, 가족은 어디에 있는지 물어봐도 대답을 하지 않고 얼굴만 일그러뜨릴 뿐이었다.

다만 가족의 얘기가 나올 때면 너무나 슬퍼 보여 더 캐묻지 않았다.

그런 와중에 소녀의 배에서 우레와 같은 소리가 울렸다. 배고픔의 신호였다.

시드는 따스하게 웃으며 소녀를 품에 안은 채 주변을 뒤져 토끼 두 마리를 찾아 손질했다. 그리고 마나를 이용해 불을 피워 노릇노릇하게 구워 건넸다.

소녀는 망설였다. 하나 오래가지 않았다.

애써 먼 곳을 바라봤지만 입에서 흐르는 침은 어쩔 수 없었고, 결국 소녀는 순식간에 토끼 두 마리를 모두 해치웠다.

그 모습을 모두 확인한 시드는 일어섰다.

일단 돌아가야 했다. 늦어지면 벨트라와 메리아가 걱정할 테니까.

그런데 소녀도 함께 일어섰다. 어차피 알고 싶은 부분이 있어서 데리고 가려 했지만 스스로 따라나선 것이다.

손목까지 잡으면서.

"토끼 두 마리를 줘서 그런가? 적은 아니라고 느꼈나 봐요."

"초인족이 유달리 감각이 뛰어나다는 말을 들었어. 네가 좋은 사람이라 느꼈나 보군. 아, 일단 배고프다. 내려가자."

시드의 말에 벨트라가 고개를 끄덕이며 일어섰다. 메리아가 그 뒤를 따랐고, 시드 역시 소녀와 함께 자리에서 일어섰다.

그리고 여러 가지 마음을 담은 시선으로 소녀를 쳐다봤다. 소녀는 인간 자체에게 상처를 가지고 있는 것 같았다.

피 칠갑을 했던 옷, 자신을 보자마자 증오에 휩싸여 공격을 했던 모습. 그런 점들이 하나의 해답을 만들어냈다.

그러나 자신에게서 과거에 만났던 인간들과 다른 면을 발견한 듯했고, 갈 곳이 없어서인지 따라왔다.

한데 자신은 이용하려 하고 있었다.

물론 소녀의 가족을 찾아주는 것도 데리고 가려는 이유 중 하나였다. 하나 또 다른 이유가 존재했다.

초인족의 적개심을 줄이기 위함이었다.

초인족 소녀가 동료라는 사실만으로도 그들은 자신을 다시 보게 될 터이니. 한 마디로 방패의 역할도 이유 중 하나였다.

스으윽.

시드는 미안한 감정을 담은 채 소녀의 머리를 쓰다듬었고, 소녀는 고개를 갸웃거리다 시드의 팔을 더욱 꼭 붙잡았다.

소녀는 행복했다. 왜 자신들이 마르트가 아닌 리샤르에서 살고 있는지는 몰랐지만 상관없었고, 말을 못해도 놀아주는 친구들과, 언제나 곁에 있는 부모님과 함께 보내는 나날이 마냥 기뻤다.

그러던 어느 날이었다.

갑자기 집안에 사람들이 들이닥쳤다.

부모님은 일을 하러 나간 상황이었기에 홀로 인형과 놀고 있던 소녀는 영문을 알 수 없지만 겁에 질린 눈으로 그들을 바라봤다.

침입자는 총 세 명. 여자 둘과 한 명의 남자였다.

그들은 소녀에게 마법을 걸어 움직이지 못하게 만든 채 방 안에서 누군가를 기다렸다.

소녀는 그들의 대화를 듣고 알아차렸다. 자신의 부모님을 기다리고 있다는 사실을.

해가 저물었다. 일을 끝낸 부모님이 돌아왔다.

소녀는 그때서야 비명을 질렀다. 하지만 문을 열고 들어오는 부모님의 표정은 변하지 않았다.

들어오기 전부터 알고 있었지만 소녀를 버리고 갈 수 없었기 때문이다.

소녀는 머릿속으로 부모님의 목소리를 들었다.

도망치라고, 자신들은 걱정하지 말고 어떻게든 도망치라고.

소녀는 싫다는 뜻으로 고개를 저었다. 그러나 태어나 처음으로 아버지가 화를 내자 결국 더 이상 반항할 수 없었다.

부모님이 변신하며 힘을 드러냈다. 가장 먼저 자신들의 딸을 붙잡고 있는 마법을 힘으로 파괴했다.

소녀는 변신을 한 채 집 밖으로 뛰쳐나왔다.

붉은 머리의 여자가 욕을 하며 따라왔지만 잡히지는 않았다. 멀어지는 집에서 부모님의 비명 소리가 들렸다.

소녀는 울었다. 그들의 얘기가 머릿속을 맴돌았다.

초인족은 해부하기 딱 좋은 재료라고 했다. 그녀에게 걸린 너희들이 운이 나쁘다고 했다.

소녀는 비명을 질렀다. 자신의 잘못이었다.

부모님은 절대 힘을 쓰지 말라고 했다. 초인족과 인간들은 다르지 않지만, 편견을 가지고 보는 이들도 있으니 알려져서는 안 된다고.

소녀는 알겠다고 했다. 그러나 약속은 깨져 버렸다.

보름 전, 친구들과 산에 놀러 갔을 때 몬스터를 만났다. 친구들이 다치고, 소녀도 다쳤다. 친구들이 죽을 위기에 처했다. 소녀는 살고 싶었다.

결국 소녀는 변신을 했다. 몬스터를 순식간에 해치웠다. 소녀는 불안감에 휩싸이며 부탁했다. 아무에게도 말하지 말라고.

한데, 누군가가 약속을 어겼다. 이토록 찾아온 것을 보니.

틀렸다. 틀렸다. 틀렸다. 부모님은 틀렸다.

초인족은 인간과 같지 않았다. 인간에게 초인족은 실험 재료일 뿐이다.

"흐아아앙!!"

얼마나 달렸는지도 모른다. 숨이 턱에 받쳐 쉬고, 또 쉬고,

해가 질 때까지 달리고 나서야 소녀는 바닥에 주저앉아 울었다.

변신은 이미 풀려 있었다.

초인족은 변신을 하면서 각기 다른 특성을 가진 힘과 육체를 얻을 수 있지만 그 시간은 길지 않았다.

물론 능력이 뛰어나고 익숙할수록 변신이 유지되는 시간은 길었다.

하나 과거 집안에서 한 번을 포함, 지금까지 세 번밖에 변신을 하지 않았던 소녀는 그 시간이 짧았고, 힘이 모이면 다시 변신을 하고, 반복해서 어디인지 알 수 없는 이곳까지 달려왔다.

그런 소녀에게 세 명의 남자가 다가왔다.

근방에서 어린애들을 납치, 유인해 노예로 팔아버리는 이들이었다.

소녀는 그들이 따스하게 대해도 대답하지 않았다. 머릿속을 가득 메운 슬픔들로 인해 얘기가 들리지도 않았다.

그러자 세 명의 남자는 소녀의 입을 가린 채 부여잡으며 끌고 가려 했고, 소녀는 그들을 죽였다.

증오와 두려움에 지배당한 본능적인 행동이었다.

그 후 소녀는 재차 달렸다. 그러다 한 산에 도착해서야 의식을 잃고 쓰러졌다. 몸이 감당하지 못할 수준의 힘을 사용한 탓이다.

의식을 잃은 채 며칠이 지났다. 그리고 정신이 들었을 때 눈앞에 인간이 있었다.

소녀는 분노했다. 소녀에게 있어 인간은 죽여야 될 존재였다.

싸웠다. 이때까지처럼 죽여 버릴 수 있다고 믿었다.

눈앞에 있는 남자에게서는 그때 집에 찾아왔던 남자한테처럼 끔찍한 두려움도 일어나지 않았다.

또한 짙고 짙은 슬픔이란 광기에 정신이 집어 먹힌 상태였다.

한데 자신이 졌다. 죽지도 않고 말이다.

남자가 일부러 상처를 입히지 않으려고 노력한 듯했다. 스스로가 얻지 않아도 될 상처를 입어가면서까지 자신이 다치지 않도록 해줬다.

거기에다가 꼬르륵 소리가 나자 배가 고프구나 하면서 먹을 것까지 챙겨주며 자상하게 여러 가지 질문을 했다.

절대 화를 내거나 서두르지도 않았다. 뭐든지 배려하고 맞춰주려 하면서 대화를 나눴다.

눈물이 나왔다. 마냥 서러워져서 하염없이 울고 또 울었다.

남자가 자신을 안았다. 움찔했다. 다른 인간들처럼 무슨 짓을 하지 않을까 걱정이 먼저 앞섰다.

그런데 남자는 눈물이 그칠 때까지 말없이 안아주며 등을 토닥여 줬다.

따스했다. 아버지가 안아줬을 때처럼 포근했다.

잠시 후, 남자가 일어서자 소녀도 마찬가지로 일어나 저도 모르게 손목을 붙잡았다.

갈 곳이 없다. 아무도 존재하지 않는다. 이 사람은 믿어도 될 것 같았다.

아니, 믿을 수밖에 없었다.

자신에게는 이제 아무도 존재하지 않는다.

CHAPTER 03
재회

'신이시여, 왜 저에게 자꾸 시련을……'

벨트라는 모든 것을 체념한 표정으로 샤인을 쳐다봤다.

샤인은 소녀의 이름으로 식당에 내려와 밥을 주문한 다음 알게 되었다.

샤인은 아쉬운 듯 입맛을 다시고 있었다. 3인분이나 먹어 놓고 말이다.

3인분! 시드가 말렸기에 거기서 멈췄다. 만약 마음껏 먹게 했더라면 10인분도 문제가 없었을 것이다.

안 그래도 상식 이상으로 먹어치우는 시드로 인해 돈이 말라가는데.

‘부업이라도 해야겠어!’

벨트라가 눈물을 머금고 결심할 때, 자신의 음식 반을 샤인에게 양보하고 식사가 끝나기를 기다리던 메리아가 말문을 열었다.

“시엘 오빠, 옷은 어쩌지? 내 옷을 같이 입을까?”

샤인의 옷차림을 보며 메리아가 묻자, 시드는 고개를 저었다.

큰 차이는 없지만 메리아보다는 샤인이 더 큰 편이었다. 또한, 조심성이 없는 편이기에 치마 위주인 메리아의 옷은 샤인에게 맞지 않았다.

“밖에 나가서 사야지.”

시드는 대답을 하며 샤인을 쳐다봤다.

샤인은 두 눈이 풀린 채 자신의 어깨에 기대어 있었다. 잠들기 직전의 모습이다.

‘씻기니 예쁘장한 얼굴이구나.’

옷을 벗어주기 전에 시드는 먼저 냇가로 향했다. 피로 뒤덮인 옷도 문제였지만 샤인에게서 악취가 풀풀 났기에 씻지 않는다면 옷을 갈아입혀 봤자 소용없었다.

냇가는 산을 돌아다닐 때 발견했는데, 작은 크기였지만 어린 소녀 한 명이 씻기에는 훌륭했다.

“그러면 다녀오세요.”

시드는 잠든 샤인을 깨우며 벨트라에게 부탁했다.

여자 옷을 골라본 적이 없다. 가봤자 아무런 도움이 안 될 뿐이다.

그러니 경호는 벨트라에게 맡긴 채 수련을 할 계획이었다. 하나 시드의 바람은 이루어지지 않았다.

샤인이 눈을 비비다 메리아가 데리고 가려 하자 시드의 허리를 안은 채 떨어지지 않았기 때문이다.

결국 시드는 긴 한숨과 함께 같이 나가기로 결정했다.

빠지직.

시드는 몸을 움찔 떨었다.

메리아의 입은 웃고 있지만 두 눈에서 살기가 뻗어 나왔기 때문이다.

그것도 모자라 문을 힘껏 닫더니 밖으로 나가 버렸다.

'바보! 바보!'

메리아는 볼을 한껏 부풀린 채 방을 빠져나와 속으로 소리를 질렀다.

샤인이 처음 나타났을 때부터 마음에 들지 않았다.

시드의 곁에 계속 붙어 있는 것도 그랬지만 나이는 같은데 몸은 더욱 성숙했으며 가장 중요한 점은 예뻤다.

고아원에서는 자신이 가장 돋보였는데, 샤인의 곁에 있으니 아름답다는 말이 왜 존재하는지 알 수 있을 정도였다.

한데, 그런 샤인이 계속 시드만 따르고, 시드는 다 받아주니 메리아는 질투심까지 일어났다.

하나밖에 없는 오빠를 빼앗겨 버린 기분.

지금도 그랬다. 옷을 사기로 결정하고 같이 가자고 하니 수련을 해야 한다며 거절했다. 몇 번 더 졸랐다. 같이 있고 싶고 놀고픈 마음에.

그래도 결과가 같아 내심 속상함을 느끼고 있었는데 샤인이 달라붙자 가겠다고 한다.

"나보다 샤인이 더 좋은 거야 뭐야."

메리아는 이젠 입술까지 내민 채 자리에 쭈그리고 앉아 투덜거렸다.

"어린애들한테 인기 많아서 좋겠네? 크큭."

"……."

옷을 구입한 다음 바로 떠나기로 결정한 시드는 옆을 지나가며 짓궂은 농을 건네는 벨트라를 울컥하며 노려봤다.

그 살벌한 눈빛에 벨트라는 황급히 밖으로 달려나갔고, 시드는 긴 한숨을 토해냈다.

메리아의 심정이 이해가 됐다. 저 나이 때는 충분히 그럴 수 있었다. 특히 메리아의 경우는 사정이 남다르기도 했고.

그렇기에 질투나 화가 나도 이상하지 않았다.

하지만 그렇다고 말도 할 줄 모르며 가족도 없는 샤인한테 차갑게 대할 수도 없는 노릇이었다.

단지 벨트라에게 메리아를 잘 달래달라고 부탁하는 것이 최선이었다.

문을 열고 밖으로 나온 시드는 입구에 서서 노려보고 있는 메리아를 발견하고 애써 환하게 웃었다.

"메리아, 화났……."

휘익!

그러나 메리아의 기분은 여전히 풀리지 않은 상태였다.

그녀는 시드를 보자마자 고개를 돌리며 여관 밖을 향해 힘차게 걸어갔다.

처음으로 겪어보는 메리아의 차가운 태도에 시드는 돌처럼 굳었다.

"히유?"

그때 옆에서 팔을 잡고 있던 샤인의 음성이 들려 시선을 돌렸다.

샤인은 영문을 알 수 없다는 표정으로 쳐다보고 있었다. 지금의 상황이 이해되지 않는 것이다. 왜 이런 일이 벌어졌는지도 모르고 말이다.

"아무 일도 아니야, 가자."

시드는 샤인의 머리를 쓰다듬어 주며 말했다. 그 따스한 웃음에 샤인은 배시시 웃으며 팔을 더욱 힘주어 잡았고, 시드는 머리를 헝클며 밖으로 나갔다.

앞으로 피곤해질 것 같다는 예감과 함께.

찌리릿!

시드는 뒤통수가 따끔거렸지만 애써 무시했다.

돌아보지 않아도 누구인지 알 수 있었다. 분명 메리아일 것이다.

여관에서 나오자 시드는 또 다른 난관에 부딪쳤다. 말을 타야 했다. 네 명이니 말 하나에 둘이서 타야 한다. 그런데 메리아와 샤인은 말을 몰지를 못한다.

즉 자신과 벨트라가 나눠서 말을 몰아야 한다는 것이었는데, 문제는 뒤에 누가 타느냐였다.

당연히 상황을 봐서는 메리아를 태워야 했다. 그래야 살벌한 폭풍이 불지 않을 테니.

한데, 눈치라고는 찾아볼 수 없는 샤인이 순식간에 시드의 뒷자리를 차지했다.

메리아의 눈꼬리가 올라가는 것을 시드는 봤다.

그러나 샤인에게 내리라고 할 수는 없었다.

아직 벨트라와 메리아한테는 자신만큼 따르지 않아서였다. 동료라 할지라도 약간의 경계를 품고 있는 듯 보였다.

그러니 어떻게 벨트라한테 맡기겠는가? 지금도 자신에게 딱 붙어서 떨어지지 않는데.

그로 인해 시드는 어쩔 수 없다고 결심하며 황급히 말을 출발시켰다.

메리아의 살기를 느끼면서.

"이제 바로 떠나면 되겠습니다."

상점가에 도착한 다음 얼음장 같은 분위기 속에서 옷 두 벌을 고른 시드가 벨트라를 향해 말했다.

그런 다음 메리아를 등 뒤에서 껴안았다.

샤인이 입을 만한 옷을 다 고르고 아직도 삐친 상태로 밖에 나와 있던 메리아의 얼굴이 붉어졌다.

시드라는 사실을 알았기 때문이다.

체격도 그랬지만 벨트라는 이런 짓을 하지 않았다.

"뭐, 뭐 하는 거야!"

"내 여동생이 좋아서."

"바, 바보! 그런 말이 어디 있어!"

소리를 지르던 메리아는 화가 났다는 사실도 잊은 채 입가에 미소를 머금었다. 따스했다. 언제나 자상하게 자신을 챙겨주던 오빠의 품은 여전히 좋았다.

"샤인이 아직 마음을 못 열어서 그렇지만 너나 벨트라 아저씨를 향한 경계가 풀리면 나에게만 붙어 있지 않을 거야. 네가 이해해 줘. 분명 인간들에게 끔찍한 일을 겪은 것 같으니."

"그 정도는 알고 있어."

메리아는 작은 목소리로 대답했다.

그녀도 잘 알고 있었다. 그래서 마음속에서는 이해해야 된다고 자꾸 외쳤다.

하나 뜻대로 되지 않는 일도 있는 법이다.

"다른 사람도 아닌 네가 그러면 나는 마음이 아파서 견딜 수가 없어."

느끼한 발언 작렬!

말을 하면서도 시드는 스스로 온몸에 닭살이 돋는 것을 느낄 수 있었다. 돈이 필요할 때라면 모르겠지만, 지금은 상황이 달랐다.

단순히 메리아의 기분을 풀어주기 위한 발언!

물론 여동생인 메리아이기에 신경이 쓰이지만 아파서 견딜 수 없을 정도는 아니었다. 다만 여자에 해박한 벨트라가 조언해 준 것이다. 여자들은 이런 말을 좋아한다고.

그리고 열네 살이지만 메리아 역시 여자였다.

"알았어, 누가 뭐라 해도 오빠는 나의 오빠니까 잠시 양보할게. 헤헤!"

"고마워, 정말!"

시드는 진심으로 안도하며 메리아를 안은 팔에 힘을 줬다. 그 후, 벨트라에게 윙크로 고마움을 표시했다.

'앞으로는 조심해야겠어.'

메리아의 숨겨져 있던 성깔을 알게 된 하루였다.

"어디를 가자고?"

슥삭슥삭.

시드가 묻자 샤인은 손가락으로 글을 적고 그림을 그렸다. 자신이 가고 싶은 곳을 나타내는 것이었다.

그런 샤인은 조금 전에 산 붉은색의 여행복을 입고 있었다.

바지와 윗도리, 로브가 한 세트였으며, 당연히 가게에서 가장 싼 여행복 중 하나였다.

"꼭 가야 해?"

샤인은 세차게 고개를 끄덕였다.

가야 했다. 아버지와 어머니가 잡혀가지 않은 채 기다리고 있을 수도 있었다.

"저 혼자 다녀올까요?"

샤인의 간절한 눈빛으로 인해 이유가 있다고 판단한 시드가 벨트라를 향해 물었다.

결정은 항상 벨트라와 의논을 거친 다음이었다.

"같이 가야지, 이미 가기로 결심을 굳힌 것 같은데. 나는 홀로 남은 메리아가 무섭다."

메리아에 관한 얘기는 아주 작은 목소리로 말하는 벨트라로 인해 시드는 실소를 머금었다.

"메리아는?"

"나도 오빠랑 같이라면 어디든 상관없어."

"그래, 그러면 가는 길에 들렀다가 가자. 이곳이라면 내가 아는 데야."

샤인이 설명하는 곳은 과거 카란과 돌아다닐 때 가봤던 장소이기에 찾는 데 오래 걸리지 않을 것이다.

정확한 위치는 샤인이 알 테고 말이다.

아무리 정신연령이 어리다 할지라도 저토록 가고 싶어하는 곳의 위치는 기억할 테니까.

곧 시드와 일행은 말에 올라타 새로운 목적지로 향했다.

"어머, 나타났나 보네?"

손에 쥔 빨간색 수정 구슬을 바라보며 붉은 머리카락의 소녀가 차가운 미소를 지었다. 예쁘장한 얼굴에 어울리지 않는 섬뜩한 웃음이었다.

"그 아이인가?"

"응. 그 마을 사람들에게 손을 써놨거든. 그 소녀가 나타나면 알려달라고 했지. 그렇게 해주면 돈을 주겠다는 약속과 함께. 어떻게 할래? 아저씨, 같이 갈래?"

"너 혼자서는 힘들 테니."

"나는 지지 않아!"

짧고 검은 머리카락의 체격이 큰 남자가 말하자, 소녀는 화를 감추지 못했다.

"아아, 알았다. 그래, 너는 강해. 다만 만약을 대비해서다. 또 놓친다면 그분이 실망할 테니."

남자는 그 말과 함께 자리에서 일어섰다.

소녀의 자존심을 잘 알고 있다. 자신이 인정한 이를 제외하고는 절대 지지 않으려고 한다. 그래서 유독 그 초인족 소녀한테 집착하는 것인지도 모른다.

그날 상처받은 자존심을 회복하기 위해.

그 시각 시드는 팔짱을 낀 채 샤인의 뒷모습을 쳐다봤다.

샤인은 형체를 알아볼 수 없는 집 앞에서 엎드린 채 울고 있었다. 그 곁에는 메리아가 아무 말 없이 함께 슬퍼해 주고 있었다.

'죽었거나, 혹은 잡혀갔거나……'

오는 도중 마을 아주머니를 한 명 만났다.

그녀는 소녀를 발견하고 깜짝 놀랐지만 침착을 되찾으며 질문에 많은 대답을 해줬다.

부모님이 잡혀갔고, 아직도 돌아오지 않고 있다는 사실과 그들이 누구인지는 모른다는 등등.

그래서 시드는 목적지가 샤인의 집이라는 사실과 무슨 일이 벌어졌는지를 짐작할 수 있었다.

"마법사겠지."

"마법사요?"

시드는 등을 돌리며 차가운 바람을 정면으로 맞섰다.

샤인의 집 맞은편에는 바다가 자리하고 있었고, 비릿하지만 속이 시원해지는 공기가 코를 통해 들어왔다.

"마법사들에게 있어 초인족은 최고의 실험 재료지. 만약 초인족의 비밀을 밝힐 수 있다면 인위적으로 초인족을 만들 수도 있으니까."

시드는 안타까움을 느끼며 고개를 끄덕였다.

인간이라는 사실은 같다. 단지 초인족은 남다른 힘을 가졌을 뿐이다. 그 이유 하나로 인간들에게 두려움의 대상, 연구의 대상이 됐다.

만약 복제 초인족을 만들게 된다면 엄청난 무력을 손에 쥐게 되는 셈이니.

물론 모든 마법사가 그런 시선으로 초인족을 보는 것은 아니지만.

'나라도 적대했겠어.'

마르트 왕국의 초인족들이 왜 인간을 싫어하는지 공감이 갔다.

그 순간이었다. 시드는 마나의 일그러짐을 느끼며 다급히 고개를 들어 올렸다.

시드의 긴박한 행동과 함께 마찬가지로 무언가를 알아차린 벨트라 역시 표정을 굳히며 한곳을 바라봤다.

스파아앗!

빛이 번쩍였다. 눈이 부셨다.

시드는 인상을 일그러뜨렸다. 분명 이동 주문진이었다. 누군가가 며칠 사이에 이곳을 기점으로 이동 주문진을 만든 것이다.

설마 이동 주문진까지 만들어서 샤인을 노릴 것이라고는 예측하지 못했다.

‘둘이다.’

두 명의 그림자가 보였다. 시드는 다급히 샤인과 메리아 쪽으로 이동한 다음 고개를 돌렸다.

빛이 사라졌다. 둘의 뒷모습이 확연하게 보였다.

두근두근.

‘뭐지?’

시드는 심장이 빠르게 뛰기 시작한 것을 느꼈다.

왠지 낯익은 뒷모습들. 얼굴을 보기 전에 먼저 반응하는 몸. 시드의 얼굴이 어두워졌다.

그때 샤인이 있는 곳을 향해 둘이 고개를 돌렸다.

그리고 시드와 그들의 시선이 허공에서 마주쳤다.

머릿속에서 리스네가 떠올랐다.

갑자기 나타난 둘이 리스네와 가까운 이들이었기 때문이다.

호흡이 가빠지고 주먹에 힘이 들어갔다. 하나, 시드는 애써 진정하기 위해 노력했다.

아직 이들은 자신이라는 사실을 알지 못한다. 쓸데없는 행동으로 불필요한 관심을 받을 필요가 없었다.

침착하자, 침착해라.

시드는 자신을 추스른 다음 재차 눈을 마주쳤다.

리스네의 기사인 스로우, 친구인 페이리와.

“드디어 만났군.”

붉은 머리의 여검사 페이리는 흥분된 얼굴로 샤인을 노려
보며 말했다.

그날 페이리는 아네뜨와 그에게 초인족 둘을 맡기고 샤인
을 잡기 위해 움직였다. 그러나 예상외의 속도로 인해 붙잡지
못했고, 리스네의 차가운 시선을 받아야 했다.

"죽지 않을 정도로만 괴롭혀 주지."

"조심해라."

"응?"

페이리가 검을 꺼내며 한 걸음 나서자 변함없이 얼굴에 검
상이 새겨진 스로우가 경고했다. 페이리는 의아안 얼굴로 반
문했다. 이해가 되지 않았다. 자신과 라탈 급인 스로우가 있
는데 그는 무엇을 조심하라는 것인가?

"내가 도와줄 수 없을지도 모른다."

스로우는 그 말과 함께 시드한테 시선을 던졌다. 그러자 자
연스럽게 페이리의 눈도 시드한테 닿았다.

"저애가 설마 당신보다 강하다는 말이야?"

"아니, 다만 쉽지는 않을 것 같군."

스로우의 얘기에 시드는 검을 꺼냈다.

스로우는 예전보다 더욱 강해지고 안목도 높아진 채 자신
의 앞에 나타났다. 피할 수 없다. 혼자라면 모르지만 셋을 모
두 챙겨가며 도망칠 수는 없었다.

그렇다면 싸우는 방법밖에 답이 없었다.

"그런데 왜 조심해? 설마 내가 진다는 말이야?"

"그가 그렇다고 하면 그러니깐."

"아저씨!"

페이리는 차가운 눈으로 스로우를 노려봤다.

그날 놓치고 돌아갔을 때, 그가 무심한 어투로 말했었다.

붙잡지 못한 게 다행이라고. 어차피 혼자서는 이기지 못할 상대였다며.

"그의 말이 틀렸다는 것을 입증하겠어."

페이리는 웃음을 잃은 얼굴로 샤인을 노려봤다. 그때 샤인은 두려움과 슬픔, 분노로 인해 이미 제정신이 아니었다.

"아… 아아……."

샤인은 기억하고 있었다.

스로우는 처음 보는 것이지만, 페이리는 뇌 속에 똑똑히 박혀 있었다.

집안에 쳐들어왔던 여자 중 한 명. 소름 끼치는 말을 하면서도 낄낄대던 여자. 도망치는 자신을 잡으려고 했던 여자.

"으읍, 으으윽!"

샤인은 신음을 흘렸다.

죽여 버리겠다고, 죽인다고 외치는 것이었다.

"메리아, 찢어."

그 광경을 지켜보며 시드는 고개도 돌리지 않은 채 말했다.

메리아의 신형이 움찔거렸다. 무슨 의미인지 잘 알고 있는 것
이다.

약속했었다. 위험이 생기면 이동 주문서로 도망치겠다고.

하지만, 정작 그 상황이 오니 차마 그럴 수 없었다. 어떤 일
이 발생할지 모르는데 어찌 자신의 오빠 혼자 버리고 가겠는
가.

"시, 싫어."

"메리아!"

시드는 큰 목소리로 고함을 질렀다.

스로우는 강하다. 절대 자신이 여유를 부리며 상대할 수 있
는 상대가 아니었다. 아니, 이길 수 있는지도 확신할 수 없었
다.

더군다나 자신은 시한부 라탈 급이었다.

그러니 메리아까지 신경 쓸 수 없는 노릇이다. 벨트라가 있
다 하더라도 만약은 언제나 존재하기에 보내야 했다.

한데, 메리아가 말을 듣지 않았다. 설득할 시간도 없고, 최
악의 경우 모두가 위험해질 수 있는데.

"너, 나와 본 적 없나?"

스로우가 검을 꺼내며 묻자 시드는 내심 뜨끔했지만 티내
지 않으며 고개를 저었다.

"낯익군."

스로우는 시드를 빤히 쳐다봤다. 어디선가 본 적이 있는 듯

한 느낌이었다.

'알아차렸나?

시드는 불안했다. 리스네한테 자신이 살아 있다는 정보가 벌써부터 들어가 봤자 득이 되는 일은 없었다.

더군다나 이리 가까이서 마주하리라고는 꿈에도 예상하지 못했다.

최악의 경우 스쳐 지나갈 수 있다고는 생각했으나, 그 찰나로는 알아보지 못할 것이라 믿었다.

아무리 예전의 얼굴이 있다 할지라도 5년이 흘렀다.

리스네와 타렌을 제외하고는 얼굴을 자주 보지도 않았으며, 그 5년 동안 자신은 가깝게 지낸 이들도 몰라볼 만큼 성장했다.

나이는 열다섯 살이지만 청년과 다름없는 외형이니 말이다.

한데, 일이 더럽게 꼬여 버렸다.

"타아앗!"

결국 시드는 고민할 시간을 주지 않기 위해 먼저 달려들었다. 그와 동시에 샤인 역시 초인족의 힘을 개방하며 페이리와 맞섰다.

"크으윽!"

페이리는 예상을 초월하는 샤인의 힘에 뒤로 밀렸다.

자신들이 상대했던 초인족은 대단한 힘을 가졌다. 여자는 아네뜨 혼자 처리할 정도였지만 남자는 달랐다.

그조차 전력을 다할 정도였다.

페이리는 단 한 번도 그가 전력을 다해 싸우는 것을 본 적이 없었지만, 그날 깨닫게 됐다. 진정한 그의 힘을.

그럼에도 불타오르는 자존심으로 인해 자신이 어린 초인족보다 약하다는 사실을 인정하지 않았다.

그가 잘못 판단한 것이라 믿고 또 믿었다.

하지만 직접 대면해서 상대하니 페이리는 알 수 있었다. 저 어린 초인족 소녀가 자신보다 강하다는 사실을.

콰아앙!

샤인의 손톱과 페이리의 검이 부딪쳤다.

페이리는 입에서 피를 토하며 뒤로 물러섰다. 그런 페이리에게 샤인이 날개를 펄럭이며 빠른 속도로 달려들었다.

하나 페이리도 만만치 않았다.

뒤로 밀려나는가 싶더니 어느새 자세를 정비하며 날카로운 찌르기를 구사했다.

찌르기는 바람을 가르며 샤인의 목을 노리며 뱀처럼 휘어들며 파고들었다.

그런 그녀의 검에는 연한 마나가 휘감겨 있었다.

파아앗!

샤인의 목에서 피가 튀었다. 위험을 느끼며 다급히 몸을 틀었지만 완벽하게 피하지 못한 것이다.

"나는 지지 않아!"

페이리는 이를 악물며 검에 마나를 불어넣었다.

화르륵!

불꽃이 타올랐다. 리스네가 만든 화염계 마법검이었다.

"감히 실험 재료인 네깟 초인족이 나를 이기려 들어?"

페이리는 큰 목소리로 외치며 검을 휘둘렀다. 검에 맺힌 불꽃이 땅을 타고 샤인을 향해 질주했다.

페이리는 스스로에게 자부심이 대단했다.

여자의 몸으로 스물한 살에 라탈 급을 목전에 두고 있었다. 그것도 마법이 아닌 검으로 말이다.

천재! 아폴레의 제자란 사실 자체가 각 분야에서 천재적이라는 사실을 입증해 줬지만 자신은 그중에서도 리스네, 아네뜨와 함께 특별히 뛰어난 존재였다.

그런데 리스네가 먼저 모두의 주목을 받으며 라탈 급에 올랐다.

페이리는 자존심이 상했다, 당연히 자신이 선두여야·했다. 리스네도 아네뜨도 아닌 자기가.

한데 이제는 나이도 한참 어린 실험용조차 자신을 위협하고 있다.

절대로 질 수 없었다.

사아아아.

시드의 검이 진한 마나로 뒤덮였다.

'5분.'

기습을 했으나 실패하면서 자신의 전력을 드러낸 것이다. 어차피 기습은 그의 생각을 막기 위함이었고, 감춰봐야 어차피 꺼내야 할 적 앞에서 힘을 아낄 필요가 없었다.

최대한 빠른 시간 안에 스로우를 쓰러뜨리고 샤인을 돕는다.

'버텨라.'

시드는 샤인을 곁눈질로 힐끔거리며 마음으로 부탁했다.

전력상으로는 샤인이 한 수 위였다. 과거에 비하면 페이리도 놀라운 성장을 했지만 라탈 급은 아니었다.

물론 자신은 에트 급의 힘으로도 죽이려고 마음먹는다면 이길 수 있었다.

하나 그것은 일반적인 에트 급과는 다른 자신의 기준에서이지 아무리 라탈 급을 눈앞에 두고 있다 할지라도 페이리는 샤인에게 승리를 장담할 수 없었다.

마나의 힘으로만 계산하면 샤인은 갓 라탈 급이 된 이와 대등했으니.

다만 문제는 바로 경험이었다.

샤인은 제대로 싸워본 적이 없는 것 같았다. 단지 본능에 따라 움직였으며, 무모한 공격이 많았고, 예상치 못한 공격에 대처하는 센스가 부족했다.

만약 어릴 때부터 힘을 컨트롤하고 싸우는 법을 배웠더라면 지금보다 더욱 강력하고 노련하게 싸움을 펼쳤을 것이다.

또한 짧은 변신 시간도 위험 요소였다.

"물러서 주지는 않겠지?"

시드는 일부러 반말을 했다. 스로우에게서 과거 자신의 모습을 보이지 않기 위함이었다. 플루닉을 꺼내지 않은 이유도 그래서였다.

만약 리스네에게 보고가 들어간다면 어떤 플루닉인지도 알려진다. 그럴 경우, 리스네가 알아차릴 수 있었다.

당시 리스네는 플루닉의 전투를 보지 못했지만 피의 눈물과 한편인 그녀가 빼앗긴 플루닉의 전투 능력과 외형을 알고 있을 수도 있기 때문이었다.

단, 목숨이 위험해지거나 진다고 확신이 들면 소환할 것이다.

"나에게는 임무가 있으니까."

대답에 시드는 쓰게 웃었다.

스로우는 좋은 이였다. 충성심이 강하고 정직했다. 오로지 강해지는 것과 가족, 사랑하는 이들의 행복이 우선인 사내였다.

지금도 과거와 그렇게 달라 보이지 않았다.

그러나 문제는 리스네였다. 하필이면 리스네를 따른다는 것.

만약 마법 실험을 하는 이가 리스네만 아니었다면 그는 도움을 주지 않았을 것이다.

"얼른 쉬게 해주지."

시드는 그 말과 함께 메스토의 스텝을 시전했다.

스로우는 깜짝 놀라며 다급히 검을 들어 올렸다. 그러자 묵직한 느낌과 함께 눈앞에서 폭발이 일어났다.

'빠르다!'

스로우의 이마에서 식은땀이 흘렀다.

정말 순식간에 벌어진 일이었다. 라탈 급끼리의 대결이라 긴장을 늦추지 않았음에도 움직임을 놓칠 뻔했다.

"이제 시작이다."

"자만하지 마라."

시드의 말에 스로우는 흔들리지 않으며 되받아쳤다.

스르르륵!

시드의 검이 흔들렸다. 그러더니 하나, 둘, 넷, 총 여덟 개가 됐다. 과거 마탈 급일 때는 열여섯 개도 어렵지 않았지만 현재는 여덟 개가 최선이었다.

다만 상대는 라탈 급의 스로우이기에 충분히 위협을 가할 수 있을 것이다.

촤차차착!

여덟 개의 검이 동시에 스로우를 노리며 파고들었다.

극한의 움직임으로 만들어내는 환영이자 실체!

검은 스로우의 이마와 얼굴, 목과 가슴, 배와 옆구리, 팔과 다리를 향해 아가리를 쫙 벌렸다. 피할 공간은 존재하지 않는다.

그러나 시드의 바람은 이루어지지 않았다.

스로우가 검을 바닥에 꽂았다. 그와 함께 바닥에서 모래와 흙이 솟구치며 그의 전신을 뒤덮었다.

퍼퍼퍼퍽!

그 모래와 흙에는 스로우의 검을 타고 전해진 마나가 담겨 있어서 시드의 검을 막아냈다. 그것도 모자라 역습을 펼쳤다.

콰지직! 푸우욱!

시드의 발이 흙을 파고 들어갔다.

위에서 아래로 내리쳐진 스로우의 검은 그 정도로 무시무시한 파괴력을 담고 있었다.

'분명 베었는데…….'

시드는 떨리는 손아귀에 힘을 주며 이를 꽉 깨물었다.

스로우의 역습! 그러자 시드는 그의 움직임을 예측하고 마나를 내뿜었다. 반월형의 마나는 스로우의 육체를 베고 지나갔다.

한데, 스로우는 어느새 자신의 앞에 와 검을 내리쳤다.

"환영은 너만 할 수 있는 것이 아냐. 다만 나는 말 그대로 환영이지만."

“그런가? 이거 너무 쉽게 봤군.”

스로우를 올려다보며 시드는 하얀 이를 드러냈다.

그와 반대로 마음속은 초조하게 타 들어갔다. 라탈 급의 힘을 발휘할 수 있는 시간이 별로 없었다.

‘어쩔 수 없군.’

시드는 플루닉을 소환하기로 결심했다.

“꺄아악!”

그때 샤인의 비명 소리가 시드의 귀를 파고들었다.

샤인의 전신이 불꽃에 휩싸였다.

마법검에는 불꽃의 기능만 있는 것이 아니었다. 몸을 묶고, 움직임을 흐트러뜨리는 등 여러 가지 기능이 존재했다.

샤인은 익숙하지 않은 마법에 당황했고, 결국 재차 발휘된 화염 공격을 몸에 허용한 것이었다.

“죽이지는 않아, 죽이지는.”

얼굴에 상처가 여럿 생긴 페이리가 검을 질질 끌며 샤인에게 다가갔다.

검게 그을린 샤인은 변신이 풀린 채 기침을 해대기 바빴다.

시드가 걱정했던 변신 시간이 끝난 것이다. 힘이 회복되기 전까지는 샤인은 평범한 소녀와 크게 다를 바 없었다.

“여기가 좋겠어.”

페이리의 검끝이 옷이 타버린 샤인의 허벅지에 닿았다. 그럼에도 샤인은 저항할 기운도 없는 듯 숨만 거칠게 몰아쉴 뿐이었다.

"목숨만 붙어 있으면 되거든."

페이리가 사악하게 미소를 지었다. 5년 동안 큰 폭으로 성격 변화를 겪은 페이리. 그녀는 망설임없이 검을 쥔 손에 힘을 줬다.

채애앵!

"뭐, 뭐냐!"

페이리는 허공으로 솟구치는 자신의 검을 확인하며 당황을 금치 못했다. 샤인에게만 신경을 집중한 나머지 누군가 접근한다는 사실을 미처 알아차리지 못했다.

바로 벨트라였다.

시드는 안도했다. 혹시 모를 상황을 대비해 벨트라에게 메리아 곁을 지켜달라고 부탁했는데, 그는 샤인의 위기를 보자 자신의 판단으로 움직였다.

만약 벨트라가 다가가지 않았더라면 자신이 나섰을 것이다.

그렇다면 샤인은 구할지라도 가만히 있지 않을 스로우에게 부상을 입을 확률이 높았으며, 플루닉도 드러내야 했다.

"이제 그만 하는 것이 어떨까?"

시드의 말에 스로우는 페이리에게 시선을 던졌다.

페이리는 졌다. 예상외로 초인족 소녀에게는 이겼지만 거기까지였다.

남은 마나가 거의 없었으며, 검을 겨누고 있는 남자는 현재의 그녀를 죽이기에 충분했다.

한마디로 인질이 된 것이다.

'달리 방법이 없군.'

스로우는 쓴웃음을 흘렸다.

문득 떨어져 있는 어린 소녀를 인질로 사용할 수 있지 않을까 생각했다. 하나 위험했다.

일단 페이리가 죽게 될 확률이 높았다. 또한, 상대는 같은 라탈 급. 계획 자체가 실패할 수도 있었다.

스피드에서는 자신이 부족하다는 것을 잘 알고 있었다.

"그렇게 하도록 하지."

스로우는 결국 고개를 끄덕이며 검을 집어넣었다.

"현명한 판단이야."

시드는 속으로 안도의 숨을 쉬었지만 겉으로는 우위에 있는 이처럼 연기했다.

어느덧 라탈 급의 힘을 발휘할 수 있는 시간이 1분도 남지 않았다.

만약 스로우가 포기하지 않았더라면 목숨을 보장할 수 없는 사투를 단 일격에 펼쳐야 했고, 끝내지 못하면 자신의 패배였다.

하나 스로우는 역시 임무보다는 동료가 우선이었다.

"돌아가는 주문서가 있겠지?"

시드의 물음에 스로우는 부정하지 않았다.

이런 와중에 잔머리를 굴릴 만큼 스로우는 영악하지 못했다.

"그러면 먼저 돌아가."

"뭐라……."

스로우는 두 눈을 크게 뜨며 되물었다. 그러나 시드의 표정은 변화가 없었다. 위험을 감수할 마음 따위는 존재하지 않았다.

"너에게 선택의 길은 존재하지 않아."

"너를 어떻게 믿을 수 있지?"

시드는 실소를 흘리며 귀를 후볐다.

"나 역시 너를 믿을 수 없어. 물러서겠다고 하지만 저 아이를 돌려줬을 때 다시 덤비면? 겨우 잡았던 유리함을 우리 손으로 버린 꼴이잖아. 너와 다시 싸우면 누가 이긴다고 장담할 수도 없는데. 즉, 우리는 같은 상황이야. 그런데 칼자루는 내가 쥐고 있지."

스로우는 입술을 잘근 깨물며 시드를 노려봤다.

"난 목숨을 거는 도박 따윈 하지 않아. 더불어 사람을 죽이는 취미도 없고. 좋아, 이렇게 하지."

스로우가 계속해서 망설이자 결국 시드는 마지막 수를 감행했다. 라탈 급의 힘을 푼 지금 통증이 밀려오고 있었다.

5분을 넘어서지 않아도 통증은 찾아왔고, 태연한 척 연기하는 것이 힘들었다. 얼른 지금의 상황을 정리해야 한다.

만약 자신이 더 이상 힘을 쓸 수 없고 괴로워한다면 겨우 잡은 희망이 사라지게 될 테니.

"저 여자를 먼저 보내도록 하지. 그런 다음 네가 가는 거다. 어때?"

"좋아."

"단, 검은 내려놓고. 이 정도는 해줄 수 있겠지?"

스로우는 망설이지 않고 검을 땅에 내려놨다.

라탈 급에 오르면 검이 없어도 위협적인 존재다. 하나, 검으로 평생을 단련한 이가 검을 들 때와 안 들 때의 차이는 분명히 존재했다.

그러나 상대가 양보를 해준 마당에 더 이상 욕심을 부릴 수는 없었다.

"먼저 가 있어."

그와 함께 스로우는 페이리를 향해 말했다.

그러자 페이리는 분한 표정으로 시드와 벨트라를 노려보다가 이동 주문서를 꺼내 찢었다. 곧 페이리의 모습은 사라졌고, 시드의 눈짓과 함께 스로우 역시 주문서를 꺼냈다.

"누군가 떠오르더군."

시드는 애써 웃음을 유지하며 침을 삼켰다. 아니, 다른 이들이 침으로 생각했다. 사실은 피였다.

라탈 급의 힘을 쓴 대가로 피가 역류했다.

"다만 그 아이라면 싸울 일도 없었겠지. 감히 덤빌 생각을 하지 못할 만큼 적이 되면 무서운 아이니까."

스로우는 모르고 있었다. 시드가 모든 힘을 잃었다는 사실을.

"다음에는 꼭 승부를 내겠다."

스로우는 그 말을 끝으로 이동 주문서를 찢었다.

동시에 시드는 피를 토하며 주저앉았다.

타타탁!

짙은 어둠이 내려앉은 숲 속. 불꽃이 나무를 태우며 주변을 밝혔다.

불을 보고 짐승들이 찾아올 위험도 있지만 지그시 불을 내려다보고 있는 시드에게는 아무런 상관이 없었다.

아니, 오히려 감사한 일이었다.

굳이 찾으러 다니지 않아도 식사가 제 발로 찾아와 주니.

'빨리 리샤르를 벗어나야겠어.'

시드는 자신의 곁에서 잠든 셋을 바라봤다. 스로우, 페이리와 만난 지 어느덧 3일이 흘렀고, 시멘 용병단과 만나기로 한 오드르 영지는 내일이면 도착할 수 있었다.

일단 오드르 영지에서 배를 타기만 하면 걱정은 줄어들 것이다.

그날 이후 매일 좌불안석이었다.

혹시 추격대가 따라오지 않을까? 수배가 되었으면 어쩌지?

그로 인해 사람들의 왕래가 적고 위험한 길 위주로 다녀야 했으며, 잠은 산에서 해결했다.

'찾지 않는 것인가, 아니면 못 찾는 것일까?'

시드는 사그라드는 불에 마른 나뭇가지를 집어넣었다.

아직까지는 어떤 위험도 다가오지 않았다. 물론 마나를 최대한 사용하지 않으며 움직였기에 추격하기란 쉽지 않을 것이다.

그런데 아예 찾지 않고 있는 가능성도 배제할 수 없었다.

스로우의 경우는 샤인을 잡는 일이 마음에 들지 않을 것이다. 리스네가 바라기에 억지로 나섰을 뿐. 그래서 잡아가지 못한 일이 오히려 다행일지도 모른다.

더불어 페이리는 자존심이 상해 아예 비밀로 했을 수도 있다. 샤인을 이긴 사실은 알리고 싶겠지만, 인질이 되어 물러난 얘기는 죽어서도 감추고 싶을 테니까.

그날 페이리의 발언에서 충분히 그녀의 성격과 상황을 추측할 수 있었다.

'그렇다면 좋겠지만 조심해서 나쁠 일은 없겠지.'

만약 그 둘이 정말 비밀로 하기로 했다면 시드에게 있어서는 더 이상 바랄 것 없는 상황이다.

샤인으로 인해 더 이상 위험을 감수할 필요도 없고, 리스네나 스로우한테서 관심을 받지 않게 된다.

스로우는 단지 승부를 내지 못한 젊은 남자로 기억할 테니까.

그렇지만 바람일 뿐이었고, 항구에 그들이 진을 치고 있을지도 모른다. 다른 왕국을 향하는 이동 주문서는 거액이고 귀족이 아니면 구하기가 쉽지 않다. 더군다나 그럴 경우에는 추적을 포기해야 하기에 아예 계산에서 빼고 있을 것이다.

“으응… 오빠, 미안해…….”

그때 메리아의 잠꼬대 소리가 들려 시드는 고개를 돌렸다.

메리아는 얇은 천 위에 몸을 의지한 채 잠들어 있었다.

시드는 자상한 얼굴로 그런 메리아의 머리카락을 쓰다듬어 줬다. 그 손길에 기분이 좋아졌는지 메리아는 잠든 상태에서 웃음을 머금었다.

시드는 그 미소를 지켜주고 싶었다.

싸움이 끝나고 자신이 쓰러지자 메리아는 울음을 참지 못하며 달려왔다. 시드는 그런 메리아를 보며 힘겹게 웃었다.

혼을 내야 했다. 왜 말을 듣지 않았냐고, 약속을 어겼냐고.

하지만 메리아의 울며 걱정하는 얼굴을 보니 차마 그럴 수 없었다. 아픔으로 인해 말을 할 기운도 없었고, 시간도 존재하지 않았다.

일단 이곳을 벗어나야 했다.

스로우와 페이리가 곧바로 다시 올지도 모르는 일이었다. 물론, 스로우가 그렇게까지 하지 않으리라 믿었지만 페이리는 확신할 수 없었다.

그래서 통증을 참으며 황급히 이동했다. 다행히 마나를 모두 소진하지 않은 상황이기에 양팔에 샤인과 메리아를 낀 채 빠르게 벗어날 수 있었고, 메스토의 스텝을 익힌 벨트라 역시 뒤처지지 않았다.

사실 시드가 속도를 맞춰준 것이었다. 그를 혼자 버리고 갈 수는 없었으니까.

그 후에서야 먼저 샤인의 상태를 살폈다.

불꽃에 휩싸이기는 했지만 생명에 지장을 줄 정도의 부상은 없었다. 만약 변신이 풀리지 않았더라면 승리를 한 것은 샤인이었을 것이다.

그런 샤인의 치료는 벨트라가 맡았다. 고아원을 떠나기 전 바실이 치료 포션을 몇 개 챙겨준 덕택이다.

그러자 샤인 역시 정신을 차리며 깨어났고, 그때서야 시드는 웃음을 감추며 메리아를 바라봤다.

메리아는 몸을 부르르 떨었다.

이때까지 시드가 메리아한테 화를 내거나 무서운 표정을 지은 적이 없었기에 더욱 겁을 먹을 수밖에 없었다.

"죽을 수도 있어."

시드는 그 말을 하며 메리아의 두 눈동자를 쳐다봤다. 메리아는 울먹거리면서도 시드의 두 눈을 피하지 않았다.

"나는 더 이상 혼자 있고 싶지 않아."

단지 굵은 눈물을 뚝뚝 흘리면서도 물러서지 않고 자신의 결심과 고집을 전했다.

시드는 말없이 메리아를 품에 안아줬다. 안다, 설득이 통하지 않으면 강제로라도 보내야 된다는 점을.

하나 시드는 또 다른 사실도 알고 있었다. 진정 메리아를 위하는 것이 무엇인지를.

전생에서 여동생이 떠나고 나서야 시드는 깨달았다.

일만 했다. 시드의 입장에서는 그게 정답이었다. 돈을 벌어야 했고, 벌기 위해서는 하루 종일 일을 해야 했다.

여동생이랑 같이 있는 시간은 많지 않았고, 그녀가 외로워한다는 사실도 알고 있었지만 가장의 입장은 달랐다.

그런데 여동생이 죽자 그녀의 친구가 말해줬다.

그녀의 바람 중 하나가 오빠랑 저녁을 같이 먹고, 아무 걱정 없이 하루 동안 함께 있고 싶어했다는 것을.

자신은 동생을 위해서였지만, 동생이 진정 바라는 것은 달랐다는 사실을 그때서야 알 수 있었다.

그렇기에 시드는 자신과 함께 있기 위해서 위험도 각오한 메리아의 의지를 뿌리칠 수 없었다.

또한 자신 역시 내심 메리아와 떨어지고 싶지 않았다.

'전생의 기억이 독일까, 실일까.'

시드는 메리아에게서 시선을 떼며 하늘을 올려다봤다.

전생과 비교할 수 없을 만큼 맑고 아름다웠으며, 별이 가득했다.

두 번의 삶을 살고 있다. 기억을 가지고 있어 많은 이점이 작용했다. 한데, 때로는 그 기억과 깨달음으로 인한 결정이 때로는 더욱 큰 상처를 줄까 봐 겁이 났다.

'후회하지 말자. 그래, 그러면 된다.'

시드는 자리에서 일어서며 스스로를 위로했다.

그에게 있어 가장 못난이는 한 번 한 후회를 반복하는 이였다.

적어도 이생에서만큼은 전생에서 겪었던 후회를 재차 느끼고 싶지 않았다. 메리아는 어떤 일이 생겨도 자신이 곁에서 꼭 지킬 것이다.

만약 감당하지 못하는 위험이 찾아온다면 아무리 서로가 함께 있고 싶고 메리아의 바람을 알아도 그때는 어쩔 수 없이 보내야겠지만.

"자, 이제 시작해 볼까?"

잡념을 떨치기 위해 고개를 세차게 저은 시드는 밝은 표정

으로 자리에서 일어섰다. 마나 호흡을 하기 전에 잠시 부수입
을 올리기 위함이었다.
　그날 산에서는 몬스터의 비명이 끊이지 않았다.

CHAPTER 04
시멘 용병단

"너, 기분 좋은 일 있냐?"

"왜요?"

"오빠 출발할 때부터 계속 웃고 있는데?"

"그래? 으하하!"

하루 종일 미소를 입에 머금고 있던 시드는 부정하지 않으며 고개를 끄덕였다. 단, 왜 기분이 좋은지는 알려주지 않았다.

만약 알려줬다가는 자신의 돈이 위협을 받을 수도 있다.

특히 벨트라는 요즘 돈이 심하게 궁하지 않은가!

'역시 위험 지역이었어!'

시드가 기분이 좋은 이유는 바로 부수입 때문이었다.

일부러 몬스터의 출몰이 잦다는 산을 찾았다. 그래서인지 몬스터의 수도 많았고, 흔하지 않은 녀석들도 존재했다.

피가 비싸다는 오우거 두 마리와 이빨이 고가인 스카이 타이거가 그 예였다.

"도착했다."

해가 모습을 감추고 달이 떠오른 때였다.

벨트라가 말의 속도를 늦추더니 환한 얼굴로 여관을 손가락으로 가리키며 말했다. 그러자 일행 모두는 표정이 밝아졌다.

사실 시드뿐 아니라 벨트라와 메리아 역시 얼른 리샤르를 떠나고 싶었다.

특히 벨트라의 경우는 더욱 심했다. 그는 스로우가 누구인지 알고 있었다.

리샤르의 실질적인 지배자라 불리는 세 명의 공작 중 한 명인 리스네. 그녀의 오른팔이라 불리는 존재였다.

그렇기에 스로우의 추격은 곧 리스네의 추격과 다름없었으며, 엄청난 적을 만들어 버린 것과 다름없었다.

어쩌면 앞으로는 리샤르에서 용병 생활을 할 수 없을지도 몰랐다.

"잠깐만 기다려."

벨트라는 시드에게 얘기한 다음 말에서 내려 여관으로 다가갔다.

시드는 이유를 묻지도 않은 채 벨트라가 돌아오기를 기다렸다. 분명 수배가 됐는지를 확인하기 위함일 테다.

'없다.'

시드의 예상처럼 벨트라는 여관 옆과 안에 자리 잡고 있는 수배지를 확인했다.

많은 사람이 드나드는 여관에는 꼭 존재하는 것이었는데, 현상금이 걸린 이들의 얼굴을 그려 붙여놓은 것이다.

다행스럽게도 자신들의 얼굴은 존재하지 않았다.

그때서야 벨트라는 돌아와 말고삐를 붙잡았고, 시드 역시 안도하며 뒤를 따랐다.

"오! 자네 왔는가?"

"그래, 오랜만이야. 잘 지냈어?"

여관에 들어간 일행은 큰 방 하나를 주문했다.

여자라서 떨어져 자기에는 메리아와 샤인의 나이가 어렸으며 이렇게 방 하나를 잡는 것이 가격도 쌌다.

또한 마찰이 있었던 만큼 위험을 대비해 함께 있는 편이 낫다는 시드의 의견이었다.

그렇지 않더라도 메리아와 샤인이 시드와 떨어지기 싫어했지만.

그리고 저녁 역시 방 안으로 주문했다.

밖에서 먹자니 괜히 의식이 될 것 같고 불편할 수 있기 때문이었다.

한데, 저녁을 들고 온 중년인이 기쁜 표정으로 벨트라를 반겼다. 아무래도 이전부터 알고 있는 사이인 듯했다.

"저애들은 누군가?"

포옹을 하며 인사를 나누던 여관 주인이 시드와 메리아, 샤인을 발견하고 물었다.

"동료들이야."

"동료들?"

그는 놀람을 감추지 않으며 벨트라와 셋을 번갈아 바라봤다.

벨트라는 용병이었다. 용병의 세계는 잔혹하고도 위험했다. 그런데 이제 갓 스물이 됐을 법한 청년에, 그보다 훨씬 어린 소녀 두 명이 동료라니?

"저래 보여도 둘은 나보다 강하다고. 크큭."

"컥! 그게 정말인가?"

그는 이제 정신마저 혼미할 정도였다.

벨트라를 잘 알고 있었다. 이름을 떨칠 정도는 아니었지만 용병계에서 벨트라, 시멘 용병단이라 하면 어느 정도 알려진 편이었다.

총 일곱 명으로 구성된 소수 용병단이지만 에트 급이 네 명이었으며, 이트 급이 셋이었다. 그 에트 급에는 마법사도 존재했고, 그들은 임무를 맡으면 어떤 일이라도 해냈다.

그중에서 벨트라는 리더이자 가장 강한 멤버였다.

그런 벨트라보다 두 명이나 강하다면, 적어도 한 명은 저 어린 소녀 중에 있다는 뜻이었다.

쉽게 믿을 수 없는 말이었다. 하나 벨트라의 진지한 표정을 보니 농담은 아니었다.

"뭐, 더 이상은 묻지 말라고. 알면 다쳐."

"하하, 알겠네. 그런데… 응?"

찌릿찌릿!

무슨 속사정이 있다고 판단한 주인은 웃으며 말을 꺼내다가 날카로운 살기를 느끼며 시선을 돌렸다.

그곳에는 검은 머리카락을 허리까지 기른 갈색 피부의 미소녀가 자신을 노려보고 있었다.

굶주린 짐승처럼 침까지 질질 흘리며 말이다.

소녀의 눈빛은 자신이 들고 있는 요리를 향했다.

"이, 일단 밥 먼저 먹게나."

주인은 다급히 나무로 만들어진 딱딱한 침대 위에 가지고 온 요리를 내려놨다. 그러자 벨트라가 황급히 자신과 메리아가 주문한 요리를 챙겼다.

그는 벨트라의 행동이 의아했다. 하지만 곧 왜 그랬는지 알 수 있었다.

요리가 내려지자마자 황급히 달려드는 시드와 샤인!

마치 경쟁을 하듯 서로에게서 시선을 떼지 않으면서 손과

입이 바쁘게 움직인다.

더군다나 6인분의 요리가 사라지는 데 걸린 시간은 총 2분!

"친한 사이시군요?"

시드가 혀로 입술 주변에 묻은 양념을 핥으며 묻자 주인은 몸을 움찔 떨었다.

왠지 모를 불안감이 엄습해 왔다.

"그, 그래. 벨트라와 나는 오랜 친구지."

"그토록 친한데 오랜만에 만났고요?"

"그, 그렇다네."

"그렇다면 서비스 요리 정도는 충분히 만들어주실 수 있겠네요? 정말 친하다면."

언제나 굶주려 있는 시드의 말발 작렬!

대놓고 달라고는 하지 않는다. 단지 건수를 찾으면 철저하게 파고든다. 그렇게 할 수밖에 없도록.

"뭐, 친하지 않고 정말 보기 싫은데 억지로 아는 척하는 사이라면 가져오지 않아도 괜찮습니다."

"……."

확인 사살까지 빼먹지 않는 센스!

"원래 저런 놈이야."

처음으로 벨트라가 가엾게 느껴지는 친구였다.

"꺼어억!"

시드는 기분 좋게 트림을 하며 배를 두드렸다.

그의 곁에 앉아 있는 샤인 역시 이번 저녁은 만족스러웠던 듯 빵빵해진 배를 만지작거리며 헤벌쭉 웃고 있었다.

처음 주문한 것보다 더욱 뛰어난 서비스 요리를 먹게 됐다. 맛도 좋았지만 훌륭한 양.

시드는 그가 벨트라를 정말 아낀다는 사실을 알 수 있었다.

돈으로 우정이 매겨지는 가치관!

"테일, 언제 온다는 얘기는 듣지 못했어?"

그런 시드와 샤인을 보며 쓴웃음을 흘리던 벨트라가 친구에게 물었다. 그렇지만 테일은 확실한 대답을 내놓지 못했다.

"일이 생겨 늦어지겠지만 최대한 빨리 오겠다고 했네."

"그래? 기다리는 수밖에 없겠군."

시드는 그들의 대화를 들으며 눈을 감았다. 시멘 용병단은 당장 도착하지 않을 것 같았다. 그래서 벨트라가 깨어 있을 때 잠시 자두려는 목적이다.

"오빠, 이리 와."

시드가 자려는 것을 알아차린 메리아가 손짓을 하며 불렀다. 시드는 메리아가 무엇을 의도하는지 깨닫고 그녀에게 다가갔다.

"헤헤, 잘 자."

메리아의 말에 시드는 고개를 끄덕이며 재차 두 눈을 감았다. 메리아의 허벅지는 따뜻하고 푹신했다.

과거에도 이렇게 잔 적이 여러 번 있었다.

처음에는 왠지 민망했지만, 메리아가 재워주고 싶다고 응석을 부려서 결국 수락했고, 이제는 익숙해졌다.

"저기 혹시… 저 둘, 연인인가?"

그 모습에 테일이 귓속말로 속삭였다.

어린 나이에 중년인과 결혼을 하는 일도 종종 있기에 충분히 가능성 있는 추측이었다.

"큭. 아니야, 남매야."

"아, 그렇군."

테일은 오해를 씻어버리고 다시 둘을 바라봤다. 잠이 든 소년과 그런 소년을 사랑스러운 눈길로 내려다보는 소녀.

잠이 들 때까지 머리카락을 만져 주는 손길은 섬세하면서도 정성스러웠다.

"그런데 분위기는 연인이라 해도 이상하지 않아."

"그만큼 서로를 아끼니까."

"그러면 저 아이도 가족인가?"

"응? 아니야. 쟤는……."

벨트라는 테일의 시선이 머무는 곳을 쳐다봤다.

그곳에는 잠이 든 시드와 메리아를 바라보던 샤인이 메리아의 반대쪽 허벅지를 베고 누워 있었다.

아직 낯선 이들은 경계하지만 메리아나 벨트라와는 많이 가까워졌다.

“메리아의 친구야.”

벨트라는 거짓말로 둘러댔다.

메리아 역시 아무런 토를 달지 않았다. 초인족이라고 굳이 밝힐 이유가 없다는 사실을 잘 알기 때문이다.

“우리 자리를 옮길까? 좋은 놈이 준비돼 있지.”

“오호, 그래?”

잠시 시간이 흐르고 메리아마저 꾸벅꾸벅 졸기 시작하자 테일이 의미심장한 웃음을 흘리며 말했다. 그러자 벨트라는 침을 꿀꺽 삼켰다.

테일이 말하는 좋은 놈이란 바로 술이었다.

그러고 보니 아이들과 함께 있으면서 술을 제대로 마셔본 적이 없었다.

“좋아, 얼른 마시자고!”

결국 벨트라는 술의 유혹을 참지 못하고 자리에서 일어나 테일과 함께 밖으로 나갔다. 그와 동시에 몇 명이 여관 앞에 도착했다.

“하압! 이얏!”

겉으로만 봐도 거대한 저택의 훈련장. 그곳에서 붉은 머리의 한 소녀가 비 내리는 것처럼 땀을 흘리며 검을 휘두르고 있었다.

소녀는 페이리였다.

‘언젠가는 꼭 잡고 말겠어!’

페이리는 거친 숨을 가다듬으며 검을 손에서 내려놨다.

부들부들!

얼마나 훈련을 했는지 손이 절로 떨려왔고, 손바닥에는 피가 맺혀 있었다. 오랜 시간 단련을 하며 굳은살이 박혀 있었지만 한계가 존재했다.

‘당분간만 살아 있음을 즐겨라.’

페이리의 눈동자가 차갑게 빛났다.

그날 스로우가 나타나자 페이리는 곧바로 다시 이동 주문서를 찢으려고 했다. 이번에 놓치면 다시 찾기가 힘들다. 이 기회에 초인족 소녀를 잡아야 했다.

한데 스로우가 그런 페이리를 말렸다.

“적이지만 너의 목숨을 살려줬다. 그런 이와 한 약속을 어겨서는 안 된다.”

페이리는 인상을 일그러뜨렸다. 스로우의 장점이자 단점인 고지식함에 짜증이 치밀었다.

“나는 그런 약속 따위는 중요하지 않아. 아저씨와는 다르거든.”

페이리는 지지 않고 대들었다. 그러면서 이동 주문서를 쥐고 있는 손에 힘을 주려 했다. 하나 이어진 스로우의 발언에 움직임이 멈췄다.

“그렇다면 나는 가지 않겠다.”

"뭐라고?"

"나는 약속을 지킨다. 지금 돌아가서 우리의 욕심을 채울 수 없다."

페이리는 입술을 잘근 깨문 채 스로우를 노려봤다. 가지 말라는 협박이었다.

상대측에는 라탈 급이 한 명 있는데 자신 혼자 가서는 상대가 될 수 없었다.

"아저씨, 정말 이러기야? 리스네가 원하는 일이야."

스로우는 페이리의 살기와 자극적인 발언에도 의지를 꺾지 않으며 고개를 돌렸다.

페이리를 떠나 리스네를 위해서라도 돌아가야 한다는 사실을 알고 있었다. 그러나 그렇게 할 수 없었다.

돌아갈 경우 확실하게 목표를 이룰 수 있다면 또 모른다. 약속도 중요하고, 초인족 소녀를 잡고 싶은 마음도 없지만 리스네를 위해 움직였을지도.

하나, 이길 수 있다는 확신이 없었다.

물론 아네뜨나 그, 혹은 다른 든든한 지원군을 데리고 가면 승리를 확정지을 수 있을 것이다. 그런데 지금 그들은 자리에 없었다.

자신이 가게 된 이유도 다른 이들이 자리를 비워 페이리 혼자 보내기에는 불안해서였다.

그렇다고 기다릴 수도 없다. 이미 사라지고 없을 테니까.

또한 둘이 갔다가 만약에 지기라도 한다면 이번에는 절대 목숨을 부지하지 못할 것이다. 그렇게 된다면 자신들은 물론 리스네에게도 최악의 결과였다.

"리스네에게 알리겠어!"

리스네는 공작이기에 반말을 해서는 안 되지만 페이리는 공식 석상을 제외하고는 여전히 친구처럼 그녀의 이름을 불렀다.

"네가 괜찮다면 상관없다."

스로우는 고개도 돌리지 않은 채 무뚝뚝하게 대답했다.

"내가 뭐… 젠장."

그 말의 뜻을 알아차린 페이리는 주먹을 불끈 쥐었다.

스로우를 질책하려면 자신이 인질로 잡혀 도망쳐야 했던 사실도 밝혀야 한다. 그럴 수는 없었다. 그것도 다름 아닌 리스네한테 자신의 실수를 알리고 싶지 않았다.

그녀에게 실망을 주고 싶지 않은 것이 아닌, 스스로의 자존심이 용납하지 못했다.

리스네는 친구이자 라이벌이었으며, 꼭 넘고 싶은 벽이었다.

"알겠어, 이번 일은 비밀로 해두지. 그건 아저씨도 마찬가지야."

페이리는 경고와 함께 밖으로 나가 검을 잡았다. 강해지고 싶었다. 그 누구에게도 짐이 되지 않게 지금보다 더욱더.

“페이리!”

스로우와의 일을 떠올리던 페이리는 뒤에서 들린 나긋한 목소리에 고개를 돌렸다.

검은 눈동자에 허리와 어깨 중간까지 내려오는 은색의 머리카락, 언제나 자상한 표정인 아네뜨였다.

“언제까지 하려는 거야?”

아네뜨가 걱정을 가득 담아 묻자 페이리는 애써 힘차게 웃었다.

“괜찮아. 나의 체력은 네가 더 잘 알잖아? 안 그래도 이제 쉬려고 했어.”

“다행이다, 얼른 들어가자. 오늘 내내 밥도 안 먹고 훈련만 했잖아.”

그 말에 페이리는 문득 배가 고프다는 사실을 깨달았다.

“그러네. 오늘 한 끼도 안 먹었구나.”

페이리가 머리를 긁적였다.

“에휴. 하여튼 너, 요 며칠 이상해. 어머!”

“히히. 얼른 들어가자. 응? 배고파.”

아네뜨의 잔소리가 시작되려고 하자 페이리는 황급히 그녀를 끌어안으며 입을 막았다.

“알았어. 헤헤.”

아네뜨는 졌다는 듯 미소를 지으며 고개를 끄덕였고, 둘은 곧 저택 안으로 들어갔다.

시드는 메리아와 물장난을 치고 있었다.

반짝이는 물보다 더욱 빛나는 메리아. 다른 이들은 몰라도 메리아만큼은 자신을 배신하지 않을 것이다.

그것은 시드 스스로도 마찬가지였다.

"아앗!"

"괜찮아?"

메리아가 발을 헛디뎌 자빠졌다. 시드는 황급히 달려가 그녀를 부축했다. 자연스럽게 둘의 얼굴이 밀착된 형국이었다.

물에 머리카락이 젖은 메리아의 볼이 붉어진다. 그와 동시에 시드는 당황했다. 메리아의 손이 자신의 엉덩이를 주물렀기 때문이다.

"컥! 메리아! 헉… 꿈?"

소리를 지르며 잠에서 깨어난 시드는 긴 숨을 토해냈다.

다행스럽게도 꿈이었다. 그래, 메리아가 그런 짓을 할 리 없었다.

'도대체 왜 그런 꿈을…….'

시드는 이마에서 흐르는 식은땀을 닦으며 주변을 둘러봤다.

방은 불이 꺼져 있어 어두웠다. 곁에서 잠든 메리아와 샤인의 숨소리가 들렸다. 또한 귓가 바로 옆에서도 끈적끈적한 숨

소리와 엉덩이에서 감촉이 느껴졌다.

누군가 자신의 엉덩이를 만지고 있었다.

파아아앗!

"아악!"

"누구냐?"

시드는 마나를 이용해 상대를 밀쳐 낸 다음 황급히 불을 켰다.

어둠이 사라졌다. 상대의 얼굴이 눈에 들어왔다. 그러자 시드의 눈은 가자미처럼 얇아졌고, 지끈거리는 이마를 부여잡았다. 어이가 없었다. 잠든 사이에 엉덩이를 만지고 있는 여자라니!

몇 번 만난 적이 있는 익숙한 얼굴이었다.

바로 시멘 용병단의 용병이자 벨트라의 여자 친구인 스피네였다.

"아직도 버릇을 못 고치셨습니까!"

시드는 살짝 붉어진 얼굴로 소리쳤다. 하나 스피네는 미안해하기는커녕 오히려 아쉬움을 나타냈다.

"히잉. 시엘의 엉덩이가 너무나 탄탄해져서……. 조금만 더 잤으면 좋았을 텐데."

"제 엉덩이는 원래 탄탄… 됐습니다."

시드는 손사래를 치며 말을 끊었다.

스피네와 얘기를 나누다 보면 원치 않게 자꾸 말려들었다.

“아잉! 시드, 나하고 놀자! 응?”

“크윽! 예전과 달라지신 것이 없군요!”

시드가 몸을 돌리자 스피네는 혀를 날름거리더니 자리에서 일어나 등을 끌어안았다. 시드의 얼굴이 불타올랐다.

스피네는 모든 여자들이 부러워할 정도의 몸매를 보유한 글래머였다. 더군다나 로브 하나만 입었다 보니 물컹한 감촉이 잘 전해졌다. 그녀의 로브는 일반적인 마법사의 것과는 달리 몸에 찰싹 달라붙었으며, 유별나게 얇았다.

“왜 내가 싫어?”

시드가 밀쳐 내자 스피네는 눈물을 글썽거리며 상처받은 연기를 했다.

하나 처음 몇 번은 당했어도 이제는 면역이 된 시드였다. 과거처럼 더 이상 미안해하거나 그녀의 속셈에 넘어가지 않았다.

“싫지 않습니다! 다만 스피네 누나의 그 밝힘중을 좋아하지는 않아요!”

“흑! 다른 남자들은 다 감사해하던데……. 혹시 시드, 거기에 문제 있어?”

“무, 무슨 소리를! 저는 그 누구보다 훌륭합니다!”

“오빠, 뭐가 훌륭해?”

“……”

재차 스피네에게 하지 않아도 될 말을 한 시드는 돌처럼 굳어버렸다. 소란에 메리아가 잠에서 깨어버린 것이다.

하필이면 마지막 발언을 들어버렸고.

"어? 그, 그게……."

시드는 말을 더듬거렸다. 돈과 관련되면 그 누구보다 재빠른 잔머리와 훌륭한 말발의 보유자인 그였지만 숙맥인 부분도 존재했다.

"아흥. 메리아, 일어났구나?"

"어머! 스피네 언니!"

메리아는 스피네를 발견하자 샤인을 다리에서 내려놓으며 그녀의 품에 안겼다. 그리고 시드와 샤인으로 인해 다리가 저림을 느끼며 울상이 됐다.

"자자, 언니가 풀어줄게."

스피네가 주문을 외우기 시작했다. 그녀는 밝히기는 해도 꽤 실력 있는 마법사였다. 스물다섯 살의 나이로 1년 전에 에트 급에 입성했다.

"헤헤, 이제 괜찮아요. 그런데 뭐가 훌륭해요?"

다리의 아픔이 사라지자 궁금증이 다시 피어오른 메리아가 묻자, 스피네는 시드를 한 번 살펴본 뒤 짓궂은 미소를 지었다.

'저, 저 여자가!'

왠지 모를 불안감에 휩싸인 시드.

막아야 했다. 아직 어리고 순수한 메리아의 귀를 더럽혀서는 안 된다.

"남자의 강함은 밤에……."

"바, 밤에 훈련을 열심히 하는 거야. 다른 이들에 비해 오빠는 저녁에도 훌륭하게 훈련한다는 뜻이었어."

"왜 밤에 훈련을 하면 훌륭해?"

"어? 그, 그게……."

위험을 느끼고 일단 생각없이 말을 내뱉으며 끼어든 시드는 말문이 막혔다. 그런데 구원의 손길은 뜻밖에도 스피네가 내밀었다.

"저녁에 훈련할수록 효과가 더 높거든. 한데 낮에 활동하면 저녁에는 피곤하고 졸립잖아? 그렇지만 시엘은 완벽하게 해내지."

"아, 그렇구나."

메리아가 수긍을 하며 고개를 끄덕였다. 그녀의 말처럼 자신의 오빠는 밤새도록 수련을 하고 또 했기 때문이다.

'다행이다. 우리 메리아가 순진해서.'

시드는 안도의 한숨을 내쉬었다.

과연 저 변명이 통할까 걱정했는데 메리아는 의심을 품지 않은 듯했다.

주물럭주물럭!

'그러면 그렇지.'

시드는 치를 떨며 메리아 몰래 스피네를 노려봤다.

왜 자신을 도와줬는지 짐작이 갔는데, 역시나 엉덩이를 만지기 시작했다.

시드의 눈과 마주친 스피네는 눈웃음을 쳤다. 가만히 있지 않으면 언젠가는 메리아를 더럽혀 버리겠다는 뜻이 담겨 있었다.

'하아, 정말 환상의 커플이구나.'

스피네의 새하얀 손에 엉덩이를 희롱당하며 시드는 쓴웃음을 흘렸다.

붉은 단발에 고운 피부, 163cm 정도의 키, 완벽한 몸매! 용병이라고는 믿기 힘든 뛰어난 외모를 갖춘 그녀는 열다섯 살 차이 나는 벨트라의 연인이었는데, 시드는 처음 그들의 관계를 이해하기가 힘들었다.

보통 연인이라고 하면 서로에게 질투도 하고 바람을 피우지 않는 것이 기본 상식이었다.

연애를 단 한 번도 해보지 못한 시드도 알고 있는 사실이다.

그런데 스피네와 벨트라는 쿨해도 심하게 쿨했다.

성기사임에도 본능을 제어하지 못했던 바람둥이 벨트라.

남자와 여자 가리지 않고 밝히며 즐기는 스피네.

벨트라가 다른 여자를 꼬여도, 스피네가 다른 남자의 엉덩이를 만지거나 진한 접촉을 해도 둘은 서로에게 간섭을 하지 않았다.

어느 날 궁금증을 참지 못하고 물어보니 벨트라는 자유로운 연애라고 했다.

평생을 한 사람하고만 산다는 것은 지겨운 일이고, 서로가 1순위지만 언제든지 즐겨도 상관없으며, 처음 연애를 할 때부터 정했다는…….

그러면 질투도 안 나느냐고 되물었더니 벨트라는 사람마다 가치관이 다르다고 대답할 뿐이었다.

'나는 어떤 사랑을 할까?'

10여 분 동안 엉덩이를 농락당하고 겨우 벗어난 시드는 문득 심각한 고민에 잠겨들었다.

아직 가족을 제외하고는 단 한 번도 사랑이라는 감정을 느껴보지 못했다.

여자로 인해 떨린 적은 있었지만 제대로 사귄 적이 없으니 접해봤을 리가 없었다.

머릿속에는 온통 돈과 일만 가득했기에 짝사랑도 못해봤고.

그렇기에 궁금했다.

집착과 질투도 하며 목숨보다 소중한 사랑을 할지, 아니면 벨트라나 스피네와 같은 자유스럽지만 뭔가 허무할 듯한 사랑을 할지.

"나도 한 번은 해보고 싶다."

"응? 뭐를?"

"네? 뭐를요?"

"해보고 싶다며?"

"에? 아, 아닙니다!"

시드는 식은땀을 흘리며 손을 저었다.

마음속으로 생각했는데 입 밖으로 나온 모양이었다.

"오호, 설마 그 훌륭한 것과 관련된……?"

"아니라고요! 메리아나 마저 만지세… 응?"

울컥하며 소리친 시드는 투덜거리며 고개를 돌리다 멍한 눈으로 스피네와 메리아를 쳐다봤다.

메리아는 침대에 누워 있었다. 스피네는 그 곁에 누워 있었다. 메리아는 얼굴이 붉어진 채 울상이 돼 있었다. 스피네의 손이 메리아의 가슴을 만지고 있었다.

"아홍! 너도 낄래?"

"……"

시드는 말없이 검을 꺼냈다.

"쳇! 고작 그런 일로 죽이려고 하다니……. 흑!"

앞장서서 1층으로 내려가던 스피네가 불만을 털어놓자 시드는 귀를 후비며 못 들은 척했다.

검을 꺼내 마나를 불어넣자 스피네는 다급히 메리아의 가슴에서 손을 떼며 항복을 선언했다.

"그런데 아이니는 언제 오죠?"

현재 시멘 용병단은 한 명을 제외하고 모두가 도착해 있었
다.

"내일 아침에는 올걸?"

"그렇군요."

이들이 늦은 이유는 근처에서 일을 맡았기 때문이다.

그래서 한 명만이 여관에 들러 테일에게 사정을 전해줬고,
오늘 오후에 의뢰를 끝냈다.

아이니는 개인적인 사정으로 하루 늦는다고 했다.

"여어! 시엘! 오우! 메리아!"

1층에 도착하자 세 개의 테이블이 보였는데, 그중 가장 넓
은 자리를 차지하고 있던 이들 중에서 한 명이 크게 소리치며
다가왔다.

그는 곧바로 메리아를 향해 팔을 활짝 벌렸는데, 그 앞을
시드가 막아섰다.

"헉! 시엘! 이러기야?"

"이러깁니다."

"내가 너무 잘나서 질투하는구나?"

되도 않는 자뻑 강림!

"트라이 아저씨, 나이를 생각하세요. 이제 30대 중반입니
다."

시드는 쓴웃음과 함께 그의 약점을 공격했다. 시드가 노안
이 아킬레스건이라면 그는 나이에 민감했다.

“1년 전만 해도 30대 초반이었어!”

“지금은 중반이죠. 관절은 괜찮으십니까?”

“으윽!”

트라이는 관절염까지 앓고 있었다.

“내가 뭘 잘못했다고……. 시엘은 나에게 너무 까칠해.”

트라이가 불쌍한 표정을 짓자 시드는 콧방귀를 뀌었다.

“몰라서 묻습니까!”

시드가 이토록 트라이를 경계하는 데는 이유가 있었다.

트라이는 겉보기에는 아무런 문제가 없었다. 오히려 외모만 따지면 훌륭한 편이었다.

짧은 금발인 그는 전체적인 인상은 날카롭지만 어디에 내놔도 빠지지 않는 미남이었다. 몸매 역시 적당한 근육으로 잘 조화되어 있어 여자들이 좋아했다.

키가 조금 작은 점이 단점이라면 단점이었는데, 다른 부분이 훌륭하다 보니 흠이 되지도 않았다.

한데, 문제가 있었으니 남다른 취향이었다. 그 취향은 바로 로리타.

그는 유독 어린 소녀들을 좋아했다. 그 점을 고치기 위해 20대부터 40대까지 여러 여자들과 사귀었음에도 소용이 없었다.

거기다 메리아를 볼 때마다 예쁘다고 하며 남달리 아꼈다. 그리고 다 크기 전에 자신한테 시집오라는 등, 경계를 할 수밖에 없도록 행동했다.

"오빠, 아저씨랑 무슨 일 있어?"

"응? 아니야."

"그런데 왜 가까이 못 오게 해?"

"음… 아저씨가 심각한 병에 걸렸어. 가까이 오면 옮아."

영문을 모르는 메리아가 천진난만한 얼굴로 묻자, 시드는 일부러 심각한 표정을 지으며 대답했다.

"다른 아저씨나 언니는 붙어 있잖아?"

"스무 살이 되지 않은 아이들한테만 옮는 병이야."

"진짜?"

메리아가 정말 놀라며 트라이를 힐끔 쳐다봤다.

다른 이들은 웃음을 참기 위해 노력했고, 로리타 때문이라고 말할 수 없는 트라이는 안타깝고 서글픈 표정으로 애써 시선을 외면했다.

그 모습이 메리아에게 확신을 줬다.

"조심해야지! 오빠도 곁에 가지 마!"

"오빠는 강해서 괜찮아."

시드는 따스하게 웃으며 메리아와 함께 자리에 앉았다. 당연히 메리아는 트라이와 최대한 먼 곳에 자리를 잡았다.

"이야! 많이 컸는데?"

올해 서른아홉 살이며 오우거처럼 큰 체격과 남다른 근육, 파란색 머리카락과 눈동자, 험악하게 생겼지만 마음씨는 여린 배커스가 말했다.

그는 거대한 도끼를 주로 사용하며 이트 급의 실력을 갖추고 있었다.

"그러게. 시엘은 이제 청년이라 불러도 되겠고, 메리아는 예쁜 아가씨가 됐네?"

쉰한 살이며 용병단의 가장 연장자인 카네의 말이었다. 그는 손자, 손녀를 보듯 흐뭇해했는데, 치료를 전담하고 있는 에트 급의 마법사였으며, 나이를 증명하듯 흰머리가 드문드문 보였다.

"둘 다 인기 많겠네? 애인은 없어? 시엘 너는 이제 결혼도 생각할 나이잖아?"

스물세 살인 스크푸가 짓궂게 물었다. 현재 시멘 용병단의 가장 어린 나이인 그는 활을 사용하고 있으며 이트 급의 경지에 올라서 있었다.

그는 갈색 머리카락을 허리까지 길게 길러서 묶었고, 얼굴에는 주근깨가 있었다.

"그런 생각 아직 없어요."

전생과 달리 이생에서는 결혼의 나이가 빨랐다.

10대에 결혼은 물론 아이를 낳는 이도 적지 않았다.

더군다나 시드는 남자, 여자를 가리지 않고 모두가 잘생겼다고 하는 외모와 건장한 체격을 타고났기에 스크푸로서는 당연한 질문이었다.

“흐음, 그래? 메리아도 없는 거야?”

메리아 역시 예쁘장한 얼굴이었다. 거기에 은빛의 머리카락은 그녀의 신비로움을 더해줬다.

“저는 오빠만 있으면 돼요!”

메리아는 시드의 팔짱을 끼며 대답했다. 그러면서 고개를 들어 시드를 빤히 쳐다봤다. 무언가 대답을 원하는 얼굴이었다.

“나도 메리아만 있으면 돼.”

“진짜지? 헤헤.”

메리아가 기쁨을 감추지 않고 환하게 웃자 시드도 기분이 좋아졌다.

자신도 훗날 사랑이라는 것을 할 수 있겠지만, 지금은 메리아만으로도 충분히 행복했다. 비록 연인은 아니나 가족의 틀 안에서 사랑을 줄 수 있고 받으니 말이다.

어쩌면 평생 사랑을 하지 않고 메리아와 함께 지내도 상관없다는 생각도 들었다. 하나 시드는 망상을 접었다.

지금은 오빠밖에 없지만 메리아가 나이를 먹고 좋은 사람을 만나면 자신의 품을 떠날 것이다. 아니, 그렇게 만들 것이다.

전생의 여동생은 남자를 한 번도 사귀지 않았다.

일만 하는 오빠를 두고 어떻게 자신이 그럴 수 있느냐는 것이 여동생의 뜻이었다.

그래서 평생을 외로워하다가 숨을 멎었다.

메리아만큼은 오빠의 사랑은 물론, 연인의 사랑도 받으며 평생을 외롭지 않고 행복하게 해주고 싶었다.

설령 스스로는 다시 외로운 삶을 살게 된다 할지라도.

“헤헤! 오빠는 바보!”

“히유! 히유!”

“……”

두 눈이 풀린 메리아가 침을 흘리며 혀를 내밀었다. 그 곁에는 잠에서 깬 채 내려왔다가 마찬가지로 술에 취한 샤인이 고개를 세차게 끄덕이며 소리를 냈다.

아무래도 ‘맞아! 맞아!’ 하는 것 같았다.

시드는 원흉인 벨트라를 쳐다봤지만, 그는 이미 술이라는 전당포에 혼을 맡긴 상태였다.

한마디로 개가 돼 있었다.

‘하아! 하필이면 내가 자리에 없을 때.’

요리를 다 먹어 갈 때쯤 샤인이 내려왔고, 벨트라와 테일이 나타났다. 그들은 이미 술에 만취한 상태였다.

그러다 중간에 배가 아파서 화장실에 갔다 왔더니 메리아와 샤인이 술에 취해 있었다.

시드는 다급히 원인을 찾았다. 그러자 모두의 시선이 벨트라에게로 향했다.

때마침 벨트라가 기분 좋은 얼굴로 마시라며 잔을 내밀었는데, 맛을 보니 술이었다.

"저 먼저 올라가겠습니다. 아이들도 재우고 저도 좀 쉴게요. 어억! 실수!"

우당탕!

메리아와 샤인을 부축하며 일어서던 시드는 대놓고 고의적으로 옆에 앉아 있는 벨트라를 걷어찼다.

그러면서 뻔뻔하게 거짓말을 하는데 두 눈은 웃고 있다.

"즐겁게 노세요."

그때서야 기분이 어느 정도 풀린 시드는 한층 밝은 표정으로 용병들에게 인사를 한 뒤 2층으로 올라갔다.

"후우, 그러게 왜 술을 마셔서."

메리아와 샤인은 올라오는 도중에 괴로워하다 잠이 들었다. 저녁에 조금 자두기는 했지만 스피네의 등장으로 아주 짧은 시간이었다.

시드는 일단 둘을 바닥에 눕힌 다음 침대에 얇은 이불을 깔았다.

딱딱한 침대에서 자는 것보다는 나을 것이다.

둘을 침대 위에 눕힌 뒤 이불을 올려주고, 창문을 통해 밖으로 빠져나갔다.

출발하기 전까지 밤새도록 마나 호흡을 하기 위함이었다.

시드는 여관의 지붕 위로 올라갔다.

산이나 건물 없이 자연으로 이루어진 곳에 가서 한다면 더 좋겠지만 지금은 그럴 수 없었다. 스로우, 페이리와 마찰을 겪었으며 시멘 용병들 역시 다들 술을 마시고 있었다.

그렇기에 무슨 일이 생긴다면 바로 알아차리고 도울 수 있는 곳에 자리를 잡아야 했다.

두 시간 정도가 흘렀다. 시드는 호흡을 천천히 멈추며 고개를 돌렸다.

누군가 다가오는 인기척이 느껴진 탓이었다.

"카네 할아버지."

"높은 곳에도 있었구나. 수련을 하고 있었느냐?"

시드는 고개를 끄덕이며 마나스톤을 마법 주머니 안에 넣었다. 카네는 상급의 마나스톤 두 개를 보고 내심 놀랐지만 아무것도 묻지 않고 곁에 앉았다.

평범한 소년이 아니라는 것은 처음 만났을 때부터 알고 있었다.

"꼭 그곳에 가야 하는 것이겠지?"

카네는 술에 취하지 않았다. 냄새는 났지만 몇 잔 마시지 않은 것 같았다.

그는 언제나 그랬다. 다 같이 즐기는 자리에서도 절제를 하며 끝까지 모두를 챙겨주는 타입이었다.

"네, 득이 될지 독이 될지는 아직 알 수 없지만 가야 해요."

"그렇구나. 이유를 물어볼 수 있을까?"

"죄송해요."

시드는 진심을 담아 사과했다. 생명의 은인들에게 모든 것을 비밀로 한다는 점이 미안하고, 한편으로는 알려주고 싶은 마음도 있지만 그럴 수 없었다.

자신과 리스네의 싸움이었다.

각자의 위치에서 행복을 지켜 나가는 시멘 용병단을 목숨마저 버려야 될지 모르는 전쟁 속에 끼게 할 수는 없었다.

물론 얘기를 한다 할지라도 그들이 참여하지 않을 수도 있지만 반대의 경우도 존재할 수 있었다.

"그래, 때가 되면 알려주리라 믿는다. 신경 쓰지 마라."

"고마워요."

"나로 인해 방해가 된 것은 아닌지 모르겠다. 이만 가마. 아참, 내일 오후에 출발하는데 너도 조금은 쉬어두어라. 나아가는 일도 중요하지만 휴식도 필요한 법이니. 전진만 해서는 몸이 괴로워하는 법이란다. 너는 이미 알고 있겠지만 말이다."

"알겠습니다. 잊지 않을게요."

시드의 태도에 카네는 방긋 웃음을 머금었다.

라탈 급의 경지에 올랐으면서도 자신보다 약한 이의 조언을 받아들이는 일은 쉽지 않다. 그럼에도 자만하지 않고 겸손했다.

그 점이 마음에 들었다.

세상의 많은 이들은 스스로가 겸손하다고 믿지만, 사실상 진정 겸손한 이는 적은 편이었으니.

"저기……."

"왜 그러느냐?"

시드는 잠시 망설이다가 내려가는 카네를 불렀다.

"저를 위해 스파인까지 가주시지 않아도 돼요."

시멘 용병단은 스파인의 항구까지 동행하기로 결정된 상태였다. 스파인은 마르트와 가장 가까운 곳에 위치한 왕국이었고, 마르트까지 운행하는 배를 돈만 주면 쉽게 찾을 수 있었다.

처음에는 괜찮다고 판단했다.

마르트까지 같이 가는 것도 아니었고, 그들은 용병이기에 다른 왕국을 가는 일은 흔했다. 또한 리샤르가 아니더라도 의뢰 역시 많을 테니.

하나 페이리와 스로우를 만난 이후 고민에 잠겼다.

스로우는 모르겠지만 페이리는 위험했다. 그녀는 우연히 벨트라를 만난다면 절대 모른 척하지 않을 것이다.

샤인을 데리고 가기로 한 것은 자신의 결정이었음에도 벨트라가 불필요한 위험에 휩쓸렸다. 그런 일이 또 벌어지지 말라는 법이 없었다.

만약 이들이 자신에게 불순한 바람을 가지고 있다면 망설임없이 이용하겠지만 시멘 용병단은 아무런 사심 없이 가족처럼 대해줬다.

"우리를 걱정해 주는구나."

시드는 아무런 대답을 하지 않았다.

"우리의 결정이다. 네가 어떤 아이인지, 무슨 일을 겪었고 앞으로 또 어떤 일을 겪을지 모른다. 너와 연관돼서 우리가 큰일을 당할 수도 있다고 생각했다. 너는 평범한 아이가 아니니까. 그러나 네가 우리를 걱정해 주듯 우리 역시 너와 메리아를 걱정한다."

"할아버지……."

"가기로 한 것은 너의 부탁이 아닌 우리가 선택한 길이야. 시멘 용병단 모두 어른이다. 우리의 선택으로 인한 결과는 스스로 책임질 줄 안단다."

카네가 다가와 품에 안아주자 시드는 편안함을 느꼈다.

"어린 나이에 혼자서 짊어지는 법만 배웠구나. 때로는 함께 나눠서 드는 것도 필요하단다. 이 세상의 슬픔에 무너지지 않기 위해서라도."

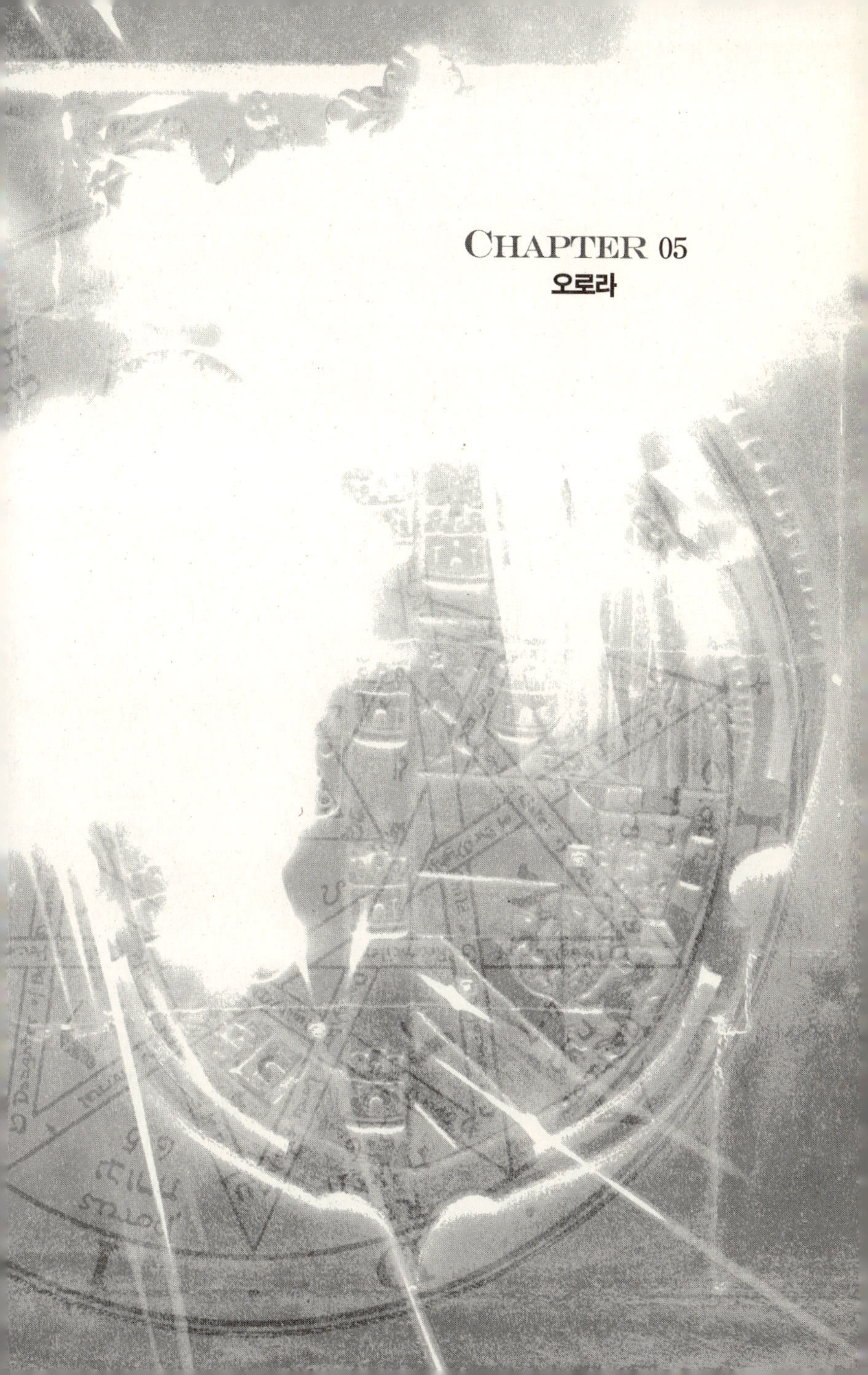

CHAPTER 05
오로라

　배를 타게 된 시간은 아이니가 도착한 오후를 훌쩍 지난 저녁이었다. 정해져 있는 시간을 바꿀 수 없는 탓이었으며, 몇 시간 늦어진다고 손해는 아니었다.

　'드디어 리샤르를 떠나는구나.'

　배에 오르기 전까지만 해도 계속 마음을 졸였던 시도는 멀어지는 해변을 보며 안도할 수 있었다.

　'일단 원래의 모습으로 돌아가자.'

　시드는 현재 변장을 하고 있었다.

　혹시나 항구에서 페이리와 스로우가 기다리고 있지 않을까 해서 일부러 항구가 아닌 바닷가에서 배를 탔지만 그럼에도 불안해서였다.

얼굴에 수염을 붙이고 모자를 눌러썼으며, 혹시 몰라 마법의 도움을 받아 주름살까지 만들었다.

그러자 시드의 얼굴은 코앞에서 보지 않는 이상은 과거의 얼굴을 찾기가 힘들었다.

"부탁해요."

허름한 내실로 들어온 시드는 얼굴을 내밀었다.

현재 일행은 작은 배를 타고 있었다. 여관 주인인 테일이 아는 사람이 선장이었기에 싼 가격에 아카리까지 갈 수 있게 됐다. 항구에서 타지 않아도 됐던 이유이다.

그로 인해 다른 이들은 존재하지 않았으며 내실은 넓지 않지만 며칠 지내기에 불편함이 없을 정도였다.

사아아아.

시드의 얘기와 함께 방에서 뒹굴던 스피네가 주문을 외우며 마나를 발동시켰다. 그녀의 손에서 흰빛이 새어 나와 시드의 얼굴에 닿았다.

동시에 얼굴을 메우고 있던 주름이 사라졌다.

"아, 이제는 괜찮겠지?"

마찬가지로 변장을 했던 벨트라 역시 마법 변장을 풀며 실소를 터뜨렸다. 그 곁에 메리아와 샤인은 이미 변장을 푼 상태였다.

"네, 아무리 그들이라 할지라도 리샤르를 벗어나면 추격하지 않을 거예요."

'나의 정체를 알았다면 얘기는 달라졌겠지만.'

그들이 노리는 것은 초인족인 샤인이었다. 초인족 한 명을 잡기 위해 무리를 하지 않을 것이 분명했다.

아니, 추격이나 잠복이 없는 것으로 봐서는 리스네에게 알려지지 않았을 수도 있었다.

자존심 강한 페이리가 감췄을 확률이 높다고 시드는 추측했다.

"자, 이제 얘기를 해볼까?"

"컥! 그만 좀 주무르시죠!"

방심하고 있던 틈에 스피네의 손에 엉덩이를 헌납한 시드가 벌떡 일어서며 외쳤다.

그 광경에 모두는 웃음을 터뜨렸지만 메리아는 불만스러운 얼굴로 스피네를 노려봤고, 샤인은 이빨을 으르렁대며 경계했다.

"어머, 시엘은 어린애들한테 인기가 많아서 좋겠네?"

"……."

벨트라와 똑같은 발언!

시드는 쓴웃음을 흘리며 대꾸를 하지 않은 채 다시 자리에 앉았다. 벨트라를 제외한 용병들이 궁금증이 가득한 눈빛으로 바라보고 있었다.

그들은 아직 왜 변장을 해야 했는지 모른다.

단지 시드와 벨트라가 배에 타면 얘기를 해준다고 하며 부탁했기에 무슨 일이 있다고 추측할 뿐이었다.

"오는 길에 습격을 받았습니다."

"습격이라니! 누구에게 말인가?"

시드의 얘기에 카네가 표정을 굳히며 되물었다.

"그게……."

결국 시드는 샤인에 대해서와 페이리, 스로우를 만난 사실 모두를 알려줬다. 샤인을 빼놓고는 얘기가 이어질 수 없으며, 상대편의 정체를 굳이 숨기고 싶은 마음도 없었다.

"헐, 스로우라면……?"

"그래, 리스네 공작의 한 팔이라 불리는 그자야."

"어머? 그런데도 살아났어?"

벨트라가 껴들자 스피네가 고개를 갸웃거리며 질문했다.

각 급에도 레벨이 존재했다. 흔히 하급, 중급, 상급으로 나뉘는데, 스로우는 얼마 전 라탈 급 상급에 올랐다. 더군다나 페이리는 에트 급 상급에 올랐다는 소문을 들은 적도 있었다. 한데 그 둘을 상대로 무사히 빠져나왔다니?

아무리 시엘이 라탈 급이라 할지라도 상대가 될 수 없었을 텐데 말이다.

"놀랍게도 시엘이 스로우와 접전을 펼치더군."

벨트라가 알려주자 모두의 눈동자에 놀라움이 맺혔다.

작년에 라탈 급에 올라선 일은 다들 알고 있었다. 그렇지만 그 후로 이제 1년이 지났을 뿐이다. 어떻게 상급의 스로우와 대등할 수 있다는 말인가?

물론 라탈 급에서 가장 오랜 시간이 허비되는 곳은 상급이었다. 그에 비하면 하급에서 중급, 중급에서 상급으로 올라가는 시간은 비교적 짧은 편이었다.

그러나 상급에서 마탈 급의 기간과 비교했을 때지, 제아무리 천재라 할지라도 1년 안에 하급에서 상급으로 올라설 수는 없었다.

"너, 벌써 상급이야?"

경악으로 주근깨가 있는 얼굴을 찌푸린 스크푸가 말했다.

시드를 제외한 모두는 이트, 에트 급이었다. 시드가 라탈 급이라는 사실은 알아차릴 수 있어도 어느 정도 수준인지까지는 파악이 불가능했다.

"아니요, 현재 저는 중급입니다."

"중급이 어떻게 상급과 대등하게… 아니, 그보다 1년 안에 중급?"

도끼를 매만지며 대화에 집중하던 배커스가 의문을 품었다. 하나 시드는 자세히 알려줄 마음이 없었다.

하나를 설명하기 위해서는 또 다른 하나를 알려줘야 했고, 반복이 될 테니까.

"죄송합니다. 천천히 알려 드리겠습니다."

시드가 딱 잘라 거절의 뜻을 표하자 용병들은 아쉽지만 더 이상 캐묻지 않았다. 저럴 때의 시드는 결정을 번복하지 않기 때문이다.

"이야, 그건 그렇고, 이 예쁜 소녀가 초인족이었다니……!"

그로 인해 자연스럽게 화제는 샤인한테 넘어갔다.

초인족을 이토록 가까이서 보는 것은 시멘 용병들도 처음이었다.

"트라이 아저씨, 위험합니다."

샤인에게서 시선을 떼지 못하는 트라이를 확인한 시드가 진지하게 말했다.

어제 샤인을 처음 만난 순간부터 트라이의 시선이 메리아보다 샤인에게 더 많이 갔다. 어쩌면 당연한 일인지도 모른다.

초인족이라는 굴레가 있지만 샤인의 외모는 모두가 쉽사리 눈을 떼지 못할 만큼 예뻤다.

"아, 그 페이리를 막아선 것이 샤인이었지?"

시드의 말뜻을 알아차린 벨트라가 웃음을 머금은 채 말하자, 은근슬쩍 가까이 다가갔던 트라이가 다급히 원래의 위치로 돌아왔다.

페이리는 에트 급 상급이었다. 그녀와 대등하다면 초급인 자신보다 강하다는 뜻이고, 초인족이 변신했을 때를 생각하면 찝쩍대지 않는 것이 목숨 연장에 현명한 길.

"저 어린 나이에 그 정도로 강하다는 말인가?"

카네가 호기심을 감추지 못하며 묻자 시드는 고개를 끄덕였다.

"만약 제대로 가르치기만 한다면 라탈 급 초급과 맞설 수 있을 것입니다. 샤인의 힘은 그 정도이니까요. 다만 곱게 자랐는지 싸움이나 변신 모두가 익숙하지 않은 듯합니다."

"대단하구나. 아무리 초인족이라도 저 어린 나이에 라탈 급에 오른 경우는 거의 존재하지 않을 텐데……."

시드는 동감하며 샤인을 쳐다봤다.

그녀의 부모님이 리스네의 손에 있거나 죽었을 것이기에 그녀의 정체를 알 수는 없다. 하지만 분명 특별한 혈통일 것이다.

그만큼 샤인의 힘은 특별했으며 무력은 벌써 라탈 급이다.

만약 좋은 스승만 만난다면 마탈 급에 올라서는 시간도 그리 길지 않을 것이다.

더군다나 유독 자신만을 따르니 든든한 아군과 다름없었다.

'제대로 가르쳐야겠어.'

시드는 침을 흘리며 꾸벅꾸벅 조는 샤인을 보며 결정했다.

샤인이 마르트에서 머물게 될지도 모르지만, 확실한 관계를 맺어놔서 나쁠 일은 없었다. 훗날에 도움을 받을 수도 있고 말이다.

만약 마르트에 머물지 않고 따라온다면 더욱 좋다. 무한한

잠재력을 가진 라탈 급의 초인족을 동료로 얻게 됐으니.

"다 됐습니다."
"……."
시드와 모두는 침을 꿀꺽 삼키며 아이니가 만든 요리를 쳐다봤다. 배가 고파서, 먹고 싶어서 침을 삼킨 것이 아니었다.
두려움 때문이었다.
'신은 정녕 저희를 버리십니까.'
시드는 치를 떨며 하늘을 원망했다.
애초에 특별한 식사를 기대하지 않았다.
큰 규모의 배가 아니었기에 식당은커녕 요리사도 없을 것이라 추측했다. 간단하게 음식을 만들 수 있는 도구는 준비돼 있겠지만 굳이 만들어 먹을 필요가 없었다.
용병에게는 익숙한 일이었으며, 아카리까지는 5일 정도만 참으면 됐다.
대부분 배에는 속도를 올리기 위한 기본적인 마법 도구가 장착되어 있기에 오랜 시간이 걸리지 않는다.
그래서 일행은 미리 말린 과일과 고기를 비롯해 며칠 동안 배를 채울 수 있도록 준비했다.
한데, 아이니가 굳이 요리를 만들겠다고 나섰다. 재료가 없다고 하니 자신이 모두 챙겨왔다고 한다.
즉, 요리를 할 수밖에 없는 상황.

그렇지만 모두는 말렸다.

그때 변수가 발생했다.

아직 맛을 못 본 메리아가 아이니의 요리를 먹고 싶다고 하자, 그녀는 순식간에 모두를 뿌리치며 요리를 만들었다.

"시엘, 먹어봐."

'캑! 왜 하필 나를……'

시드는 울상을 애써 감추며 어색한 웃음을 지었다. 아이니의 보랏빛 눈동자와 마주쳤다. 그 눈동자가 외쳤다.

죽기 싫으면 처먹어!

시드는 구원을 바라며 주변을 둘러봤지만 모두가 시선을 회피했다.

'젠장.'

부들부들!

결국 시드는 떨리는 손길을 감추지 못하며 숟가락으로 정체를 알 수 없는 국을 떴다. 그런 시드에게 아이니는 친절하게도 고개를 저으며 숟가락을 뺏었다.

"이렇게 건더기도 가득 퍼야지."

"……"

생명을 단축시키는 불필요한 친절.

시드는 그동안 아이니의 요리 실력이 제발 나아졌기를 바라며 한입 가득 넣었다.

"웅? 맛있네?"

꿀꺽 삼킨 시드는 의외라는 표정을 지으며 아이니를 쳐다
봤다.

아이니의 표정이 밝아졌다. 시드는 몇 번 보지 못한 미소였
다.

아이니는 올해 스물여섯 살로 170㎝의 큰 키에 보랏빛 머
리카락과 눈동자를 가진 미녀였다. 그러나 성격을 대변하듯
항상 무표정했기에 다른 이들이 쉽게 접근하기 힘들었으며,
얼음 미녀라 불리기도 한다.

모든 일에 무감각하며 단답형의 말투와 차가운 성격 탓에
붙여진 별명이었다. 그런 아이니가 유일하게 돌변할 때가 있
는데 바로 요리를 할 때였다.

그녀는 유독 요리하는 것을 좋아하며 자주 만들었다.

하지만 문제가 존재했으니, 바로 훌륭한 재료로도 토 나오
게 만든다는 요리계의 마이너스 손.

때문에 시멘 용병단원들은 돈이 없어도 밥을 사 먹었다. 그
렇지 않으면 아이니가 솜씨를 발휘하니까.

더욱 큰 문제는 거절하기가 힘들다는 점이었다.

요리로 인해 한 번 삐치면 대놓고 티를 냈다. 또한 오래갔
다. 뒤끝의 지존까지.

과거 한 예를 들면, 벨트라가 아이니의 요리를 먹고 뱉었다
가 며칠 뒤 잠에서 깨어나니 알몸으로 사람들이 많은 광장 한
가운데에 떠 있었던 적이 있다.

정령술사인 아이니가 바람의 정령으로 벨트라에게 보복한 것이었다.

그날 이후로는 다들 아이니가 요리를 만들려고 하면 최대한 말렸고, 어쩔 수 없이 만들었다면 억지로 맛있는 척을 하며 먹어줬다.

한데, 지금 시드는 진정으로 맛있어하고 있었다.

"누나, 더 줘요."

시드가 밥그릇을 내밀었다. 아이니의 표정은 변화가 없었지만 입술 끝이 꿈틀거렸다. 기뻐하는 중이었다.

"저, 정말 맛있어?"

벨트라는 여전히 의심이 가득한 눈길이었다.

"맛있으니 또 먹겠지."

스피네가 수저를 들며 조심스럽게 말했다.

모두가 불안해하든 말든 시드는 한 입 더 먹었다. 그러자 샤인이 허기를 참지 못하고 달려들었다.

와구와구!

"히유! 히유!"

샤인이 몇 입 먹더니 활짝 웃으며 빠른 속도로 접시를 비우기 시작했다. 그제야 시멘 용병단원 모두는 다급히 숟가락을 쥐고 입에 넣었다.

샤인의 엄청난 속도로 인해 아이니의 요리가 순식간에 사라지고 있었기 때문이다.

하지만 그들은 알지 못했다.

자신들이 요리를 입에 넣기 시작할 때부터 시드가 더 이상 먹고 있지 않는다는 사실을.

배가 고파서 숟가락을 집은 메리아의 손을 시드가 꼭 잡고 못 먹게 하고 있다는 점을.

샤인은 아무리 맛없어도 배만 채우면 행복해한다는 것을.

그리고 시드는 확신했다.

샤인이 달려들면 그녀 혼자서라도 저 많은 양을 다 먹을 것이라고.

그러면 용병들은 자신의 괴로움을 느끼지 못하게 된다.

"커어억!"

"으으윽!"

"이, 이런 사기꾼!"

절대 혼자 당하지 않는 시드였다.

"우우욱!"

"에에엑!"

"……."

바다를 내려다보는 시드의 양옆에서 끊이지 않고 구토 소리가 들렸다.

그리폰과 함께 대륙을 떠돌아다니며 배를 타본 경험이 여러 번 있기에 시드는 배 멀미를 하지 않았다.

그러나 메리아와 샤인은 배를 처음 타본 듯 첫날부터 구토를 시작하더니 3일째인 오늘도 변함없이 토를 해대고 있었다.

"안에 들어가서 쉬어."

시드는 따스하게 말했지만 실상은 달랐다.

며칠 내내 구토 소리를 바로 옆에서 들으니 없던 멀미가 생기는 것 같았다. 얼른 둘을 곁에서 떼어놓고 싶은 마음이 간절했다.

"시, 싫어. 오빠랑 같이 있… 우욱!"

"히유, 히… 에엑!"

둘 다 시드의 곁에서 떨어지지 않으려고 했다.

시드의 동료라는 사실 하나로 샤인은 본능적으로 적개심을 풀었지만, 새로운 멤버들은 아직 낯선 탓이다.

메리아는 그런 샤인에게 오빠를 빼앗기는 기분이 들어 떨어지지 않으려 노력하고 말이다.

그로 인해 죽어나는 것은 시드였다.

이들은 잠을 잘 때마저도 자신의 옆에 붙어 구역질을 했다.

'그뿐만이 아니지.'

시드는 오늘 아침 겪은 끔찍한 일을 떠올렸다.

두 시간 정도 자고 일어났다. 그 두 시간도 구역질 소리에 헤매다 겨우 잠들었다.

그런데 자고 일어났더니 몸이 축축했다. 양 사이드에서 저녁에 먹은 내용물을 확인했던 것이다.

'하아! 이놈의 팔자.'

시드는 설득을 포기하며 먼 바다로 시선을 던졌다.

끝없이 펼쳐진 바다를 보니 가슴속이 시원해지는 기분이었다.

'이제 이틀……. 아버지와 어머니는 어디에 계실까.'

이틀만 더 지나면 아카리에 도착한다. 시드는 부모님을 떠올렸다.

원래라면 지금쯤 만나고도 남았을 시기이다.

마탈 급의 힘을 갖고 5년 안에 알려지는 것은 일도 아니었으니 말이다. 더군다나 프리야 공작의 유일한 제자로 들어가게 될 터였고, 부와 명예가 바로 코앞에 있었다.

하지만 리스네로 인해 5년의 시간을 허비했다.

거기다 앞으로도 힘을 더 찾아야 했고 복수까지 해야 했으니 더욱 오랜 시간이 필요했다.

'살아만 계셔주기를…….'

시드는 부모님에게 바라는 것이 없었다.

단지 함께 있으면 됐다. 돈과 명예는 자신이 모두 얻어낼 수 있으니까.

"샤인."

"히유!"

그때 등 뒤에서 누군가의 목소리가 들리자 샤인이 반색하며 돌아봤다.

시드는 누군지 알아차리며 고개를 돌렸다. 그곳에는 아이니가 샤인을 향해 손을 까딱거리고 있었다.

요리를 모두 해치운 그날 이후, 아이니는 샤인을 예뻐했다.

겉으로 봤을 때는 여전히 무뚝뚝했지만 자신의 요리를 매번 맛있게 다 먹어주는 샤인한테는 눈빛이 달랐다.

그 점은 아이니뿐 아니라 시멘 용병단원 모두가 같았다.

샤인으로 인해 아이니가 요리를 만들어도 먹지 않아도 되니 얼마나 기쁜가!

아이니의 요리에 비하면 말린 과일이나 고기, 빵은 귀족의 만찬이나 다름없었다.

"메리아, 가자."

"우웅, 속이 안 좋은데."

"안 돼. 그래도 먹어서 기운 차려야지."

시드는 배를 부여잡고 고개를 젓는 메리아를 다독였다. 며칠 사이 메리아의 볼은 홀쭉해져 있었다.

멀미에다가 끼니도 자주 거른 탓이었다.

그렇기에 시드는 더 이상 메리아가 굶는 것을 허용할 마음이 없었다. 처음에는 이해를 했지만, 계속 먹지 않으면 건강에도 문제가 생길 수 있다.

"자자, 가서 오빠랑 맛있… 응?"

메리아의 손을 잡고 고개를 돌리던 시드가 다급히 바다를 쳐다봤다.

"오빠, 왜 그래?"

"메리아, 먼저 들어가 있어."

"응? 오빠는?"

"금방 따라갈게. 할 일이 생겼어."

메리아는 고개를 갸웃거리며 시드를 바라봤다. 무슨 이유에서인지 모르지만 시드는 기쁨에 가득 차 있었다.

"오, 오빠!"

풍더엉!

곧 시드는 몸을 날려 바다 속으로 뛰어들었다.

사아악!

한 노인이 아무도 존재하지 않는 왕궁의 넓은 연무장에서 검을 휘두르고 있었다.

살아온 세월을 보여주듯 노인의 피부는 주름이 가득했고, 머리카락은 새하얗다.

그러나 젊은이들조차 기겁할 정도의 탄탄한 근육과 만물을 압도하는 눈빛으로 보아 예사 인물이 아니었다.

그는 바로 리샤르의 세 공작 중 한 명인 프리야였다.

"내가 믿을 수 있는 이는 자네밖에 없다네."

프리야는 수련을 하며 자신의 주군의 말을 떠올렸다.

그는 날이 갈수록 건강이 약해졌는데 그와 비례하여 겁도 많아졌다. 그렇다 보니 자신의 신하들도 믿지 못했다.

'그분의 입장에서는 당연하겠지.'

프리야는 주군의 심정을 이해했다.

왕국의 실세라 불리는 세 명의 공작. 그들 중 두 명이나 왕으로 인해 상처를 품고 있었다. 하나 내칠 수도, 외면할 수도 없는 입장이었다.

대륙 전체에서도 둘밖에 없는 마탈 급 마법사와 최강의 플루닉이라 불리는 이세스를 보유하고 있으니.

만약 그들이 다른 왕국으로 떠난다면 리샤르의 전력은 약화될 수밖에 없었다.

더군다나 둘 모두 과거의 일을 마음에 두고 있지 않는 듯했다. 아폴레의 경우는 오랜 시간 리샤르의 힘이 되어줬고 말이다.

하나 만약이라는 것이 존재했다.

곁에 두자니 불안하고, 남을 주자니 아깝다. 그 딜레마 속에서 리샤르의 왕은 고뇌했다.

그래서 리스네가 공작이 된 순간부터 그는 프리야 공작에게 많은 힘을 실어줬다. 왕궁기사단의 힘을 쓸 수 있는 특권을 줬으며, 귀족들에게도 입김을 불어 넣었다.

아폴레의 수제자인 리스네가 공작이 되자 위협을 느낀 탓이다.

애초에 작위를 주지 않았으면 됐다. 그러나 이세스의 플루닉으로 공을 세우고, 신하들과 프리야 공작까지 동의하는데 리스네한테 작위를 주지 않을 수도 없었다.

그들은 변함없이 충성을 맹세했지만 조심해서 나쁠 일은 없다.

그런 왕에게 가장 두려운 사태가 있다면 바로 프리야 공작의 배신이었다. 만약 프리야 공작이 그 둘과 손을 잡는다면 일은 걷잡을 수 없게 된다.

그렇기에 왕은 프리야 공작에게 더욱 애정을 쏟아부었다. 자신이 유일하게 믿는 신하이자 생명줄과 다름없었기에.

물론 모두 자신의 괜한 걱정이기를 왕은 바라고 있었다.

"후우!"

프리야 공작은 움직임을 멈추며 숨을 크게 내쉬었다. 이마에서 땀방울이 흘러내렸다.

조금 더 수련을 하고 싶지만 시간이 다 됐다. 누군가 다가오는 기척이 느껴졌다.

"공작님."

"왔느냐?"

반가운 목소리에 프리야 공작은 인자한 미소를 머금으며 돌아봤다. 그곳에는 리스네가 서 있었다.

5년이란 시간 동안 프리야 공작과 리스네는 더욱 가까워졌다.

리스토의 죽음 이후 프리야 공작은 틈이 날 때마다 리스네를 챙겼으며, 리스네는 그런 프리야 공작을 아버지처럼 대하며 잘 따랐다.

"다치셔도 전 몰라요."

리스네가 혀를 살짝 내밀며 짓궂게 말하자 프리야 공작은 크게 웃음을 터뜨렸다.

"하하! 그래, 알겠다. 조심하마."

리스네가 걱정을 담아 말한 이유는 오늘 있을 대결 때문이었다.

얼마 전 프리야 공작이 부탁했었다. 이세스와 실력을 겨루고 싶다고. 리스네는 거절하지 않았다.

그녀 역시 확인하고 싶었다. 이세스의 진정한 실력을.

이세스는 라탈 급 플루닉 중 최강이라 불린다. 하나 대륙 그 누구도 이길 수 없는 존재인지는 확신할 수 없었다.

과거에는 이세스를 뛰어넘은 인물이 없다고 알려졌으나, 현재의 마탈 급은 과거의 마탈 급보다 실력이 다들 높다고 평가되고 있었다.

한데, 이세스는 그때와 지금이나 똑같기 때문이다.

그렇다고 모든 마탈 급과 싸우며 확인할 수도 없는 노릇이었다.

그래서 파괴될 염려도 없는 프리야 공작과의 대결은 오히려 찬성이었다. 물론 이세스가 이기리라 확신하고 있지만.

"시작하지."

리스네와 자리를 옮긴 프리야 공작은 왕의 발언이 떨어지자 고개를 끄덕이며 마나를 발출시켰다.

현재 연무장에는 왕과 아폴레 공작, 왕족들이 함께했다.

그들은 안전을 위해 아폴레가 겹겹이 친 보호막 뒤에서 관전하고 있었다.

대결이 성립된 이후, 리스네가 아폴레에게 말했고, 아폴레가 왕에게 전한 탓이었다.

"후우우!"

프리야 공작의 온몸에서 무시무시한 마나가 사방으로 뻗어나갔다.

매일 수련을 빼먹지 않은 그였기에 5년 전보다 더욱 강해져 있었다.

그는 이세스의 부활 때 알고 있었다. 현재의 자신은 이세스를 이길 수 없다고. 그래서 5년 동안 더욱 이를 악물고 수련했고, 이제야 실력을 겨뤄보기로 결심했다.

그 끔찍할 정도로 강한 기세에 리스네는 몸을 부르르 떨었다.

라탈 급에 올라서니 마탈 급이 얼마나 대단한지 뼈저리게 알 수 있었다.

'어쩌면 스승님보다 위일지도…….'

힘을 정면에서 마주하고 있는 리스네는 프리야 공작에게서 두려움을 느끼며 아폴레와 비교했다.

마법의 효율성까지 계산했을 때는 누가 이길지 장담할 수 없었다.

마탈 급의 싸움은 직접 부딪치지 않는 한 쉽사리 가늠하기 힘들다. 물론 마탈 급 내에서도 차이가 확연하다면 승패는 정해진 것과 다름없지만 말이다.

'하지만 이세스는 지지 않습니다.'

몸을 떨던 것도 잠시, 리스네는 곧 입가에 웃음을 머금으며 부러진 단검을 꺼내 들었다.

그와 함께 빛의 폭풍이 모두를 덮쳤다.

시드는 두 눈을 부릅뜬 채 물속에서 두리번거렸다.

자신의 눈이 틀리지 않다면 분명 그것은 오로라였다.

오로라는 희귀 동물 중 하나였는데, 그 수도 적으며 평생에 한 번 볼 수 있을까 말까 할 정도로 찾기 힘들었으며, 수백 년을 살 만큼 수명이 길다.

또한 오로라의 고기는 맛이 대단히 뛰어나고 만병을 치료한다고 할 만큼 건강에도 좋았다. 더불어 피는 수명을 늘려준다는 전설이 있다.

그렇기에 오로라의 가격은 엄청났다.

찾기도 어렵지만 찾는다 할지라도 잡는 것 역시 대단히 힘들기 때문이었다.

'돈! 돈! 저기 있다!'

탐욕에 젖은 눈으로 황급히 주변을 확인하던 시드의 표정이 밝아졌다. 자신의 눈은 틀리지 않았다. 정말 오로라가 바다 속을 유유히 헤엄치고 있었다.

'아나콘다 같구나.'

오로라는 거대한 검은 도마뱀의 형상이었는데, 작은 다리가 열 쌍이 붙어 있었다.

그래서 육지에 올라오는 경우도 적지 않았다.

오로라는 물 안에서는 물론 밖에서도 호흡을 할 수 있으며, 열 쌍의 다리는 대단히 빠른 속도로 움직일 수 있게 해줬다.

'저놈만 잡으면……'

꼬로록!

시드는 입을 헤벌쭉 벌렸다가 물이 들어오자 황급히 다물었다.

눈앞에 보이는 오로라는 10m 정도의 크기였다. 만약 싸구려 마법 주머니라면 넣지도 못할 만큼 대단한 크기와 무게였다.

최소 백 살 이상은 돼 보였다.

'5,000골드는 벌 수 있겠다!'

시드는 돈 계산을 마치자 사랑스러운 눈길로 오로라를 쳐다봤다. 누가 보면 헤어진 연인을 만났다고 착각할 정도.

'자, 간다!'

시드는 물 위로 올라가 숨을 몇 번 내쉰 다음 재차 물속으로 들어왔다.

물 안에서도 몇 분은 참을 수 있기는 하지만 조금이라도 더

시간을 늘리기 위함이었다. 그리고 라탈 급의 힘을 끌어올렸
다.

크르릉?

오로라는 뒤에서 무시무시한 기운이 느껴지자 거대한 몸
집을 뒤틀었다.

'자자, 이리 온!'

남들은 보기만 해도 오줌을 싼다는 오로라였지만 시드는
마치 애완동물을 대하듯 손을 까딱였다.

소중하게 대해주고 싶었다.

상처나 흠집이 생길 경우 돈이 깎인다. 즉, 상처 없이 한 방
에 보낼수록 가격은 더욱 높아진다.

'뭐지, 저놈은?'

오로라는 시드를 보며 경계를 하면서도 어이가 없었다.

자신은 150년을 산 오로라였다. 다른 놈들 같으면 달아나
기 바빴고, 사냥꾼들이라 할지라도 긴장을 금치 않았다.

한데 실실 웃으면서 손짓으로 오라고 한다.

그동안 수많은 인간을 만났지만 저런 놈은 처음이다.

'안 그래도 배가 고팠는데 잘됐군.'

오로라는 평소 아주 수심이 깊은 곳에서 지낸다. 꼭 그곳이
아니더라도 사는 데 지장은 없지만 가장 편안하고 안전하기
때문이었다.

그러나 사람이 밥만 먹고 살 수 없듯, 간혹 수면 위로 올라

와 공기를 마시기도 하며 그 기회에 배도 채웠다.

대부분 사냥감은 작은 물고기들부터 고래, 혹은 몬스터 등이었다.

먼저 공격해 오거나 화를 돋우지 않는 이상 인간을 잡아먹지는 않는다. 하나 자존심이 강해 도전해 오는 인간이 있다면 꼭 잡아먹어 버렸다.

슈우우!

오로라의 입안에 마나가 휘몰아쳤다.

시드는 그럼에도 웃음을 잃지 않으며 귀고리를 꺼냈다. 플루닉이 잠들어 있는 귀고리였다.

착용하고 다닐 수도 있지만 귀고리를 하고 싶은 마음이 없고, 혹시나 플루닉이라는 사실을 알아차리는 사람이 있을까 봐 마법 주머니에 넣어 다녔다.

번쩌억!

귀고리에서 빛이 새어 나오더니 눈사람 체형에 집게손을 가진 노란색 플루닉이 나타났다.

마비 능력을 가진 플루닉이었다.

그와 동시에 오로라의 물대포가 입에서 토해졌다.

마나를 머금은 물대포는 회오리치며 빠른 속도로 시드를 집어 삼키기 위해 다가왔다.

시드는 다급히 검을 꺼내 그리폰의 기술을 시전했다.

콰콰콰쾅!

십자 형태의 마나가 물대포와 부딪치며 폭발을 일으켰다.

'크으윽!'

시드의 몸이 비틀거렸다. 두 힘이 부딪친 여파로 인해 몸의 균형을 잡기 어려웠다.

하나 휩쓸릴 정도는 아니었다. 시드는 빠르게 접근해 오로라의 시선을 빼앗았다.

'뒤, 뒤!'

그런 다음 손가락으로 오로라의 뒤를 가리켰다.

오로라는 자신의 필살 공격을 막아낸 시드에게서 눈을 떼지 않았으나, 뒤에서도 무언가 다가오고 있었기에 결국 고개를 돌렸다.

그 순간 플루닉의 두 눈에서 빛이 터져 나오며 오로라의 몸이 마비됐다.

"무, 무슨 일이야?"

"그게… 잘 모르겠습니다."

선장은 당황을 금치 못하며 소리쳤지만 선원이라고 알 리 없었다.

갑자기 뒤에서 파도가 솟구치고 바다가 휘몰아치는데 그들이라고 어찌 영문을 알겠는가.

"일단 모두를 진정시켜."

올해 예순 살이 된 선장은 이마에서 흐르는 땀을 닦으며 명

령했다.

위험한 순간도 있었지만 바다는 곧 잠잠해졌고, 위기를 넘
겼다. 하나 배에 탄 손님들은 불안해하고 있을 것이다.

하필이면 지인의 친구들을 태웠을 때 이런 일이 벌어지다
니…….

선장의 말에 선원은 다급히 고개를 끄덕이며 밖으로 나갔
다. 그러나 자신들의 예상과는 달리 배에 타고 있던 손님들은
침착했다.

"다들 괜찮으십니까?"

"아아, 걱정 말고 들어가 보게나."

카네가 웃는 얼굴로 대답하자 선원은 당황스러웠다.

"그, 그렇지만……."

용병이라는 사실을 알고 있기는 했지만 그런 소동에도 이
토록 침착하다니! 놀란 것은 자신과 선장뿐인 듯했다.

"알겠습니다."

결국 선원은 고개를 끄덕인 다음 선장에게로 향했다. 그들
이 불안해하지 않고 이해해 준다면 자신들한테는 잘된 일이
었다.

"아무래도… 시엘 같지?"

선원이 멀어지자 벨트라가 말문을 열었다.

"그래, 마나의 기운이 느껴졌네."

"도대체 무슨 일이야?"

카네가 동의했다. 스피네는 난간을 잡고 바다를 내려다보며 중얼거렸다.

바다에 들어갔다는 메리아의 말을 듣고 모두는 어이없어하며 밖으로 나왔다.

도대체 왜 들어갔을까? 물론, 라탈 급인 그가 배를 쫓아오지 못하리라고는 생각지 않았지만 이해할 수도 없었다.

그와 함께 엄청난 굉음이 터지더니 하늘에서 비가 떨어져 내렸다. 솟구쳤던 바닷물이 추락한 것이다.

"잠잠한데?"

스피네의 발언에 모두가 난간에 달라붙어 아래를 내려다봤다. 더 이상 마나의 흐름도, 폭발도, 빛도 존재하지 않았다.

"다들 뭐 하시는 거죠?"

"엉? 시엘 기다리잖… 어? 시엘!"

뒤에서 들린 목소리에 무심결에 대답했던 벨트라는 흠뻑 젖은 시드를 발견하며 소리쳤다.

"도대체 무슨 일이야?"

"오빠, 괜찮아?"

"히유? 히유?"

시드는 모두의 걱정하는 얼굴을 보며 고개를 끄덕였다. 그리고 일단 들어가자고 말하며 앞장서서 안으로 들어갔다.

"무슨 일이 있었던 거야?"

"수영했습니다."

“…….”

자리에 앉자마자 궁금증을 참지 못하고 질문했던 벨트라는 순간 멍해졌다. 그뿐만 아니라 샤인을 제외한 모두가 마찬가지였다.

그토록 소란을 피워놓고 수영을 했다니! 말도 안 된다.

“수영을 하는데 왜 라탈 급의 힘까지 발휘해!”

“빨리 헤엄쳐 보고 싶어서요.”

“크윽! 시엘! 너 이러기야?”

“허헐! 무슨 이유가 있겠지. 그만하게.”

카네가 사람 좋게 웃으며 뒷목을 부여잡는 벨트라를 안정시켰다.

분명 무슨 이유가 있다. 그러나 본인이 말하고 싶지 않아하는데 굳이 캐물을 필요는 없다고 느꼈다.

“하지만…….”

“누구에게나 말하고 싶지 않은 일이 있지 않은가? 아무런 사고도 없었고 말이네.”

벨트라는 얼굴에 불만이 가득했으나 연장자이자 스스로가 믿고 따르는 카네의 의견이기에 반론을 펼치지 않았다.

단지 고개를 푸욱 숙인 채 카네 몰래 날카로운 눈빛을 시드한테 발산했다. 꼭 알아내겠다는 의지가 담겨 있었다.

그러나 시드의 뻔뻔함은 마탈 급의 실드보다도 두꺼웠다.

시드는 그런 벨트라의 눈빛도 무시한 채 카네에게 고마움의 눈인사를 하며 뿌듯한 미소를 지었다.

오로라를 아무런 흠집도 내지 않고 산 채로 잡았다.

몸을 마비시킨 다음 마나를 주먹에 끌어모아 복부에 충격을 줬다.

그리폰의 고문을 응용한 기술로 밖에는 아무런 상처가 없지만 끔찍한 통증을 느꼈을 것이다.

그로 인해 오로라는 단번에 기절했다.

'얼마가 나올지 궁금하군!'

아직까지 살아 있는 오로라를 판 이는 존재하지 않았지만 적어도 죽은 오로라보다는 높은 가격이 확실하다.

뭐든지 싱싱한 것을 최고의 가격으로 쳐주는 법이니.

'알려줄 수 없지. 암!'

오로라의 가격을 시멘 용병단원들이 모를 리 없었다.

만약 알게 된다면 분명 탐낼지도 모른다. 그렇지 않더라도 앞으로 돈쓸 일은 자신한테 기댈 것이다.

아직까지는 자신의 재산을 모르기에 돈을 쓸 일이 없었지만 발각될 경우 더치페이를 하게 될 수도 있고 말이다.

더치페이! 묻어가는 시드의 입장에서는 있을 수도, 있어서도 안 되는 끔찍한 단어.

'자, 배야. 얼른 가자.'

뜻밖의 횡재를 한 시드는 즐거운 상상을 하며 바랐다.

오로라를 팔기 가장 적당한 장소는 아카리였다. 기왕이면 시멘 용병단과 떨어진 후 팔면 가장 좋지만, 4대왕국이 아닌 곳에서는 팔기 어려울 수 있다. 그렇기에 가는 도중 들르게 될 아카리가 최적의 장소였다.

'으하하! 역시 사람은 착하게 살아야 복을 받는구나!'

착하다는 뜻을 모르는 듯한 시드였다.

"방금 배 한 척이 지나갔다고 합니다."

"으응?"

갑자기 들어온 쥐처럼 생긴 남자의 말에 동굴 안 상석의 화려한 의자에 앉아 있던 남자가 자신의 수하를 내려다봤다.

그의 양옆에는 10대 후반과 20대 초반으로 보이는 두 명의 여자가 중요한 부위만 아슬아슬하게 가린 채 함께 앉아 있었고, 남자의 손은 그녀들의 새하얀 젖가슴을 움켜쥔 상태였다.

"크기는 작다고 합니다. 대략 열 명에서 많아 봐야 열다섯 명이 탔을 정도라더군요."

"흐흐, 제 발로 찾아왔군."

"그러게 말입니다. 당분간은 쉬려고 했는데 이곳을 지나가는 이들이 있군요. 키킥."

시드의 일행이 탄 배는 현재 정상적인 경로로 가지 않고 있었다.

메리아와 샤인의 멀미가 너무 심한 탓도 있지만, 시드의 입장에서도 빨리 가는 편이 좋았기 때문이다.

처음 선장은 거절했다. 하나 시드가 라탈 급이라는 사실을 듣게 되자 결국 수긍하며 솜씨를 발휘하고 있었다.

그 경로는 거대 몬스터들이 간혹 출현하는 위험한 경로였다.

"사람이 너무 쉬어도 안 되지. 가끔 몸을 풀어줘야겠지?"

이들은 악명이 높은 해적이었다.

수많은 약탈을 했지만 단 한 차례도 잡히지 않았다. 그들이 잡히지 않은 이유에는 강함도 있지만 그게 다가 아니었다.

조심할 줄 알았다. 위험하면 피할 줄도 알았다. 스스로의 실력만 믿고 자멸하지 않은 것이 지금까지 버텨온 이유였다.

소문이 퍼지고 해군과 기사, 고용된 용병들이 찾아다니면 숨어 지냈다. 또한 한 번 일을 벌였던 곳은 떠났다.

그렇기에 아지트도 각 대륙의 마을이나 바닷가, 혹은 섬 등 수없이 바뀌며 추적을 따돌렸다.

거기에다 그렇게 번 돈을 흥청망청 쓰지 않고 배의 성능 향상과 위기를 대비해 투자도 적지 않게 하며 힘을 키웠다.

"그리고 이년들도 이제 슬슬 지겹고 말이야."

거대한 덩치에 콧수염을 기른 흉포한 얼굴의 두목이 손아귀에 힘을 줬다.

"아흐웅……."

그러자 양옆에 있는 소녀와 여인의 입에서 신음이 새어 나
왔다.

아팠다. 끔찍했다. 더러웠다. 하지만 그런 티를 낼 수 없었
다.

만약 싫어하거나 무언가를 거절이라도 한다면 죽고 싶을
정도의 수치와 고통이 찾아오기에.

"배를 준비할까요?"

"그래, 뒤를 잡는다."

남자는 여자들을 밀치고 자리에서 일어서며 명했다.

"알겠습니다요!"

수하가 기대에 찬 얼굴로 힘차게 대답하고 밖으로 나갔고,
남자는 입맛을 다시며 그 뒤를 따랐다.

쓰러지듯 앉아 있는 프리야 공작은 웃음을 터뜨렸다.

그런 프리야 공작의 온몸은 상처투성이였다. 얼마든지 치
료를 할 수 있음에도 그 스스로가 잠시만 아픔을 즐겨보고 싶
다며 놔두게 한 것이다.

패배했다. 이세스의 플루닉은 과연 대단했다.

인간을 압도하는 괴력과 놀라운 움직임, 또한 지치지 않는
체력에 특수능력.

드래곤이 만들어낸 생체 병기 중 왕이라 불리는 이세스와
맞선 프리야 공작은 즐거웠다.

이토록 전력을 다해서 싸워본 것이 몇 년 만인지 알 수 없을 만큼 오래됐다.

흥분됐다. 가슴이 떨렸다. 검사의 투지가 끓어올랐다.

'더 수련해야겠군.'

사실 기회는 있었다, 단번에 이세스를 파괴할 수 있는. 하지만 프리야 공작은 기회를 잡지 않았다.

자신한테 기회가 주어졌듯 그것은 이세스 역시 마찬가지였다.

몇 번이나 죽일 수 있었지만 목숨을 거두지 않으려 하다 보니 서로 반격의 기회를 잡을 수 있었던 것이다.

그렇기에 전장에서 서로 적인 채로 만났더라면 결과는 지금과 같았을 것이다.

자신에게 기회가 오기 전에 이미 이세스는 기회를 버렸으니 말이다. 물론 홀로 싸울 때의 얘기였다.

이세스의 주인인 리스네가 참여하지 않은 것처럼 프리야 공작은 왕에게 선사받았고, 오랜 시간 함께 싸워온 라탈 급의 플루닉을 소환하지 않았다.

만약 소환자와 플루닉 이 대 이의 싸움이었다면 결과는 달라졌을 것이다.

훗날 리스네가 마탈 급에 올라간다면 또 달라지겠지만.

'언젠가는 꺾을 수 있다. 하지만 너무 늦었어.'

프리야 공작은 고개를 들었다. 해가 저물어갔다. 지금의 자신처럼.

이세스의 플루닉은 강하다. 두려움이 일어날 정도다. 과거에도 그랬지만 지금도 이 대륙에서 일대일로 이세스를 꺾을 수 있는 존재는 없을 것이다.

그렇지만 영원토록 정상에 서 있을 수는 없다.

플루닉의 강함은 사람처럼 성장하지 못하기 때문이다.

'그 아이라면……'

문득 프리야 공작은 한 소년을 떠올렸다.

자신이 지는 해라면 눈부신 빛을 머금고 한참 떠오르고 있는 태양과 같던 소년 시드.

열 살에 마탈 급에 오른, 신조차 두려워할 천재적 기질과 타고난 몸. 오랜 시간 전설처럼 잠들어 있는 소울 급의 부활도 기대할 수 있었던.

다른 마탈 급들조차 이세스에게 진다 해도 시드는 달랐다.

기존의 마탈 급들은 다들 나이를 먹어 늙었지만 그 아이는 이제 시작이니.

'그도 있었지.'

더불어 프리야는 또 다른 이를 떠올렸다.

시드를 제외한 열 명의 마탈 급 중 가장 젊은 나이인 카란.

그 역시 훗날 이세스를 뛰어넘고, 소울 급도 기대할 수 있는 마탈 급 중 한 명이었다.

'어디에 있을까.'

문제는 둘 다 5년 전 자취를 감췄다는 것이다.

특히 시드가 사라진 것은 프리야 공작에게 있어서는 큰 충격이었다. 그렇게 좋아하더니 이유 하나 남기지 않은 채 사라졌다.

무슨 이유가 있을 것이라 확신했다. 말없이 사라질 소년이 아니었다.

한데, 그 어떤 흔적도 찾아낼 수 없었다. 단지 살아 있기만을 바랄 뿐이었다.

"후, 이제 돌아가 봐야겠군."

프리야 공작은 오랜만에 얻게 된 통증을 즐기며 자리에서 일어섰다.

'뭐지?'

차가운 바람을 맞서며 마나 호흡을 하고 있던 시드가 두 눈을 떴다. 뒤에서 무엇인가가 다가오고 있었다.

속도가 빠른지 거리가 점점 좁혀졌다.

결국 시드는 몸을 일으켜 배의 뒤편으로 갔다.

처음에는 어두운 바다밖에 보이지 않았지만 머지않아 두 대의 배가 시야에 들어왔다. 그들의 정체는 해적 같았다.

해골이 그려진 붉은 깃발만 봐도 알 수 있었다.

‘이것 봐라?’

시드의 입가에 진한 미소가 맺혔다.

바람이 불었다. 돈 냄새를 풀풀 풍기는 바람이.

CHAPTER 06
레드 스켈레톤

퍼어엉!

대포가 쏴지면서 거대한 철 덩어리가 배 옆에 떨어졌다.

촤아악! 출렁!

물결이 치솟으면서 배가 출렁거렸다. 그 와중에도 시드는
팔짱을 낀 채 해적들을 주시만 할 뿐이었다.

저들은 일부러 맞추지 않았다.

규모가 작다 보니 방심하고 있는 것이다, 배를 부수지 않아
도 얼마든지 제압할 수 있다고. 그래서 최대한 배에 피해를
주지 않으려고 했다.

팔아야 되는 귀찮음이 있다 할지라도 배 역시 돈이니까.

“무, 무슨 일이야?”

“에? 저것들은 뭐야?”

“헐! 해, 해적이다! 레드 스켈레톤!”

소란에 벨트라와 스피네를 비롯한 용병들이 뛰쳐나왔다. 때마침 선원도 뒤편을 향해 달려왔는데 그가 사색이 된 채 소리쳤다.

“레드 스켈레톤?”

시드가 답을 원하며 물었다.

해적이라는 사실은 알고 있었지만 정체까지는 알지 못했다.

해적들에 관해서는 지식이 많지 않았다. 마주칠 일이 거의 없기에 그리폰 역시 상세히 알려주지 못했다.

“레드 스켈레톤은 악질인 해적입니다! 저 깃발은 그들의 상징이죠! 아아, 큰일이군요! 저들은 그 어떤 것도 남기지 않는다고 알려졌는데, 여자들은 물론 남자, 어린애들까지 노예로 팔아 돈을 버는 놈들입니다!”

선원은 절망적인 얼굴로 일행을 쳐다보며 소리쳤다.

그 눈길에는 원망이 담겨 있었다. 정상적인 경로로 갔더라면 레드 스켈레톤과 마주칠 일도 없었을 텐데.

‘자, 잠깐!’

그런 선원의 두 눈동자가 크게 떠지더니 표정이 밝아졌다.

그러고 보니 지금의 위험한 경로를 택한 이유가 존재했다.

이들의 실력을 믿기 때문이었다. 그중에 한 명은 라탈 급.

아무리 레드 스켈레톤이라 할지라도 라탈 급은 이길 수 없으리라.

"염려 마세요. 선장님과 선원님에게는 아무런 일이 없을 겁니다."

시드가 환하게 웃으며 말했다. 그러자 시멘 용병단은 불길함을 느꼈다. 그렇다면 자신들한테는 피해가 온다는 뜻인가!

"자, 그럼 시작해 볼까요?"

시드가 손을 풀며 벨트라를 향해 의미심장하게 웃었다. 벨트라는 움찔거리며 뒤로 물러섰다.

"뭐, 뭐를?"

"가만히 있다 죽으실 겁니까?"

당황하는 벨트라에게 시드가 고개를 갸웃거리며 되물었다.

해적들을 처치해야 했다. 자신 혼자서 두 대의 배를 상대하기는 벅찬 노릇이다. 각 배에는 20명 정도 되는 해적이 있었는데, 그중에서 몇은 에트 급의 실력자였다.

"아니지. 싸워야지!"

자신의 불길한 예상과 전혀 다른 대답이지만 맞는 말이기에 벨트라는 주먹을 불끈 쥐며 소리쳤다.

"만약을 대비해 카네님은 이곳에 남아주세요. 메리아, 샤인과 선장, 선원님을 부탁드립니다. 샤인이 위험해지지는 않겠지만 변신을 해서 이성을 잃으면 곤란해지니까요.”

“알겠네. 적들에게 넘어갈 텐가?”

“네, 그래야죠. 기다리면 자신들이 알아서 오겠지만 그러면 재미가 없지 않습니까.”

시드의 발언에 모두는 혀를 내둘렀다.

그들 역시 레드 스켈레톤이 어떤 해적인지 잘 알고 있었다. 바다에서 그들은 무법자였다. 한데 레드 스켈레톤과 맞서면서 재미를 논할 수 있다니. 강자에게서만 나올 수 있는 여유 같았다.

“배를 보호하기 위함이군.”

시드가 돌아서자 카네가 따스한 얼굴로 얘기했다.

“전 그렇게 마음 좋은 놈이 되지 못합니다.”

“하지만 동생을 위해서는 그 어떤 배려도 할 수 있는 이지.”

시드는 쓰게 웃으며 대꾸하지 않았다. 역시 카네는 오랜 시간을 살아온 만큼 의도를 파악하는 눈이 탁월했다.

적에게 넘어가서 싸우는 이유에는 재미도 있었다. 그러나 더 큰 이유가 존재했다. 만약 저들이 자만이 사라지고 위험하다고 느낀다면 배를 공격할 것이다.

배가 파손되는 것은 큰 상관이 없지만 문제는 메리아였다.

다른 사람들은 스스로의 몸을 지킬 수 있다. 그렇지만 메리아는 아니었다. 물론 자신이 있는 이상 위기에 빠지지 않도록 하겠지만 언제나 만약이라는 것이 존재했다.

그래서 아예 배에 시선을 돌리지 않게 할 작정이었다.

죽음이 코앞에 닥친다면 눈앞의 적을 쓰러뜨리려고 하지, 그 와중에 떨어져 있는 배를 노리지는 않을 테니 말이다.

"오빠……."

곁에 있는 메리아가 손을 꼭 붙잡았다. 잠에서 깬 그녀는 겁에 질린 얼굴이었다.

해적에 대한 두려운 소문을 많이 들었던 탓이다.

시드는 웃는 얼굴로 메리아의 머리를 쓰다듬어 줬다. 메리아가 품에 안겼다.

"잠시 샤인하고 놀고 있어. 금방 돌아올게."

"응!"

메리아는 애써 힘차게 고개를 끄덕였다.

싸움을 피할 수 없는 상황에 더 이상 불안한 모습을 보이고 싶지 않았다.

자신의 오빠는 언제나 적들과 맞서는데, 계속 나약하게 있을 수는 없었다. 그리고 믿었다, 그 누구보다 강한 그를.

"자, 준비됐죠?"

시드가 양옆에서 접근하는 해적들의 배를 보며 말하자 시멘 용병단은 크게 준비됐다고 소리쳤다.

그들의 리더는 벨트라였다. 정신적 지주는 카네였고. 하지만 시드의 지휘에 그 누구도 불만을 가지고 있지 않았다.

그는 강하며 필요하고 득이 되는 결정만 한다는 사실을 잘 알기에. 더군다나 스텝을 가르쳐 준 스승이기도 했다.

"제가 오른쪽 배를 맡겠습니다."

시드는 느꼈다. 그곳에서 가장 강한 기운이 느껴졌다. 그 래 봐야 에트 급을 벗어나지 못했지만 상급에 위치해 있고, 벨트라보다 강했다.

자신이 부딪쳐 줘야 했다.

"여러분은 왼쪽 배를 맡아주시면 됩니다."

"그런데 어떻게 넘어가지? 아이니의 정령으로는 우리 모두 를 옮기기 힘들 텐데."

시드의 결정에 벨트라가 궁금했던 점을 질문했다. 시드는 눈이 초승달처럼 변하며 그의 의문을 해소시켰다.

"날아갑니다."

"에? 날아가… 컥! 아아악!"

벨트라의 말이 채 끝나기도 전이었다.

시드가 벨트라를 잡더니 왼쪽 배를 향해 집어 던져 버렸다.

"다음! 늦으면 벨트라 아저씨가 죽습니다. 으하하!"

시멘 용병단은 하나같이 조금 전 시드의 발언을 떠올렸다.

"염려 마세요. 선장님과 선원님에게는 아무런 일이 없을 겁니다."

곧 배에서는 비명이 끊이지 않았다.

"지금 저게 뭐냐?"

"……."

레드 스켈레톤의 두목인 쟈칸은 멍한 얼굴로 수하에게 물었다. 그러나 수하라고 정황을 알 리가 없었다.

대포로 경고 사격을 했다. 그러자 말귀를 알아듣는 듯 배가 속도를 줄이더니 멈췄다. 사실은 시드가 그렇게 하라 한 것이었지만 말이다.

그 후, 다리를 준비하고 걸치기 직전이었다.

양쪽에서 열 명씩 총 스무 명이 먼저 투입해서 안에 타고 있는 이들을 포박할 계획이었다. 혹시 모를 사태를 대비해서 몇은 배를 향해 대포를 겨냥하고 있었다.

그런데 갑자기 비명이 들리더니 뭔가 날아갔다.

처음에는 무엇인지를 알지 못했지만 곧 다른 배에 타고 있던 부두목에게서 마법 통신구를 이용한 정보가 들어왔다.

한 명이 날아와 배에 떨어졌다는 것이다. 그것도 모자라 계속해서 사람이 날아와 떨어진다고.

그 후에는 더 이상 부두목에게서 연락이 없었다.

단지 통신구를 통해 고함과 싸우는 소리가 들려올 뿐이었다.

하지만 도우러 갈 마음은 없었다. 두목은 수하들의 실력을 믿었다. 특히 부두목은 에트 급 중급이었으며, 초급의 에트 급도 한 명 있었다.

절대 질 리 없다고 확신했고, 적들이 자리를 비운 틈에 몇 명을 보내 일단 배를 장악하기로 결정했다.

한데 그 뜻은 이뤄지지 않았다.

검은 머리카락과 눈동자의 청년 한 명이 하늘에서 떨어졌기 때문이다. 그것도 배 정중앙에.

'죽지는 않겠지?'

무사히 착지한 시드는 손을 털고 일어서며 믿었다. 충격은 있겠지만 그들 정도의 실력이라면 목숨에 지장은 없을 것이다.

스피네와 아이니는 마법과 정령으로 무사히 착지했을 테며, 그 외는 남자들이니 알아서 살아 있을 터.

만약 그 정도에 부상을 입는다면 시멘 용병단의 이름이 울 것이다.

'이제 나의 차례군.'

시드는 기지개를 길게 켜며 주변을 둘러봤다.

두목으로 보이는 남자는 상석에 위치한 의자에 앉아 자신을 내려다보고 있었고, 그의 곁에 두 명의 남자가 서 있었다.

그 둘은 에트 급 초급이었다.

그리고 20명의 선원이 원을 만들며 자신을 둘러쌌다. 그들 중에는 이트 급의 인물이 셋 정도 있었다.

이 정도면 라탈 급의 힘을 발휘하지 않고도 이길 수 있다.

원래 시드의 계획은 저항하지 않고 잡혀주는 것이었다. 하나 그럴 경우 메리아를 포함한 여자들이 희롱을 당할 수도 있기에 포기했다.

대신 지금의 방법을 떠올렸다. 가는 길은 다르지만 도착 지점은 같았다.

"네놈은 뭐냐?"

쟈칸의 두 눈이 좁혀지며 물었다. 그것을 발견한 수하들은 침을 꿀꺽 삼켰다. 쟈칸이 저런 눈빛일 때는 긴장하고 있다는 뜻이다.

천하의 쟈칸이… 20:1인데도 긴장하고 있다니!

"중요한 것은 그게 아니지. 어떻게 살려달라고 빌어야 하나 그걸 고민해야지."

그런 쟈칸을 보며 시드는 실소를 머금었다. 그러자 수하들의 표정이 일그러졌다.

"감히 우리가 누구인지 알고! 죽여 버려!"

쟈칸과 수하들 가운데에 위치해 있던 쥐같이 생긴 남자가 소리쳤다. 동시에 수하들이 괴성을 지르며 달려들었다.

그들의 손에는 검과 단검, 너클 등 여러 가지 무기가 쥐어지고 장착돼 있었다.

"죽고 싶다면 환영한다."

"크으윽!"

"뭐, 뭐야."

"발이 떨어지지를 않아!"

수하들의 몸이 돌처럼 굳어버렸다. 플루닉을 꺼내 특수 능력을 쓴 것도, 시드가 특별한 마법을 부린 것도 아니다.

살기! 시드의 전신에서 피어오르는 끔찍한 살기가 그들의 전신을 짓눌렀다.

괜히 상대도 되지 않는 이들과 싸우고 싶지 않다.

어차피 두목과 그를 경호하는 에트 급 초급의 두 명만 쓰러뜨리면 끝나는 싸움이었다. 불필요한 피를 흘리고 싶지 않았다.

물론 자신의 계획 막바지에 이르렀을 때는 필요 여하에 따라 살아 있다는 것이 원망스러울 만큼 고통을 주겠지만.

"뭐, 뭐 하고 있어! 얼른 죽……!"

그 광경에 임무를 내린 이가 크게 고함을 질렀다. 자신도 벌벌 떨면서 말이다.

"이봐, 네가 죽여보지? 계속 쥐처럼 찍찍대지 말고."

"캑!"

그는 숨도 쉬지 못하며 눈알만 옆으로 굴렸다.

어느새 시드가 바로 곁으로 다가와 목에 검을 겨눈 탓이다.

꿀꺽, 목젖이 움직였다. 따끔거렸다. 이마에서 식은땀이 맺혀 흘렀다. 아니, 이미 온몸에서 땀을 뻘뻘 흘리고 있었다.

딱딱딱!

그는 이를 세차게 부딪쳤다. 바로 곁에서 자신만을 향하는 시드의 살기로 인해 정신이 혼미했다.

과거엔 마탈 급이었고 현재는 마탈 급 육체에 라탈 급인 시드였다.

더군다나 죽음의 위기를 맞고 리스네를 향한 끝없는 증오심으로 날카롭고 차가웠으며, 지옥의 진흙탕처럼 끈적거렸다.

"크윽, 허어억!"

결국 간사함과 아부 하나로 살아오며 육체와 정신 단련을 등한시했던 그는 살기를 버텨내지 못하고 무너져 내렸다.

기절한 것이다.

"이거 위험하군."

쟈칸이 벌떡 일어서며 중얼거렸다. 그의 넓은 양 허벅지에 앉아 있던 알몸의 소녀와 여자가 바닥에 나뒹굴었다.

"운이 다한 것인지도 모르겠지만 나는 쉽게 죽지 않는다."

쟈칸은 주먹을 불끈 쥐었다.

방금 전 느낀 끔찍한 살기로 자신보다 약하지 않다는 사실을 알고 있었다. 더군다나 저 여유는 더욱 두려움을 증가시켰다.

이때까지 해적질을 하면서 적어도 바다에서는 지금 눈앞에 있는 적보다 강한 상대를 만난 적이 없었다. 규모가 작고

허름하다고 방심한 스스로를 욕해도 시간은 돌리 수 없었
다.

그렇다면 이겨야 했다.

살아남아서 더욱 많은 시간을 즐기기 위해서라도.

"으아아!"

쟈칸의 비명과 같은 기합과 함께 그와 에트 급 수하 두 명
이 시드를 향해 접근했다.

"시엘!"

벨트라는 원망이 가득 담긴 목소리로 소리를 지르며 검을
휘둘렀다. 그런 벨트라의 검에서는 은은한 빛이 흐르고 있었
다.

성기사였던 그이기에 신성력이 맺힌 것이다.

교단에서 직위를 박탈당했지만 믿음이 사라진 것은 아니
었고, 신성력은 변함없이 존재했다.

벨트라는 거칠어진 호흡을 다듬으며 주변을 둘러봤다.

처음 홀로 떨어졌을 때는 정말로 죽는 줄 알았다. 떨어지면
서 부딪친 아픔을 느끼기도 전에 사방에서 들이닥치는데 막
기에도 바쁜 수준이었다.

결국 상처도 몇 개 입었다.

하나 곧 스피네와 트라이, 배커스 등이 차례대로 떨어지면
서 상황은 안정됐다.

'이 녀석! 왠지 불안하다 했더니!'

벨트라는 쓴웃음을 지으며 재차 검을 휘둘렀다.

채애앵!

벨트라의 목을 노리고 파고들던 짧은 삼지창 같은 무기가
뒤로 튕겨졌다.

"이놈들! 살아서 돌아가지 못한다!"

벨트라는 여유를 부리며 신성력을 끌어올렸다. 상대의 실
력은 에트 급. 방심했다가는 큰일이 날 수도 있었다.

푸우욱!

한 명의 해적이 목을 부여잡으며 손을 허우적거리다 무릎
을 꿇었다. 그의 목에 박힌 단검이 뽑히자 피가 분수처럼 치
솟았다.

트라이는 무심한 눈으로 시체가 된 해적을 내려다봤다.

암살자라 불리는 그는 단 일격에 적을 무너뜨리는 데 능숙
했으며, 많은 이들을 죽였기에 살인에 대해 무감각했다.

해적이라 할지라도 굳이 죽일 필요를 못 느끼는 시드와 정
반대 타입이었다.

'얼른 끝내고 돌아가자. 우리 메리아가 나를 기다리고 있
을 테니.'

되도 않는 착각!

메리아를 떠올리자마자 차갑던 트라이의 표정은 므훗하게
돌변했고, 그는 황급히 적의 뒤를 향해 움직였다.

“크으윽! 뭐지? 몸이……”

상대가 공격을 하다 말고 갑작스럽게 멈추자 벨트라의 얼굴이 환하게 펴졌다. 왜 이런 현상이 벌어졌는지 잘 아는 탓이다.

“스피네!”

“히히. 우리 자기, 고생 많네?”

스피네의 농에 벨트라는 손을 휘저으며 말도 말라고 응수했다.

스피네는 치료와 보조 마법에 능숙했다. 지금 해적의 몸이 움직이지 않는 것도 마법의 손으로 발목을 부여잡고 있는 탓이다.

“자, 얼른 끝내고 시엘한테 가자. 걱정돼.”

라탈 급의 힘을 잘 알고 있지만 혼자 보낸 것이 걱정되는 스피네였다. 그에 벨트라가 세차게 고개를 끄덕였다.

그 역시 같은 심정이었던 것이다.

“우아아!”

“괴, 괴물이다!”

“이놈, 무슨 힘이 이렇게 세!”

괴성을 지르며 배커스가 도끼를 휘두르자 앞을 막고 있던 두 명의 해적이 나가떨어졌다. 터질 듯한 근육과 끊임없는 수련을 통해 얻은 놀라운 힘이었다.

“젠장! 이대로 죽을 수 없어!”

한 명의 해적이 이를 악물며 벌떡 일어나 달렸다.

쉐에엑! 퍼억!

"커어억!"

그러나 해적은 채 움직이기도 전에 가슴에 활을 맞으며 고꾸라졌다. 배커스의 등 뒤에서 스크푸가 보조를 하고 있었다.

차아악!

그뿐 아니라 바람이 칼날이 되어 해적들을 덮쳤다. 그중 이트 급의 해적은 간간이 방어를 했지만, 이트 급도 되지 않는 말단 수하들은 몸 곳곳에 자그마한 상처를 여러 개 입으며 피를 흘렸다.

아이니가 소환한 바람계 정령의 능력이었다.

"후우, 정리됐군."

벨트라가 주위를 둘러보며 말했다.

해적 측에도 강자가 몇 있었고 인원이 배로 많았지만, 전원이 이트, 에트 급인 시멘 용병단을 이길 수는 없었다.

"이제 시엘한테 가보자. 트라이."

카네가 타고 있는 배가 안전하다는 사실을 확인한 벨트라가 말하자, 배가 천천히 움직였다.

트라이는 배를 모는 기본적인 방법을 알고 있었다.

"이, 이런 일이……."

"도대체 어떻게!"

'마법? 아니다. 단지 빠르게 움직이는 거야!'

경악을 터뜨리는 수하들과는 달리 쟈칸은 본질을 파악했다.

처음에는 그 역시 혼란스러웠다. 적의 신형이 갑자기 늘어나더니 자신과 수하 두 명한테 동시에 덤벼드는 것이 아닌가!

그러나 에트 급 상급이자 오랜 시간 목숨을 건 사투를 펼쳐왔던 그는 혼란 속에서도 냉정을 되찾았다.

'쓸 만하군.'

시드는 당황하지 않고 공격을 해오는 쟈칸을 적이지만 높이 평가했다.

현재 시드는 두 개의 비기를 동시에 시전하는 중이었다.

레폰의 빠른 움직임으로 만들어내는 환영과 순간적으로 속도를 극대화해 이동하는 메스토의 스텝을.

그래서 짧은 거리에서만 만들어지던 환영으로 보이는 움직임이 먼 거리도 가능하게 해줬다.

한데, 아무리 라탈 급의 힘을 발휘하지 않았더라도 에트 급이 단시간에 파악할 만한 기술이 아니었다.

그만큼 쟈칸의 눈썰미와 판단력이 대단하다는 뜻이었다. 하나 거기까지였다. 실력의 차이마저 극복할 수는 없었다.

시드는 첫 번째로 수하 중 한 명을 쓰러뜨렸다.

환영검으로 시선을 빼앗은 다음 다리에 검을 박았다. 비명이 들렸다. 검을 통해 손끝으로 감촉이 느껴졌다.

그 후, 또 다른 수하가 뒤에서 어깨를 노리자 황급히 바닥을 구르며 그의 급소를 걷어찼다.

"캐애액!"

"이런 비겁한!"

힘을 주어 찬 것이었기에 수하는 눈이 뒤집히며 바닥을 뒹굴었다.

그 일을 목격한 쟈칸은 저도 모르게 소리를 질렀다가 입을 닫았다. 생각하면 자신들도 비겁하기는 다를 바 없었다.

'싸움에 비겁이고 나발이고는 존재하지 않는다.'

시드는 그리폰의 생전 말을 떠올렸다.

그리폰은 기사였고, 명예와 충성심을 중요시했지만 싸움에서만큼은 아니었다.

일명 개싸움! 자존심 지키며 죽어봤자 그 누구도 알아주지 않는다.

그리폰의 검술은 실전 위주였고, 이기기 위해서라면 치사한 짓도 서슴지 말라고 알려줬었다.

"이제 네놈뿐이다."

쓰러진 두 명을 재차 확인한 시드는 레폰의 환영을 풀며 말했다. 다른 부하들은 조금 전 작정하고 내뿜은 살기에 아직도 질려 움직이지 못하고 있었다.

'역시 힘들군.'

시드는 살짝 숨이 찼다. 두 개의 기술을 한꺼번에 이처럼 길게 사용한 것은 처음이었다. 그것도 에트 급의 마나만으로.

하지만 절대 얼굴에서 여유를 잃지 않았다.

아직 여러 장의 히든카드를 꺼내지도 않았으며, 시멘 용병단 역시 절대 질 리가 없으니.

즉, 시간이 흐른다면 그들도 이곳을 찾아올 것이다.

물론 집어 던져 버리는 바람에 심통이 나서 외면할 가능성도 있었다.

"타하압! 한 방에 죽여주마!"

시드의 실력이 자신을 뛰어넘는다는 사실을 잘 아는 쟈칸은 검에 마나를 집중시켰다.

파아앗!

검이 밝게 빛나기 시작했다. 그의 전신에 속해 있는 마나가 모두 모인 탓이다.

"거, 좋지!"

시드는 쟈칸의 결정을 반기며 자신 역시 검에 마나를 이끌었다.

쟈칸이 아니더라도 일격 승부는 시드가 가장 자신있어하는 것이었다. 그리폰의 검술은 현란한 기술은 없지만 위력 하나하나가 뛰어난 탓이다.

그때 무언가가 머릿속을 스쳐 간 시드가 다급히 허공으로 뛰어올랐다.

쟈칸의 마나가 하늘을 향해 치솟아 시드는 어쩔 수 없이 라탈 급의 힘을 끌어올렸다.

콰아아앙!

허공에서 폭죽이 터지듯 빛이 번쩍하며 굉음이 울려 퍼졌다.

시멘 용병단과 배에서 기다리고 있던 모두가 도착했을 때, 시드는 물에 젖은 상태로 배 한가운데에 앉아 있었다.

"역시 대단하구먼."

벨트라는 어깨를 으쓱하며 웃음을 머금었다.

예상은 하고 있었지만 아무런 상처도 없이 20명을 쓰러뜨렸다. 놀라운 점은 해적들 역시 부상을 당한 자가 몇 없다는 점이었다.

상대를 압도하는 힘이 있었기에 가능하기도 했다.

하나 그보다 중요한 것은 필요없는 피를 흘리지 않고 싸움을 끝내려 한 시드의 마음이었다.

"다들 무사하… 이 사람이!"

자신의 추측대로 일이 풀리자 기분 좋게 대답하던 시드는 무언가를 발견하고 다급히 몸을 일으켜 움직였다.

잠시 한눈을 판 사이에 트라이가 메리아를 품에 안고 비비적대고 있었다.

"큭! 이런 냉정한!"

시드가 힘을 줘서 떨어뜨리자 트라이는 울먹거렸다.

조금 전 사람을 죽일 때와는 180도 다른 모습!

"하여튼 방심하면 안 돼."

시드는 안도의 한숨을 내쉬며 트라이에게 경계가 가득한 눈빛을 보냈다. 그러자 메리아가 등 뒤에서 힘주어 끌어안았다.

"오빠, 괜찮아?"

메리아는 혹시 다치지는 않았는지 걱정하며 시드의 몸 곳곳을 살폈다.

"하하, 괜찮아."

시드는 그런 메리아를 향해 온몸을 움직이며 괜찮음을 알려줬다. 그때서야 메리아는 안도를 하며 환하게 웃었다.

"그런데 샤인은?"

문득 샤인이 없다는 사실을 발견한 시드가 묻자, 메리아는 눈동자가 좁아지며 대답했다.

"왜, 신경 쓰여?"

"응? 아, 아니… 보이지 않길래."

"홍! 자고 있으니 걱정 마세요!"

"그, 그래."

시드는 다급히 메리아의 시선을 피하며 머리를 긁적였다.

'내가 뭘 잘못한 건가?

요즘 메리아가 과한 반응을 한다고 느꼈지만 일단 중요한 것은 그게 아니었기에 시드는 고민을 떨쳐 내며 쟈칸을 바라봤다.

시드는 쟈칸의 마지막 힘을 되받아치지 않고 막았다. 그 이유는 하나였다. 배가 파손될 수 있기 때문.

쟈칸이 가지고 있는 배는 성능이 대단히 뛰어났다.

언제나 도망을 쳐야 하는 입장이기에 당연한 것일 수도 있지만, 쟈칸은 돈을 낭비하는 다른 해적들과는 달리 배에 꽤 많은 투자를 한 것 같았다.

그러니 팔게 되면 꽤 많은 양의 골드를 벌 수 있다.

그렇기에 시드는 쟈칸이 공격하기 전에 솟구쳤다. 만약 쟈칸과 자신의 힘이 부딪치면 배는 산산조각 날 테니까.

즉, 자신의 돈이 사라진다는 뜻.

또한 되받아칠 경우에도 방향, 힘 조절이 실패하면 배가 파손될 우려도 존재했기에 라탈 급의 힘을 끌어올려 마나의 벽을 형성해 막았다.

그로 인해 가슴에 통증이 치밀기는 했지만 앞으로 얻게 될 돈을 생각하면 간지러운 수준이었다.

"이제 정리를 해야겠습니다."

시드가 쟈칸에게서 시선을 거두며 말했다.

그는 시드가 라탈 급이라는 사실을 알게 되자 전의를 상실했다. 아무리 상급이라 할지라도 에트 급과 라탈 급의 차이는 하늘과 땅이었다.

아니, 그 부분을 떠나서 자신이 전력을 다한 기술도 통하지 않았으니 방법이 존재하지 않았다.

"아카리에 가서 넘기자."

"그래, 저놈은 수배 중이니 상금도 꽤 될 걸."

벨트라의 의견에 스피네와 다들 동의했다. 그 외는 딱히 다른 도리도 없었다.

그러나 시드의 계획과는 거리가 멀었다.

"아니요, 가야 할 곳이 있습니다."

"가야 할 곳이라니?"

모두가 의아함을 감추지 못하며 시드를 쳐다봤다. 이제 모든 일이 해결되고 아카리에 가기만 하면 끝나는데 또 어디를 들른단 말인가.

'함께 가야겠지.'

시드는 안타까움을 느끼며 갈등했다. 하나 어쩔 수 없었다. 결국 시드는 자신의 계획을 밝혔다.

"아지트에 들를 것입니다."

"에? 레드 스켈레톤의?"

"그렇습니다. 잠시 들르기만 하는 것뿐이니 염려 마세요. 주력이 패배한 마당에 아지트를 지키고 있을 일부는 싸울 의지조차 없을 테니까요."

"그러면 자네의 목적은……."

카네가 뜻을 알아차린 듯 묻자 시드는 순순히 속을 밝혔다.

사실 자신의 목적 아니고는 굳이 해적의 아지트에 들를 동기도 없었다.

"네, 그 정도로 알려진 해적이라면 분명 모은 재산도 어느 정도 있을 것이기 때문이죠. 찾아온 복을 걷어찰 수는 없습니다."

"허헐, 해적의 돈을 압수한다라……."

"정말 너는 돈에 관해서는 무시무시하구나."

벨트라가 쓰게 웃으며 졌다는 듯 말했다.

자신들은 현상금만 생각했는데, 시드는 그 이상의 수입을 위한 구상을 이미 마친 상태였다.

'큭, 결국 나눠야 하는구나!

얼마나 있을까? 기대하는 일행을 바라보는 시드의 두 눈동자에 슬픔이 차올랐다.

원래의 계획은 시드 혼자서 가는 것이었다.

일행을 먼저 보내고 자신은 살아남은 해적들과 함께 아지트로 돌아가 그들이 오랜 시간 모은 재산을 뜯어낸다.

그 후, 해적 몇을 데리고 배를 운전하게 해 무사히 아카리에 도착한다.

그리고 이동 수단이 되어준 배도 팔아버린 뒤 쟈칸도 넘겨 현상금까지 타낸다.

연속으로 돈을 홀로 가질 수 있는 하늘이 주신 기회!

하나 시드는 그렇게 할 수 없었다.

이 경로는 위험했다. 또 다른 해적이 나타날 수도 있고, 몬스터가 출몰할지도 모른다. 그때 자신이 없다면 안전을 보장할 수 없었다.

그렇다고 이제 와 돌아가라 하면 시간도 오래 걸리고 모두가 납득하지 못할 것이다.

메리아, 샤인만 놔두고 가라 할까 하는 생각도 했지만 시드는 고개를 저었다.

벨트라, 카네를 선두로 용납하지 않을 것이다.

아무리 그들이 자신보다 실력이 떨어진다 할지라도, 보호자의 명목으로 이곳까지 함께하고 있는데 어린애들만 따로 보내지 않을 테니 말이다.

결국 시드는 모두와 같이 가기로 결정할 수밖에 없었다.

물론 최대의 수입을 얻기 위한 새로운 작전을 열심히 짜내면서.

레드 스켈레톤의 새로운 아지트인 작은 섬에 도착했을 때는 동이 틀 무렵이었다.

섬에 도착한 시드의 표정은 태양보다 환하게 빛나고 있었다.

시드는 배에서 내리기 전 쟈칸을 노려보며 잔인하게 웃었다.

'알고 있지? 제대로 해!' 라는 의미가 담겨 있는 눈빛과 미소!

쟈칸은 그런 시드에게 치가 떨렸지만 또 그 지옥 같은 고통을 당하고 싶지는 않기에 순한 양처럼 고개를 끄덕일 뿐이었다.

'좋아, 좋아.'

시드는 만족감을 느끼며 힘겨웠던 새벽의 사투를 떠올렸다.

일부러 메리아, 샤인을 제외하고는 부하들이 몰고 온 배에 타도록 만들었다. 더불어 그들이 죽이지 않아 살아남은 해적들을 데리고 말이다.

시멘 용병단이면 몇 남지 않은 해적들과 함께 가도 아무런 문제가 없을 테고, 배를 운전할 이도 필요했다.

선장과 선원은 더 이상 함께 가지 않기로 결정한 탓이다.

해적들을 시켜 배를 몰게 하면 되는데 굳이 아카리까지 같이 갈 필요가 없었다.

그 후, 시드는 메리아와 샤인, 쟈켄과 한 배에 타고 있던 20명의 부하와 함께 먼저 출발했다.

메리아가 20여 명의 해적과 함께 간다는 사실에 불안해하자, 시드는 쟈칸과 에트 급, 이트 급을 제외하고는 모두 기절시켜 버렸다.

그리고 이트 급과 에트 급의 해적들은 자신이 풀기 전이나 24시간이 지날 때까지 마나를 쓸 수 없도록 봉쇄했다.

그 일을 할 때는 라탈 급의 힘을 꺼내야 했다.

그때서야 안심한 메리아는 샤인과 잡혀 있던 여자 두 명과 함께 내실에서 잠을 청했다.

그러자 시드는 본격적으로 손을 풀었다. 쟈칸과 두 명의 에트 급이 목표였다.

처음 시드는 그들 셋을 앉혀놓고 아주 인자하고 온화한 얼굴로 물었다. 감춰놓은 재물이 어느 정도이고, 어디에 있는지를 말이다.

얼굴만 본다면 마치 중생을 구제하는 신의 모습! 하지만 쟈칸과 해적들은 신의 자비를 거절했다.

그들은 의미를 알아차리며 입을 굳게 다물었다.

살다 보면 패배를 할 수도 있다. 죽지만 않으면 언제든지 복구도 할 수 있다. 그런데 분명 출발하자마자 배의 가격을 물었다.

즉, 배를 빼앗아갈 계획이라는 뜻!

한데 거기다가 돈까지 모두 털린다면 아예 시작도 할 수 없다. 그 무엇도 존재하지 않으니.

절대 알려주면 안 된다. 이대로 끝낼 수는 없다.

시드는 시선도 마주치지 않는 셋을 보며 다 알겠다는 듯 고개를 끄덕이며 한 명의 에트 급 어깨에 손을 올렸다.

"밤은 길다."

그와 함께 손을 통해 해적의 몸으로 전해지는 마나.

이전 리메토에게 사용했던 그리폰의 고문을 재현하는 것이었다.

"으아악! 아아악!"

해적은 괴성을 지르며 미친 사람처럼 바닥을 굴렀다. 눈이 뒤집히기 시작했고, 입에는 게거품이 물렸다.

하나, 시드에게 자비란 없었다.

동공이 완전히 풀리며 기절하기 직전, 마나를 회수했다. 그리고 이번에는 기운을 채워주기 위한 마나를 불어넣고 정신이 완벽하게 들게 했다.

그런 다음 또 반복이었다.

쟈칸과 또 다른 에트 급의 해적은 치를 떨었다.

도대체 어느 정도나 아프기에 자신들 중 고통에 제일 무감각하다고 하는 그가 저 지경이 된단 말인가!

5분이 흘렀다.

해적은 예상외로 오래 버텼다. 웬만한 이들은 한 번 당하면 말하는데 말이다.

이를 악물고 참던 에트 급 해적은 더 이상은 견딜 수 없는지 결국 자신이 아는 정보를 털어놓으려고 했다.

하지만 시드는 듣지 않으며 마나를 더욱 밀어 넣어 결국 그를 혼절시켰다.

그리고 여전히 웃음을 머금은 채 고개를 돌려 쟈칸과 나머지 해적을 쳐다봤다.

어차피 정확하게 알고 있는 놈은 쟈칸뿐이다. 부하들의 정보 따위는 궁금하지 않았다.

그럼에도 부하 먼저 고문을 시작했던 것은 공포를 극대화하기 위함이었고, 절대 거짓말하지 말라는 경고였다.

사람은 하염없는 두려움에 시달리면 벗어나고 싶어 진실을 말하게 되는 법이니까.

시드는 손을 뻗어 남은 부하를 고문했다.

그때쯤 쟈칸은 얼굴이 시퍼렇게 질린 채 온몸을 눈에 보일 정도로 떨었다.

털썩!

"이제 너도 시작해 볼까? 네놈은 두목이니 특별히 도착 전까지."

고문을 하는 와중 목적지까지 아직 한참이나 남아 있다는 사실을 시드는 알 수 있었다.

쟈칸의 두 눈동자가 급격하게 흔들렸다. 밤새도록 고문을 하겠다는 얘기였다.

"마, 말하겠습니다! 얼마나 있고, 어디에 있는……!"

꽤 무서웠는지 쟈칸은 침까지 흘리며 황급히 소리쳤다.

악명을 떨치던 에트 급의 해적이었던 그이지만 자신보다 더 강하고 악랄한 이 앞에서는 고양이 앞에 쥐와 다를 바 없었다.

그러나 시드는 순순히 들어주지 않았다.

뼛속까지 죽음을 심어준다. 고문이 끝났을 때 원망하는 것이 아닌 단지 하염없이 감사하도록 말이다.

상대를 짓밟을 때는 다신 덤빌 수 없도록 하는 것이 기본이었다.

"으, 으아아악!"

쟈칸의 비명은 오랜 시간 끊이지 않았다.

'아쉬웠어.'

새벽의 일을 떠올린 시드는 입맛을 다셨다.

원래의 계획보다 고문을 일찍 끝내야 했다. 비명 소리에 메리아가 잠에서 깨 밖으로 나왔기 때문이다.

출발하기 전 그 점을 예상해 스피네에게 부탁해 내실에 소음 마법까지 걸었지만, 지속 시간에 한계가 있었던 모양이다.

결국 시드는 그때서야 쟈칸의 얘기를 들어줬다.

쟈칸은 모든 사실을 털어놓고 시드의 계획까지 머리에 암기한 다음에야 의식을 잃었다가 조금 전 깨어났다.

"하아암! 한숨도 못 잤네."

"히히, 어쩔 수 없잖아."

배에서 내려 마중 나와 있던 쟈칸의 부하들을 모두 손봤을 때쯤 늦게 도착한 배에서 벨트라와 스피네가 대화를 나누며 내렸다.

"어, 놈들을 다 정리했네? 너는 안 졸립냐?"

"저는 잠 거의 안 자잖아요."

"하긴, 너는 진짜 강해지기 위해 태어난 놈 같아."

벨트라의 말에는 진담 반, 농담 반이 섞여 있었다.

잠을 자지 않으면 괴롭다. 오죽하면 가장 무서운 고문이 잠을 재우지 않는 것이라고 하겠는가?

그렇기에 사람은 때로는 며칠 밤을 새우기도 하지만 졸리면 자야 한다.

한데, 시드는 하루에 한두 시간만 자도 충분했다. 어떨 때는 일주일을 안자도 몇 시간만 자면 아무런 문제가 없었다.

하루에 남들보다 다섯 시간만 덜 자도 한 달 동안 150시간을 더 얻게 되는 것이었다.

거기다가 시드는 그 시간을 게을리 보내지 않고 수련만 하니 시멘 용병단은 내심 잠이 없는 시드를 부러워하기도 했다.

"그런데 문제가 있어요."

모두가 배에서 내리자 시드는 진지하고 살짝 화가 난 표정을 연기하며 말문을 열었다.

이제부터가 중요했다. 처음 세웠던 계획의 수입을 얻기 위해서는.

"무슨 일인가?"

카네가 걱정을 담아 물었다.

"하아, 그게……."

시드는 일부러 길게 한숨을 내쉬며 뜸을 들였다.

돈에 집착이 남다른 자신이 너무나 간단하게 말하면 오히려 의심을 살 수 있다.

아카데미 남우주연상을 타도 될 연기력과 캐릭터의 관찰력!

"모아놓은 것이 없답니다."

시드는 이를 바드득 갈며 힘겹게 화를 참는 표정으로 말한 뒤 신형을 돌려 먼 하늘을 바라봤다.

그때 시드의 옆에서 고개를 푸욱 숙인 채 있던 쟈칸이 황급히 이유를 말해줬다.

"저희가 오랜 시간 잡히지 않았던 이유는 위험하면 잠잠해질 때까지 기다리기 때문입니다. 그렇기에 돈을 모을 수 없었습니다. 간혹 큰 이득이 생긴다 해도 배에 투자를 했기에. 이번에 여러분을 노린 것도 돈이 다 떨어져서였습니다."

"그렇군. 그러고 보니 얘기를 들은 적이 있다네. 레드 스켈레톤은 몇 번 해적질을 한 다음에 한동안 모습을 감춘다고."

"뭐야? 그러면 괜히 왔다는 거잖아?"

"힝, 내 보석은?"

카네가 신빙성을 더해주자 벨트라와 스피네가 짜증을 내며 울상이 되어 투덜거렸다.

시멘 용병단들은 많은 기대를 하고 있었다.

당연히 자신들보다 이 모든 일을 해낸 시드가 더 가져야 한다고 생각하지만 어느 정도의 수입은 올릴 수 있으리라 희망에 가득 차 있었다.

한데 그 모든 것이 무너져 내렸다.

"어쩔 수 없지. 그러면 배라도 챙겨서 가자."

벨트라가 머리를 긁으며 말했다.

환상은 깨졌지만 이들의 배와 쟈칸의 현상금만 해도 한동안 문제없이 지낼 정도의 돈은 됐다.

하나 시드가 거부했다.

"안 됩니다. 혹시 모르죠, 거짓말을 하는 것인지도. 일단 아지트를 철저하게 수색하고 진짜 없다면 그때 돌아가는 것이 좋을 것 같습니다."

시드는 쟈칸을 차가운 눈길로 노려보며 외쳤다.

그 눈빛에는 돈이 한 푼이라도 나온다면 각오하라는 결연한 의지가 담겨 있었다.

모두는 그런 시드를 보며 고개를 끄덕였다.

그동안 봐온 그는 절대 이렇게 물러설 리 없었다. 돈과 관련된 가능성이라면 1%라 할지라도 끝까지 확인했으니까.

지극히 정상적인 반응이었다.

"뭐, 시엘이 결심했으면 변하지 않을 테니. 좋아, 일단 아지트를 뒤져 보자."

벨트라가 맞장구를 쳐주자 시드는 세차게 고개를 끄덕였다.

그런 다음 시드가 직접 나서서 해적들을 재우거나 기절시켰고, 배 안에 있던 단단한 밧줄로 모두 묶었다.

그리고 메리아와 샤인, 해적들을 감시할 카네와 아이니, 배커스를 제외한 뒤 아지트를 향해 움직였다.

원래는 트라이도 남으려고 했지만 시드의 살벌한 눈빛을 마주하자 가장 앞장서서 달렸다.

“찾았어요?”

“아니. 너는?”

“후, 곳곳을 다 뒤져 봤는데 없더군요. 그나마 돈 될 만한 것들을 챙겨오기는 했습니다.”

시드는 일부러 챙긴, 한가득 안고 있던 물건들을 내려놨다.

값어치가 나가는 물건도 있었지만 대부분은 한 끼 식사 값도 해결하기 힘들 정도로 보였다.

“뭐, 그래도 배와 현상금이 있잖아.”

벨트라가 풀이 죽은 시드의 어깨를 두드리며 위로했다. 그 순간이었다.

모두가 빈손으로 돌아왔는데 트라이가 싱글벙글한 채로 열심히 달려왔다.

“이봐! 찾았어!”

‘……!’

시드의 표정이 확 일그러졌다. 고개를 숙이고 있는 상태였기에 아무도 알아차리지는 못했다.

“뭔데요?”

하지만 순식간에 기대에 가득 찬 눈빛으로 돌아가 트라이에게 물었다. 트라이는 의미심장한 웃음을 흘리며 손바닥을 폈다.

"우와! 예쁘다!"

"어머, 보석!"

"석상 눈에 박혀 있더라고. 크기가 작은 석상이어서 잘못하면 못 알아볼 뻔했어."

"루비군. 꽤 값어치가 나가겠어."

카네가 보석을 햇빛에 이리저리 비춰보더니 말했다. 축 늘어졌던 모두의 표정에 생기가 돌았다.

"잘됐군, 시엘. 빈손으로 돌아가지 않아도 돼서."

"네, 카네 할아버지. 으하하! 정말 다행이네요!"

시드는 크게 웃었다. 그리고 머릿속 한편에서는 쟈칸을 어떻게 고문할지 구상하고 있었다.

분명 모든 재물이 어디에 있는지 들었다.

돈에 관해서는 천재적인 기억력이 발휘되기에 절대 잊을 리가 없다.

즉, 쟈칸이 거짓말을 했다는 뜻.

물론 쟈칸의 정보로 인해 대다수의 골드와 보물을 아무에게도 들키지 않고 마법 주머니의 배를 채웠고, 시멘 용병단도 고생하기에 저 정도는 자비로운 마음으로 나눌 수 있었다.

하나 거짓말에 속은 것은 용납할 수 없었다.

절대 보석 값이 아까워서… 였다.

"이제 서두르자꾸나."

카네의 의견에 다들 동의하며 지정된 배에 올라타기 시작
했다.

시드는 메리아와 샤인을 먼저 올려 보낸 뒤, 쟈칸과 함께
마지막으로 탑승했다.

시드의 표정은 밝았다. 보석을 발견해 기분이 좋은 탓이라
다들 생각했다.

그러나 아무도 듣지 못하게 쟈칸한테 작은 목소리로 속삭
인 그 내용은 절대 밝지 않았다.

"아카리에 도착할 때까지 살아 있어라."

진심이었다.

CHAPTER 07
협상

The Seed
시드

"드디어 도착했구나."

배에서 내려서자 벨트라가 쓰러질 것처럼 휘청거리며 말했다.

시드가 아무리 해적들을 재웠다고는 하나 그로서는 걱정이 앞선 것이다. 그래서 두 명씩 짝을 지어 번갈아가면서 잤기에 잠이 부족했다.

"역시… 너는 멀쩡하군."

벨트라는 목을 풀며 내려오는 시드를 바라보고 예상했다는 듯 말했다.

아지트에서 아카리까지는 이틀이 걸렸다. 원래는 하루 하고 반나절 정도면 도착할 수 있었지만, 오는 도중에 거대 몬스터 두 마리를 만나 시간이 지체됐다.

즉, 이틀 동안 잠을 자지 않았다는 뜻이다.

아직 위험 요소가 많은 샤인이나 소중히 아끼는 메리아에게 경비를 보라고 하지는 않았을 테니 말이다.

"이제는 조금 자야겠어요."

시드는 지친 기색이 묻어나는 얼굴로 대답했다.

며칠 동안 제대로 잠도 자지 못했는데 라탈 급의 힘도 발휘했다. 피곤했다. 두세 시간은 자둬야 몸 상태가 완벽해진다.

"그러면 방은 우리가 잡을게."

"그래. 나와 시엘만 가면 돼."

벨트라는 스피네에게 돈을 건네주며 말했다. 그 돈은 용병단의 공동 수입이었다.

일을 하게 되면 수입은 공평하게 나눈다. 그 수입의 10%를 마법 주머니에 넣었다. 모두가 일을 하지 않아도 마찬가지다.

항상 같은 사람이 빠지는 경우는 없기 때문이다. 그 공동수입은 지금처럼 용병단의 경비로 사용된다.

"나도 오빠랑 같이 가면 안 돼?"

"히유, 히유."

모두와 인사를 나누고 벨트라와 함께 이동하려는 찰나 메리아와 샤인이 시드의 양옆에 달라붙었다.

"으음, 같이 가도 문제가 없긴 한데……."

쟈칸을 비롯한 일당은 현상금을 받고 넘기기만 하면 되고, 나머지는 배의 가격을 알아본 다음 파는 일이었다.

그래서 메리아와 샤인이 함께 가도 문제가 없으나 시드는 걱정스러웠다.

며칠 내내 배를 타면서 시달렸기에 체력적으로 약해졌을 테니.

"괜찮겠어?"

"응! 응!"

"히유!"

간절한 둘의 눈동자로 인해 시드가 어쩔 수 없다는 듯 묻자 둘은 환하게 웃으며 대답했다.

"어머, 우리 인기남은 어쩔 수가 없네? 그러면 먼저 가 있는다? 히히."

그 광경을 본 스피네가 농을 건네며 나머지 사람들과 여관을 찾기 위해 걸어갔다.

"마법 통신구는 문제없죠?"

시드는 벨트라에게 질문했다.

쟈칸을 만나서 얻게 된 수입에는 희귀한 것들도 여러 개 있었는데, 그중 하나가 마법 통신구였다.

마법 통신구는 한 쌍으로 이뤄져 있으며, 마나를 불어넣으면 상대 쪽에서 붉게 빛난다. 그러면 상대 역시 마나를 불어

넣고 대화를 나눌 수 있게 되는 것이다.

어떤 여관을 잡을지도 모르는 상태에서 헤어질 수 있는 이유였다.

물론 그렇게 좋은 것은 아닌 듯 거리에 제한이 있어 많이 떨어지면 안 되지만.

"응, 내리기 직전에도 확인해 봤어."

"그렇군요. 일단 기다려야겠죠?"

"그래, 잠시만."

벨트라는 양해를 구한 다음 근처에 위치한 술집으로 향했다.

심부름꾼을 통해 수배자를 잡은 채 기다리고 있다는 얘기를 용병 길드에 전하기 위해서였다.

용병 길드는 각 왕국의 마을마다 존재한다.

용병단이 되기 위해서는 그곳에서 인정을 받아야 했으며, 용병들의 실력 역시 왕국에서 인정한 용병 길드에서 급이 매겨진다.

보통 D급, C급, B급, A급으로 나눠지며 에트 급인 벨트라는 B급이었다. S급은 마탈 급이었는데 현재 단 한 명만이 존재하고 있다.

그리고 여러 일거리 정보를 알 수 있고, 용병과 의뢰인을 연결시켜 주는 일도 했다.

마지막으로 수배자를 잡으면 대신 데리고 갔다. 물론 수배금 역시 그들이 치러주는데, 중간에서 귀찮은 일을 맡아주기 때문에 10% 수수료를 뗐다.

처음 시드는 수수료에서 움찔했지만 직접 모든 것을 처리하자면 피곤해진다는 벨트라의 말에 어쩔 수 없이 동의했다.

"한 시간 정도 걸린대."

"흐음. 안에 들어가기도 힘들겠군요."

현재 배에는 섬에 남아 있던 해적들까지 총 30명 정도가 있었다.

저들 모두를 데리고 들어갈 만한 곳이 마땅치 않았다.

"뭐, 괜찮아요. 저는 한숨 자둘게요."

"응? 여기서?"

항구에는 많은 배들이 오고 가며 그와 비례하여 사람들도 많았다. 그래서 언제나 시끄러운 장소였다.

"괜찮아요. 배에서 자면 돼요. 그래도 시끄러우면 마나로 귀를 막으면 되고요."

"그렇구나. 그런 방법도 존재했군."

벨트라는 생각지도 못했던 방법에 손바닥을 쳤다. 그때 시드는 해적들을 한 배로 모아 기절시켰다.

그리고 메리아와 샤인에게 양해를 구한 다음 두 눈을 감았다.

마음 같아서는 자신 역시 여관에 가서 쉬고 싶었지만 본능이 거부했다.

벨트라를 믿는다. 그는 절대 자신한테 손해를 끼치거나 거짓말을 할 타입이 아니었다.

하나 액수를 직접 확인하지 않으면 뭔가 찝찝했다.

그로 인해 시드는 어쩔 수 없이 동행을 선택한 것이다.

"에에? 하하, 피곤했나 보군."

시드가 위험한 일이 생기면 바로 감지할 수 있도록 일부러 내실이 아닌 밖에서 잠을 청했지만 혹시나 하는 마음에 해적들의 상태를 살피고 고개를 돌린 벨트라는 웃음을 터뜨렸다.

그 짧은 시간에 시드가 잠든 것도 그랬지만 곁에 앉아 있던 메리아와 샤인 역시 시드의 양 어깨에 머리를 기댄 채 잠들어 있었다.

그 모습은 무척이나 평화롭고 평온해 보였다.

"슬슬 찾아 나서볼까?"

마나 호흡을 하던 시드가 몸을 일으켰다.

일행은 잠을 자거나 술을 마시는 등, 각자의 방법으로 휴식을 즐기고 있기에 지붕 위에서 수련하던 자신이 잠시 없어져도 모를 것이다.

'얼마나 나가려나.'

지붕 위에서 뛰어내려 여관을 벗어난 시드의 입이 귀까지 걸렸다.

여행을 시작하면서 수입이 끊임없이 들어오는 탓이었다.

낮에 현상금과 배 값으로 꽤 큰돈을 벌었다. 배는 당장 팔리지 않았지만 며칠만 지나면 들어올 수입이고, 예상 가격은 흐뭇했다.

또한 시간이 지체된 점은 시드에게 있어 득이기도 했고 말이다.

오로라를 팔아야 했다. 한데, 아무런 이유 없이 일정을 늦춰달라고 하기가 뭐했다. 물론 잠시 쉬고 싶다고 말하면 이해는 하겠지만.

타타탁!

여관을 벗어나 숲에 이르자 시드는 메스토의 스텝을 발휘하며 기억을 더듬었다.

태어났다 할지라도 아카리를 고향이라 하기 민망했다. 그만큼 짧은 시간을 지냈기 때문이다.

하나 그리폰과 떠돌아다니며 아카리 역시 두 번 정도 온 적이 있는데, 그때 그를 따라 정보 길드에 갔었다.

사실 말이 정보 길드지, 거지와 도둑들의 집합소였다.

단, 그들의 정보력 하나만큼은 모두가 인정할 수준이기에 그 누구도 무시하지 못했다.

'분명 이 근처가 맞는데?'

10분 정도 이동했을 때 시드는 산에서 내려와 턱을 매만졌다.

워낙 어릴 때 들렀기에 정확히 기억은 나지 않지만 항구에서 왼쪽으로 한참 가다 보면 나올 것이다.

'위치를 옮겼나?

시드는 머리를 박박 긁었다.

셋 중에 하나였다. 위치가 바뀌었든지, 혹은 주변의 건물들이 변화돼 못 찾는다든지, 그도 아니면 자신이 헷갈려 하는 것.

'난감하군.'

오로라는 거액의 몬스터였다. 일부에서는 신성한 생명체로 취급할 정도이니까.

그런데 100년을 넘게 살아온 오로라를, 그것도 산 채로 팔려면 정보 길드의 도움이 필요했다.

자신이 그 정도 재산을 지닌 이와 연줄이 있는 것도 아니고 소식통도 존재하지 않으니 말이다.

혹시나 해서 벨트라와 시멘 용병단에게 은근슬쩍 거액의 경매장 등을 물어봤지만 원하는 대답은 나오지 않았다.

그들은 여러 왕국을 다녔다 해도 자주 가지는 않았다. 리샤르가 주 활동 무대였다. 더군다나 그런 경매장 등은 귀족들이나 돈 많은 상인들이 고객이라 용병들은 자주 찾지 않았다.

"일단 찔러봐야겠군."

시드는 슬픔을 머금은 채 결심했다.

찌르기 위해서는 돈이 들어갔다. 그렇게 큰 액수는 아니지만 지출은 언제나 가슴이 아프다.

'다음부터는 꼭 기억하리라!'

시드는 단단히 맹세하며 근처에 보이는 술집으로 향했다.

"나왔습니다."

허름한 가게 안에서 자리를 잡고 앉아 있던 시드는 자신이 주문한 술 한잔과 간단한 안주가 나오자 마법 주머니에서 실버 하나를 꺼냈다.

시드와 같은 목적인 웬만한 이들은 골드를 기본으로 꺼냈지만, 시드에게는 실버 하나조차도 아까웠다.

"저기… 물어볼 게 있습니다."

"네? 무엇이든지 물어보세요!"

팁으로 생각한 주근깨가 가득한 종업원이 밝은 얼굴로 대답했다.

정말 쪼잔한 액수였지만 그래도 공짜로 1실버가 어디인가. 거기다가 대부분 반말로 하는데 존댓말로 얘기했다.

"이 근처에 도둑 길드가 있다고 들었습니다."

시드는 맥주와 비슷한 술을 한 모금 마신 다음 작은 목소리로 얘기했다. 그러자 종업원의 미간이 살짝 찌푸려졌다.

"죄송합니다. 처음 듣는 얘긴데요."

'으윽! 역시 1실버로는 힘든 건가.'

시드는 한숨을 길게 내쉬었다. 그리고 큰맘 먹고 마법 주머니에서 1실버를 더 꺼냈다.

절대 한 번에 골드를 꺼내지 않는 소심함!

“…….”

그 광경을 지켜본 종업원은 어이가 없었다.

간혹 정보 길드를 찾는 이들이 있었다. 비단 이 술집뿐만이 아니었다. 종업원들 사이에서는 소문을 공유하기에 어디서든 돈만 잘 준다면 알려준다.

한데 실버를 꺼내는 이는 처음 봤다.

특히 정보 길드는 최소 1골드를 꺼내며 물어보는 것이 정석인데.

‘어떻게 하지?’

종업원은 고민했다. 아직 나이가 어린 청년이다. 거기다가 흔치 않게 존댓말까지 썼다.

‘그냥 적선하는 셈 치고 도와줘?’

그런 종업원의 생각을 아는지 모르는지 시드는 주먹을 불끈 쥐었다. 짜증이 나기 시작했다. 거금 2실버를 건넸는데도 위치 하나 알려주는 게 힘들단 말인가!

“좋습니다! 자, 이제는 어떻습니까!”

마음 같아서는 확 엎어버리고 싶지만 시드는 스스로 인자하다고 주문을 외우며 1실버를 재차 꺼냈다.

마음만 먹으면 수백 골드씩 삥 뜯고, 1브론즈의 손해에도 눈물을 금치 못하는 시드로서는 대단한 참을성이었다.

“알겠습니다, 알려 드리죠.”

결국 종업원은 쓴웃음과 함께 고개를 끄덕였다.

건네는 돈의 액수나 옷차림만 봐도 힘든 형편인 것 같았다.
그런 이가 정보 길드를 찾는다면 필히 중대한 이유가 있으리
라.

"위치는… 그러면 저는… 웅?"

위치를 알려주고 1실버를 잡았던 종업원은 자리를 떠나지
못했다.

부들부들!

시드가 돈을 부여잡은 채 안 놔줬기 때문이다.

"저기, 손님……."

"잠시만 기다려 주세요!"

살벌한 눈빛! 온몸에 소름이 돋는 살기!

종업원은 차마 입도 떼지 못하며 몸이 굳어버렸다.

'잘 가라. 다음에 또 보제…….'

안 하던 사투리까지 써가며 1실버에게 작별 인사를 하는
시드!

시드는 힘겹게 마음의 정리를 끝낸 다음에야 실버를 쥔 손
에서 힘을 풀었다.

'뭐, 뭐야, 저놈!'

종업원은 황급히 자리를 떠나며 이마에서 흐르는 식은땀
을 닦았다.

3실버에 생명의 위협을 느낀 하루였다.

딸랑.

문을 열자 종소리가 울렸다.

시드는 내부를 둘러봤다. 평범한 골동품 가게였다.

미리 알고 오지 않는다면 절대 이곳이 정보 길드라는 사실
을 알아차릴 수 없을 것이다.

그만큼 특별한 특징이 존재하지 않았으며 주인은 50대의
인상 좋은 얼굴을 하고 있었다.

"손님, 무엇을 찾으십니까?"

시드가 곧장 자신에게로 다가오자 주인이 말문을 열었다.

"뻐꾸기를 원합니다."

시드의 얘기에 주인장은 여전히 웃음을 띤 채 되물었다.

"죄송하지만 저희 가게에서는 뻐꾸기를 취급하지 않습니
다만……."

"이곳에서는 그렇죠. 지하로 가고 싶군요."

주인장은 역시 표정 하나 바뀌지 않으며 주위를 살폈다. 손
님은 눈앞에 있는 청년을 제외하고는 없지만 본능적인 움직
이었다.

"그러시군요. 알겠습니다, 따라오시죠."

사실 이 골동품을 찾는 이들 중 9할이 정보를 위해서 온다.

그렇기에 시드가 들어왔을 때도 정보 길드를 찾아온 것일
지도 모른다고 추측했지만, 짧은 대화로 인해 확신하게 됐다.

주인이 안쪽을 향해 들어가자 시드는 실소를 흘렸다. 그가

안내한 곳은 종업원에게 들은 지하가 아닌 안에 위치한 방이었다.

"믿을 수 없다는 뜻이군요."

"처음 오신 분, 그중에서도 신분이 확실하지 않은 분한테는 어쩔 수가 없습니다."

"뭐, 알겠습니다. 어차피 전 정보만 얻어내면 되니까요. 지하 경매장의 위치와 열리는 날짜를 알고 싶습니다."

"지하 경매장이요?"

주인이 털을 매만졌다. 그의 눈빛이 순간적으로 날카로워졌다. 시드는 그 점을 놓치지 않았다.

"팔고 싶은 물건이 있습니다."

"어떤 물건이죠? 물건이 뭐냐에 따라 경매장이 달라집니다."

"오로라입니다."

시드는 숨기지 않고 사실대로 말했다. 아니, 물어보지 않아도 알려주려고 했다.

"호오, 오로라라……. 어디 부위입니까?"

주인의 질문은 지극히 정상이었다. 간혹 오로라가 경매에 나오기도 했지만 부위별이었다. 한 마리를 통째로 잡아오는 이는 드물었다.

오로라를 혼자서 잡는 경우가 거의 없기 때문이다.

물론 라탈 급 중급 정도만 된다면 가능하다.

한데, 어디에 있는지도 모르고, 언제 나타날지도 모르며, 평생 찾아도 운이 나쁘면 만날 수 없다는 오로라를 찾아다닐 이유가 없었다.

그 정도 실력이면 다른 일을 하는 것이 더욱 큰돈과 명예를 얻을 수 있으니까.

그런데 시드의 대답은 주인의 입장에서 비정상이었다.

"한 마리 통째로입니다."

"네?"

"최소 100년 이상의 나이고요."

"저기……."

"아참, 산 채로입니다."

"……."

시드의 쏟아진 말에 주인장은 저도 모르게 입을 벌렸다.

"하하. 손님, 농담이 지나치십니다."

결국 그는 고개를 저어서 정신을 차리고 애써 웃음을 터뜨렸다. 아직까지 오로라가 산 채로 잡힌 적은 없었다.

아니, 있기는 했지만 채 50년도 되지 못한 새끼들이었지 100년 이상은 없었다.

"진짜입니다."

시드는 주인의 두 눈을 빤히 쳐다봤다. 주인 역시 시드의 검은 눈동자를 바라봤다. 그 속에 거짓은 없었다.

오랜 시간 정보 길드에 속해 있으며 사람 보는 눈은 확실하다고 믿는 그였다.

"보여주실 수 있습니까?"

가능성은 존재했다.

우연히 라탈 급 중급 이상의 사람이 오로라를 발견했다. 그리고 산 채로 잡았는데 이 청년에게 넘어갔다 하는 시나리오가 있을 수도 있으니.

그러나 절대 시드가 잡았다고는 생각하지 못하는 그였다.

"이곳에서는 힘들군요."

"크기가 어느 정도죠?"

주인은 자신의 질문에 오류를 깨달았다.

오로라는 백 살만 넘어도 5m가 넘는 몸집을 자랑한다. 백오십 살이 넘으면 10m에 이르는 놈도 있고, 이백 살은 15m짜리도 있었다.

그 이상은 아직 발견되지 않았다.

과거에 어떤 이가 아직 작은 새끼 오로라를 잡아 키우며 기록을 남긴 적이 있다. 그 기록은 자식들에게까지 전해지며 오로라를 관찰했다.

당시 오로라는 200살까지 살고 숨을 거뒀다.

그때만 해도 사람들은 오로라의 수명이 200살이라고 확신했다.

하지만 200살의 오로라보다 훨씬 큰 오로라가 나타난 적이 있었고, 결국 오로라의 수명은 수백 살이라 추정만 할 뿐이었다.

단, 그때의 오로라가 비정상적으로 큰 것일 수도 있다는 의견도 존재했다.

"10m입니다."

"10, 10?"

주인의 두 눈동자가 급격히 커졌다.

즉 최소 150살의 오로라를 산 채로 잡았다는 뜻이다.

"화, 확인을 해봐야겠습니다."

주인의 말에 시드는 거절하지 않고 고개를 끄덕였다.

곧 시드와 주인은 자리에서 일어나 골동품 가게 밖으로 움직였다.

'역시 주인 자리가 채워지는군.'

가게를 빠져나온 시드는 가게 안에서 인기척을 느꼈다. 비워진 가게를 다른 누군가가 대신 보는 것이다.

처음 들어갈 때부터 지하를 비롯해 주인과 대화를 나눴던 방 옆에서도 인기척이 느껴졌는데 그들 중 한 명일 테고.

"여기가 좋겠군요."

주인이 안내한 곳으로 온 시드는 만족하며 고개를 끄덕였다. 주변에는 아무도 없었고 오로라가 소환돼도 어떤 피해도 입지 않을 곳이었다.

아무것도 존재하지 않는 둥근 형태의 공터.

"뒤로 물러서 계세요."

시드의 얘기에 주인은 동의하며 이십여 걸음 떨어졌다. 그러자 시드는 라탈 급의 마나를 끌어올림과 동시에 마법 주머니에서 오로라를 소환했다.

오로라는 살기 위해서 분명 덤벼들 것이다. 한데 에트 급의 힘으로는 상대하기 어려웠다.

파아앗! 쾅!

마법 주머니에서 거대한 빛의 무리가 솟구치더니 거대한 오로라가 바닥으로 떨어졌다.

이때까지 돈과 몬스터 가죽 등 여러 가지를 넣어봤지만 이런 현상은 처음이었다. 아무래도 너무 커서 그런 것이라 시드는 추측했다.

"크르륵!"

마치 보이지 않는 감옥에 갇혀 있다가 밖으로 나오게 된 오로라는 이를 갈았다.

눈앞에 찢어 죽여도 시원치 않은 놈이 보였다.

하지만 오로라는 그 증오 속에서도 냉정을 되찾으려고 노력했다. 지난번의 대결로 상대가 되지 않는다는 사실을 잘 알고 있다.

그렇다면 굳이 맞부딪칠 이유가 존재하지 않았다.

일단은 달아나야 한다. 그리고 더욱 힘을 키워야 했다. 분에 못 이겨 달려들었다가는 죽음밖에 길이 없었다.

“지, 진짜였어.”

그 광경을 지켜보던 주인은 턱이 빠질 정도로 입이 벌어졌다.

설마 설마 했는데 정말 오로라가 눈앞에 나타났다. 산 채로 말이다.

거기다가 눈앞에 있는 청년이 라탈 급이었을 줄이야!

주인은 에트 급의 실력을 갖추고 있었기에 시드가 힘을 끌어내자 단번에 알아차렸다.

“이봐, 며칠 만에 봤는데 표정이 그러기야?”

검을 꺼내며 말하던 시드의 미간이 살짝 좁혀졌다. 무언가 이상했다.

‘오호라!’

시드의 입꼬리가 올라갔다.

원래 시드의 예상은 오로라가 바로 덤비는 것이었다. 처음에는 적중했다. 놈은 자신의 감정을 고스란히 전하며 타오르는 눈길로 노려봤다.

한데, 잠시의 시간이 지나자 양옆을 힐끔거렸다.

자신한테 덤비지도 않고 말이다.

‘도망치려는 것이군?’

시드는 검을 쥔 손을 슬슬 흔들며 오로라에게 접근했다. 어떤 결말이 나든 얼른 끝내야 했다.

라탈 급의 힘은 오래 쓸수록 통증만 늘어날 뿐이다.

　5분 안에서 멈춘다면 견딜 만은 했지만, 그래도 1분과 2∼4분의 통증은 달랐으며, 굳이 필요없는 아픔을 겪고 싶지 않았다.

　"나에게서 도망칠 수 있다고 믿나?"

　"키에엑!"

　시드의 비웃음이 섞인 발언과 함께 오로라는 소리를 내지르며 마나를 끌어 모았다.

　"사아악!"

　오로라의 쫙 벌려진 거대한 아가리에서 마나가 회오리치기 시작했다. 이전에 바다 속에서 보였던 마나포를 쓰기 위함이었다.

　"역시 네놈은 덜 맞았어."

　시드는 혀를 차며 고개를 저었다.

　이전에는 혹시나 죽을까 봐 마음껏 때리지도 못했는데 역시 밟을 때는 확실하게 밟아놔야 했다.

　그래야 지금처럼 또 개개지 않으니까.

　"슈파아앗!"

　오로라의 입에서 검은색의 마나포가 발출됐다. 시드의 눈빛이 차갑게 가라앉으며 팔을 크게 휘둘렀다.

　얘기를 하면서 이미 검에 마나를 준비하고 있었다.

　콰아아앙!

　오로라의 마나포와 시드의 십자 형태의 마나가 허공에서

부딪치며 거대한 폭발을 일으켰다.

그로 인해 어느 정도 떨어져 있었음에도 불구하고 주인은 힘의 여파를 이기지 못한 채 바닥을 굴렀다.

"으하하! 어디까지 가나 보자!"

연기가 걷히자 시드는 특유의 웃음을 터뜨리며 메스토 스텝을 발휘했다.

시드의 신형이 총알처럼 튀어나갔다.

주인은 다급히 불렀지만 오로라와 시드는 시야에서 순식간에 사라졌다.

'저기 있군.'

자신의 생각대로 오로라는 마나포를 쏘자마자 열 쌍의 짧은 다리로 재빠르게 달아났다.

그 속도는 가히 놀라울 정도였는데 메스토의 스텝만큼은 아니었다.

단, 자신은 시한부라는 단점을 가지고 있는 이상, 추격의 시간이 길어질수록 불리했기에 더 이상 놀아줄 마음이 없었다.

'크윽! 벌써 따라왔다는 말인가!'

뒤에서 피부가 따끔거리는 살기가 쏟아지자 오로라는 기가 질렸다.

자신은 물속보다 육지에서 더욱 빠른 움직임을 낼 수 있었다.

한데, 인간 주제에 따라왔다. 아니, 자신보다 더욱 빨랐다.

거리가 좁혀지고 있었다.

'어떻게 해야 하나.'

오로라는 다급히 머리를 굴렸다.

이대로 가면 금세 잡히고 만다. 싸워도 이길 수가 없다. 한 마디로 달아날 쥐구멍도 존재하지 않는 상황.

'어쩔 수 없지.'

결국 오로라는 결심을 굳히며 자리에 멈췄다.

자신의 종족은 자존심이 생명. 그 누구한테도 목숨을 구걸하지 않는다.

'와라!'

오로라는 험악한 인상을 쓰며 지척까지 접근한 시드를 향해 죽을 각오로 공손히 고개를 숙였다.

'후후! 그래도 말로 살려달라고는 하지 않았다!'

나름 So cool한 구걸에 뿌듯해하는 오로라였다.

시드는 실소를 흘렸다.

갑작스럽게 자리에 멈춰 살기까지 내뿜더니 고개를 숙이고 눈치를 살핀다.

"넌 죽일 마음은 없다."

뜻을 알아차린 시드가 말하자 오로라는 슬그머니 고개를 들었다. 그런 오로라는 마치 사람처럼 환하게 웃고 있었다.

생김새로 인해 그다지 아름다운 미소는 아니었지만.

‘그래, 죽이지는 않아. 단지 팔아먹을 뿐이지.’

산 채로 팔아야 더 높은 가격을 얻어낸다.

시드는 속으로 음흉한 웃음을 흘리며 주먹을 풀었다.

마법 주머니에 바로 넣으면 되지만 다음에 또 도망가지 말라는 법이 없었다. 경매를 하려면 최소 한 번은 더 풀어야 하는데 말이다.

그래서 이번에 확실히 군기를 잡을 생각이었다.

단, 오로라는 이미 싸울 의지가 없는 듯하기에 라탈 급의 힘은 풀었다. 그러자 통증이 밀려왔지만 내색하지 않았다.

어느덧 통증 역시 익숙해지고 있었다.

[저를 보내주시는 거죠?]

“컥! 너, 말할 줄 알았냐?”

주먹을 다 풀고 이제 행동으로 옮기려는 찰나, 머릿속에서 들려오는 목소리에 시드는 깜짝 놀라며 되물었다.

주위에는 아무도 없다. 그렇다면 분명 오로라가 말한 것이었다.

[이 상태에서는 입으로 말할 수는 없지만 가능은 합니다.]

“허얼. 이 상태라는 건……?”

[원한다면 사람의 모습으로 변할 수도 있습니다.]

‘놀랍군.’

오로라가 사람의 모습을 가질 수 있다는 얘기는 들어본 적이 없었다. 즉 아무도 모른다는 뜻이었다.

'오래 살아서 그런가?'

전생에서도 오래 산 동물들이 신통력을 얻는 전설이 있다. 그렇게 따지면 오로라가 정신으로 말을 하는 것이나 변신을 하는 점은 납득할 수 있었다.

아니, 납득해야 했다. 눈앞에서 펼쳐졌으니. 더군다나 현재의 세상은 전생의 상식이 통하지 않는 일이 수없이 많았다.

'아니면 오로라 자체가 신비한 힘을 가지고 있을 수도 있겠고. 다크 몬스터는 아니니.'

검은색을 띤 다크 몬스터 중에서는 간혹 놀랍고 신비한 힘을 가진 놈들이 있었다.

한데, 오로라는 원래 색이 검었다.

"혹시 너희들도 다크가 있냐?"

[없습니다. 저희를 몬스터와 비교하지 마십시오!]

격렬하게 대꾸하는 오로라! 단, 존댓말을 잊지 않는다.

So cool의 연장선!

[많은 인간들이 저희를 몬스터라 분류하지만 엄연히 다릅니다. 수명과 힘, 지능, 능력! 저희가 더욱 월등합니다!]

"그러면 너희는 뭔데?"

[그러게요. 뭘까요?]

"……"

시드의 신형이 휘청거렸다.

처음에는 장난치나 싶어서 몇 대 패려고 했지만 진지한 표정을 보니 진짜로 모르는 것 같았다.

[그, 그게… 다들 거기까지는 생각을 안 했습니다. 단지 몬스터가 아니라고만 확신할 뿐.]

오로라의 대답에 시드는 쓰게 웃으며 한 가지 새로운 사실을 알게 됐다.

오로라는 단순 무식하다!

"일단 모습 먼저 바꿔봐라. 보기 힘들다."

계속 위를 쳐다보며 얘기하던 시드가 인상을 찌푸리며 말하자, 오로라는 다급히 마나를 방출했다.

그와 함께 오로라의 전신에서 검은빛이 뿜어져 나오더니 곧 한 남자가 모습을 드러냈다.

"후우, 이 모습은 오래간만이군요."

"이야! 정말 사람이랑 구분이 안 갈 정도군."

시드는 감탄을 금치 못하며 오로라를 이리저리 살폈다.

검은 머리카락에 눈동자, 허리까지 오는 장발. 피부와 골격 모두가 사람과 판박이였다.

"정말 놀라… 응?"

그런 시드의 시선이 어느 순간 딱 멈췄다. 바로 알몸인 오로라의 하반신에서였다.

그리고 저도 모르게 나오는 진심 어린 감탄성!

"풉."

"……."

심하게 빈약했다.

"다 울었냐?"

"네."

시드는 볼을 긁적이며 곁에 쭈그려 앉아 우는 오로라에게 말을 건넸다.

"그건 크기를 조절할 수 없는 건가?"

"다른 곳은 다 되는데… 거기만은 바뀌지 않더군요. 아무래도 그곳만큼은 본체의 크기가 적용… 흐윽."

시드는 말없이 오로라의 어깨를 두드렸다.

곧 있으면 자신이 두들겨 팰 놈이었지만 지금은 지금이었다.

남자들만이 알 수 있는 세상에서 가장 큰 고통 중 하나!

"괜찮아. 내가 아는 녀석 중에는 작은 것뿐만 아니라 시간도 아주 짧았던 놈도 있었어. 그에 비하면 너는 차라리 낫지."

시드는 어떻게든 위로를 해주기 위해 노력했다.

하지만 거짓말은 아니었다. 같이 일을 했던 사람 중에서 진짜 그런 사람이 있었다. 굳이 나쁜 쪽과 비교하며 위안 삼는 것이 좋다고는 할 수 없지만 지금은 최선책!

그런데 왜 놀라는 표정이란 말인가?

"어, 어떻게 아셨습니까?"

"……."

차마 더 이상 위로도 하기 힘든 완벽한 최악의 구성!

"힘내자."

"네? 히, 힘내라가 아닌 힘내자?"

시드는 오로라의 시선을 피하며 애써 먼 산을 바라봤다.

사실 그도 심하게 빈약했다.

"으응? 오빠는 어디 갔어요?"

잠에서 막 깨어난 메리아는 샤인의 손을 잡고, 남은 한 손으로 졸린 눈을 비비며 식당으로 향했다.

잠에서 깨어나니 방 안에 시드가 없는 탓이었다.

그래서 식당에 있을 것이라 생각했는데 보이지 않았고, 벨트라와 카네, 스피네, 트라이가 대화를 나누고 있었다.

"깨어났어? 시엘은 아까부터 안 보이던데."

메리아의 질문에 술을 한 모금 마시다 고개를 돌린 벨트라가 고개를 갸웃거리며 대답했다.

"시엘이라면 지붕 위에 있을 거다. 수련을 한다더구나."

"그래요?"

잠시 시드와 대화를 나눴던 카네가 알려주자 메리아는 히죽 웃으며 자리에 앉았다.

마음 같아서는 확인하고 싶지만 수련을 방해하고 싶지 않았다.

"메리아, 이리 오렴!"

그러자 술로 인해 얼굴이 살짝 붉어진 트라이가 기회를 포

착하며 손짓했다. 메리아가 혼자 있는 지금을 놓칠 수 없었
다.

하나 메리아는 시드에게 단단히 교육을 받은 상태였다.

"안 돼요! 오빠가 아저씨 아직 다 낫지 않았다고 접근하지
말랬어요!"

"크흑! 메리아……."

슥삭슥삭!

메리아의 단호한 외침에 트라이가 상처를 받았을 때, 곁에
있던 샤인이 무언가를 빠르게 적었다.

말을 할 수 없기에 샤인은 언제나 종이와 연필을 가지고 있
었다.

"히유! 히유!"

다 적었는지 메모지를 트라이 앞에 척 내미는 샤인. 그 메
모지에는 다음과 같은 내용이 적혀 있었다.

─트라이 다가오면 지지라고 했음! 지지!

"크큭! 지지래!"

"하하, 시엘답구나."

"아우, 우리 샤인, 귀여워. 아홍."

'시, 시엘 이놈! 설마 샤인에게까지 세뇌를 시킬 줄이
야!'

모두가 웃음을 터뜨리고 트라이가 시드의 치밀함에 좌절

할 때쯤, 시드는 열심히 오로라를 구타하고 있었다.

"캐액! 우리 사이가 고작 이랬습니까!"

오로라는 지금의 상황을 믿을 수가 없었다.

동지였다. 남자들만 알 수 있는 아픔을 함께 공유하는 동지.

그런데 한참이나 정겹게 대화를 나누다가 갑자기 일어서
더니 두들겨 패기 시작한다.

정신 이상자가 아닌 이상 무슨 행동이란 말인가!

"우리 사이는 이게 정상이지."

"크윽!"

오로라는 마땅히 변명할 대답이 떠오르지 않았다.

동지이기 전에 적이었다. 더군다나 자신은 잡혀온 상태다.
하지만 그 짧은 시간 동안 나눈 정은 가히 가볍지 않았다.

적어도 오로라는 그렇게 믿었다.

"잠깐!"

결국 오로라는 참지 못하고 소리쳤다.

아파서가 아니다. 슬퍼서다. 마음이 통하는 인간을 만났는
데 비극적인 상황으로 인해 친구가 될 수 없다는 점이 눈물
나서였다.

"부탁드립니다. 얼마든지 때려도 좋습니다. 제가 말한다고
안 그럴 인간도 아니니. 단……."

오로라의 눈빛이 차갑게 가라앉았다.

"같은 데만 때리지 마십시오!"

“…….”

결국 아파서였다.

“자, 이제 들어와라.”

마음껏 두들겨 팬 시드는 오로라와 시선을 피하며 말했다.

경매장에서 팔 때는 까불지 못하게 하기 위해 단단히 밟았지만 그 역시 마음이 좋지 않았다. 누구에게도 말하기 힘든 부분을 나눌 수 있는 동지였다.

만약 벨트라나 다른 이가 이 사실을 알았더라면 비웃음으로 며칠을 보낼 것이다.

그것도 모자라 계속 그곳을 힐끔힐끔 쳐다보며 농락할지도 모른다.

반면 오로라와는 진지하게 대화를 나눌 수 있었고, 왠지 오래된 친구처럼 느껴졌다.

하나 거기까지다. 아무리 그렇다 할지라도 돈의 유혹보다는 약했다.

사실 대화를 나누면서 대단히 고민했다.

실력도 어느 정도 괜찮고 원하는 모습으로 변할 수 있는 등, 놀라운 능력도 보유하고 있기에 동료가 된다면 큰 도움이 될 것이다.

그러나 돈의 액수가 커도 너무나 컸다.

‘원망하려면 너의 몸값을 원망해라.’

스스로를 정당화시키려는 비겁한 변명.

"저를 어떻게 하실 작정입니까?"

오로라는 알아보기도 힘들 만큼 퉁퉁 부은 얼굴로 모든 것을 체념한 채 물었다.

"팔 거다."

"역시……."

죽이지는 않는다 해놓고 두들겨 패고, 가두려는 행동으로 인해 예상했었다.

"돈 때문입니까?"

오로라는 단도직입적으로 물었다.

"그렇다."

"그렇다면 제 몸값만큼 돈을 드리면 저를 풀어주시는 겁니까?"

시드의 두 눈동자가 반짝였다.

오로라는 오랜 세월을 사는 존재이다. 혹시 모아놓은 보물이 있기라도 한 건가!

"일단 얘기를 들어보도록 하지."

시드와 오로라의 협상이 시작됐다.

CHAPTER 08
시드의 호흡법

"반갑습니다! 우드라고 합니다!"

누군가의 인사에 모두는 시드를 쳐다봤다.

수련을 하고 있는 줄 알았는데, 뜬금없이 처음 보는 남자를 데리고 온 것이었다.

"누구야?"

메리아가 시드의 곁으로 다가오며 남자를 빤히 쳐다봤다.

허리까지 오는 검은 머리카락에 눈동자, 전체적으로 날카롭지만 잘생긴 편이었다. 나이는 대략 20대 초반으로 보였다.

"응. 우연히 만나게 된 옛날 친구."

"하하, 우연히 이런 곳에서 만나게 될 줄이야! 시드의 여행지를 듣고 마침 같은 곳을 가던 참이라 동행하게 됐습니다."

시드의 설명과 함께 우드는 재차 모두에게 고개를 숙이며 인사했다.

하나 겉으로 환하게 웃는 것과는 달리 우드의 속은 불만투성이였다.

그는 오로라였는데, 자신의 나이가 150살이었다. 그런데 친구 역할을 맡게 되면서 한참이나 어린 인간들한테 존댓말을 해야 했다.

처음에는 싫다고 했지만 주먹이 두려워 굴복할 수밖에 없었다.

'좋아, 점점 힘과 부가 늘어나는구나.'

우드가 붙임성 좋게 벨트라의 옆에 앉으며 대화를 나누자 시드는 흐뭇한 미소를 지으며 협상을 떠올렸다.

"우리 오로라는 목숨을 잃을 수 있는 곳만 아니라면 일부분을 떼어낼 수 있습니다. 원하는 금액만큼 내 꼬리를 떼어주겠습니다."

"정말이냐?"

시드는 깜짝 놀라며 표정이 밝아졌다.

즉, 도마뱀과 같다는 것이었고, 앞으로 얼마든지 꼬리를 떼어낼 수 있었다.

　꼬리는 오로라의 부위별 몸값 중에서 가장 비싸게 쳐주는 부위다. 장어의 꼬리가 활동량이 많아 정력에 좋다고 고가인 것처럼 말이다.

　물론 속설일 뿐이지만 많은 이들이 믿고 있었고, 오로라도 같은 이유에서였다.

　"단… 재생하는 데 일주일이라는 시간이 걸립니다."

　"그래?"

　시드는 아쉬움의 입맛을 다셨다. 그러나 아쉬움은 오래가지 않았다.

　황금알을 낳는 거위만 곁에 둔다면 어차피 자신은 이제 돈으로 인해 궁핍할 일은 없을 테니까.

　"그러니 석 달 동안 함께 지내며 꼬리 열 개를 떼어주겠습니다. 그 후에는 자유를 보장해 주세요."

　"안 된다. 최소 20개는 줘야지."

　"컥! 왜 20개나……."

　오로라는 기가 찬 얼굴로 되물었다.

　간혹 인간 세계에 들르면서 대략적인 가격은 알고 있었다. 한데 20개라면 두 배에 해당하는 금액이었다.

　"너는 살아 있잖아. 이때까지 150살이나 된 오로라가 살아 있는 채로 거래된 경우가 없으니 최소 두 배란 거야."

　오로라는 할 말을 잃으며 시간을 계산했다. 한숨이 새어 나왔다. 한데, 틀린 말은 아니었다.

아니, 유례가 없으니 30개를 달라고 할 수도 있었다.

"후우, 알겠습니다. 20개! 그 이상은……."

"누가 20개라 했지?"

"아니, 조금 전에 분명……."

"나는 최소라고 말했는데?"

"……."

시드는 음흉하게 웃으며 재빠르게 머리를 굴렸다. 그리고 적정선을 찾았다. 물론 오로라의 입장에서는 반길 일이 없겠지만.

"그러면 몇 개나……."

"100개다."

"장난하십니까! 100개면 2년입니다!"

"이봐, 너에게는 선택권이 없을 텐데?"

"윽! 그, 그래도 그렇지……."

오로라의 목소리가 기어들어 갔다. 시드의 온몸에서 살기가 뿜어진 탓이다.

"나는 너를 죽일 수도 있다. 팔아도 별로 상관은 없고 말이다. 그 돈만 해도 나는 충분하니까. 하지만 너의 입장은 다르지 않나? 죽으면 끝이고 만약 팔린다면 온갖 마법진으로 이루어진 거대한 감옥 안에 들어가겠지. 그 속에서 많은 이들의 구경거리가 될 테고 말이다. 그것도 아니라면 산 채로 사지가 잘려 요리가 되든가."

오로라의 이마가 찌푸려졌다. 상상을 하고 말았다.

"선택해라. 나는 관대하니 너에게 기회를 주겠다. 첫 번째, 산 채로 팔린다. 두 번째, 이 자리에서 죽는다. 세 번째, 나를 따라다니며 꼬리 100개를 준다. 세 번째를 택한다면 적어도 자유롭게 움직일 수 있도록 해주마."

"알겠습니다. 세 번째를 택하도록 하죠."

말은 선택하라 했지만 사실 선택의 여지가 존재하지는 않았다.

죽을 수도 없고, 다른 인간에게 잡혀갈 수도 없다. 가둬둘 자신이 있으니 사는 것일 테니. 만약 잡아먹을 생각이라면 어차피 죽게 된다.

하나, 따라다니는 경우는 여행을 하는 것이라 생각하면 됐다. 물론 꼬리 100개나 떼어줘야 한다는 사실이 눈물을 머금게 했지만.

"후후, 좋다. 거기에다 한 가지 추가."

"추가라뇨?"

오로라는 눈을 동그랗게 떴다.

그래도 잠시 좋았던 기억이 있기에 동지라 생각하며 100개까지도 양보했는데 해도 해도 너무했다.

그러나 시드에게 자비란 없었다.

찾아온 기회를 절대 놓치지 않는다. 이용할 수 있는 것은 모두 이용한다.

“죽고 싶다면 뭐…….”

“아우! 됐습니다! 말하세요!”

토라진 오로라가 소리를 빽 지르자 시드는 실실 웃으며 본론을 꺼냈다.

“누군가를 죽이고 싶다. 단, 아직은 나보다 강한 상대다.”

“정말입니까?”

오로라의 입이 쩍 벌려졌다.

“그래. 나로서는 상대가 될 수 없다. 현재는 말이다.”

“그래서 추가란…….”

“별일은 아니다. 내가 복수를 할 때 도와주면 된다. 물론 그때까지 너는 내 곁에 있어야 하고.”

“그때가 언제인데요?”

“나도 몰라.”

오로라의 미간이 찌푸려졌다. 한마디로 기약없이 곁에 있으라는 뜻이 아닌가!

“나도 양심이 있으니 꼬리는 100개만 받고 그 후로는 안 줘도 된다.”

‘지금도 충분히 양심없거든!’

시드로서는 최대한의 배려였지만 오로라는 어이가 없었다.

꼬리 100개도 모자라 기약없는 복수까지 도와달라……. 만약 그때 죽으면……?

"싫습……."

"응? 뭐라고?"

말을 꺼내던 오로라의 이마에서 식은땀이 맺혔다.

시드가 환하게 웃으면서 칼을 꺼내 목에 겨눴기 때문이다.

거절을 하면 당장 죽여 버리겠다는 의지!

"젠장! 맘대로 하세요! 알겠습니다!"

"그렇게 흔쾌히 수락해 주니 고마워."

'뭐가 흔쾌히야!'

속으로 울컥했지만 겉으로는 애써 태연한 오로라에게 시드가 어깨를 두드리며 말했다.

"네 이름이 뭐냐?"

"우드입니다."

"우드라……. 그래, 일단 굳이 오로라라고 밝힐 이유는 없으니 나의 고향 친구로 속이자. 나이는 나와 동갑인 열일곱 살이고."

"캑! 열일곱 살이셨습니까? 저는 스물세, 네 살은 되는 줄……. 잘못했습니다."

칼이 목에 닿자 황급히 사과하는 센스!

"자, 앞으로 잘 부탁한다."

그 모습에 시드가 미소를 지으며 손을 내밀었다. 우드는 잠시 망설이다 어쩔 수 없다는 듯 손을 마주 잡았다.

그렇게 시드와 우드의 협상은 이뤄졌다.

우드의 입장에서는 노예 계약과 다름없었지만.

"오늘은 제가 사겠습니다."
"뭐냐, 우리가 뭐 잘못했냐?"
"시엘 자네, 무슨 병이라도 생긴 것인가?"
"어머, 혹시 미치기라도 한 거야?"
"오빠, 왜 그래?"
"히유, 히유?"
"……."

시드의 발언과 함께 모두는 긴장과 걱정에 휩싸이며 물었
다. 지금까지의 시드의 행동으로는 있을 수 없는 일이었다.

"굳이 드시고 싶지 않다면 말죠. 큰맘 먹고 사려고 했더니
만……."

우드의 꼬리를 얻었다. 앞으로 얻게 될 꼬리가 99개가 남
았다. 그 수입을 생각하면 평생 돈 걱정없이 지낼 수 있었다.

그렇기에 한 번쯤은, 딱 한 번은 베풀어도 될 것 같아서 말
했더니!

"아, 아니야! 먹고 싶어! 사줘!"

가장 먼저 두려움의 말을 내뱉었던 벨트라가 황급히 손을
저었다. 그러더니 기다리라는 말과 함께 잠들어 있던 모두를
깨워서 데려왔다.

"정말 시켜도 되는 거지?"

자고 있었던 이들 중 한 명인 스크푸가 믿기지 않는 듯 되물었다. 현재 모두는 먹을 요리를 결정한 상태였다.

언제 다시 얻어먹게 될지 모르니 일부러 비싼 것만 골랐다.

"시, 시키세요."

태연함을 가장하고 있지만 시드의 말이 떨려 나왔다.

가격을 계산하니 아찔한 탓이다. 치사하게 평소에는 먹지도 않던 고급 메뉴들만 선택하다니!

그렇다고 이제 와 되돌리기도 힘들었다.

'앞으로는 절대 호의를 베풀지 말아야겠다!'

엄청난 돈을 벌게 됐으면서도 변하지 않는 쪼잔함.

잠시 후, 요리가 도착하자 모두는 허겁지겁 배를 채웠다. 그런 다음 시드는 샤인을 따로 불러냈다.

"응? 오빠, 어디 가려고?"

메리아가 샤인과 함께 나가려는 시드를 향해 물었다.

수련에 방해될까 봐 보고 싶어도 참았는데, 샤인만 데리고 나가다니.

"아, 수련하려고."

"또?"

"응. 나의 수련이기도 하지만 샤인을 위한 것이기도 해."

"히유?"

시드의 대답에 곁에서 손을 잡고 있던 샤인이 고개를 올렸다. 시드는 샤인의 머리를 손으로 만져 줬다.

“샤인은 힘이 있지만 제대로 쓰지를 못하고 있어. 그 부분을 보완해 주려고. 또한 나에게도 도움이 될 테고.”

“우웅.”

메리아는 힘없이 고개를 끄덕이며 자신도 강했으면 좋겠다고 생각했다.

그러면 수련도 같이 하고 함께 있는 시간이 늘어날 테니까.

“조심히 갔다 오게. 무리하지는 말고. 전에 내가 한 말 잊지 않았겠지?”

“알겠습니다.”

카네의 걱정에 시드는 미소를 지었다.

“아참, 트라이 아저씨. 아시죠? 모두 잘 부탁드립니다.”

언제 어디서든 트라이를 향한 경계를 잊지 않는 시드. 그리고 나서야 샤인을 품에 안고 메스토의 스텝을 발휘했다.

‘아참, 뭔가를 빼먹었나 했더니…….’

목적지인 인적이 없는 숲에 도착하자 시드는 누군가를 떠올렸다. 바로 혼자 놔두고 온 골동품 가게의 주인이었다.

이때까지 깜빡 잊고 있었다.

‘뭐, 잘 돌아가겠지.’

어차피 우드를 데리고 가기로 결정하면서 경매장을 찾을 필요가 없었기에 기억났다 해도 그냥 돌아왔을 것이다.

다 큰 에트 급의 인물이 가게로 못 돌아가지는 않을 테니까.

또한 밤새도록 기다지리도 않을 것이고 말이다.

"샤인."

"히유?"

시드는 한쪽 무릎을 꿇으며 샤인과 눈높이를 맞췄다.

"앞으로는 나와 대결을 반복할 거야."

"히유!"

샤인이 목청을 높이더니 열심히 글을 적기 시작했다.

어두웠지만 초인족인 샤인이나 라탈 급의 육체인 시드는 글의 내용을 확인할 수 있었다.

―싫어! 싫어!

시드는 샤인을 향해 따스하게 웃었다.

"네가 미워서가 아니야. 더욱 강해지기 위해서지. 다시는 누군가를 잃고 싶지 않지?"

괜한 기억을 건드리는 것이 아닌지 조심스러운 부분도 있었지만, 샤인을 강하게 하기 위해서는 어쩔 수 없었다.

그 강함에는 자신을 위하는 부분도 있어 미안한 마음도 존재하지만.

"나를 위해서, 샤인을 위해서, 훗날 샤인이 소중하게 생각할 다른 사람들을 위해서야. 강해져야 지킬 수 있거든. 그래서 나와 연습을 하는 것뿐이야, 싸우는 방법을. 더불어 변신에도 익숙해지고."

벌써부터 라탈 급의 마나를 간직하고 있는 샤인에게 굳이 마나 호흡법을 알려줄 필요는 없었다.

우선은 자신의 힘을 다스리는 법부터 가르쳐야 했다.

그래서 시드는 극단적인 방법을 선택했다. 바로 몸으로 깨닫게 해주는 것이다.

라탈 급의 힘을 발휘하지 않으면 시드 스스로한테도 좋은 연습 상대였다.

끄덕끄덕.

잠시 고민하던 샤인은 결국 고개를 끄덕였다.

그리고 늦은 새벽.

시드와 샤인은 온몸이 상처투성인 채로 여관에 들어갔다.

"에에? 깨웠어야지!"

술에 취해 잠들었다가 늦게 깨어난 스피네가 기가 찬 얼굴로 시드를 나무랐다. 시드가 해가 뜬 아침까지 상처투성인 채로 수련을 하고 있었기 때문이다.

새벽에 들어갔을 때 이미 모두는 잠들어 있었다.

메리아가 자는 방에 스피네가 함께 있었지만 시드는 깨우지 않았다.

술에 취한 그녀를 깨우기 힘들다는 사실도 이유였으나 참으면 됐다.

물론 샤인은 아픔에 익숙하지 않기에 해적의 아지트를 털 때 함께 챙겼던 포션으로 치료해 줬다.

그 후 옥상에 올라가 마나 호흡법을 했고, 아침이 훨씬 지나서야 내려왔더니 스피네가 속 쓰린 얼굴로 깨어 있었다.

"이 정도는 견딜 만해서요."

"아이 참, 아무리 그래도 그렇지! 이 미련한 놈!"

스피네가 한숨을 토해내며 마법을 시전했다.

그녀의 손바닥에서 빛이 형성되더니 시드의 전신을 감싸 줬다. 큰 상처가 없었기에 대부분의 상처가 치료됐다.

"샤인은?"

"포션으로 치료했어요."

"넌 돈 아까워서 안 했고?"

"잘 아시네요."

"에휴! 졌다, 졌어."

스피네는 고개를 저으며 웃음을 터뜨렸다.

정말 이렇게 돈에 대한 집착이 강하고 지독한 아이는 처음 봤다.

"그래, 성과는 어땠어?"

"일단 손 좀 떼고 물으시죠."

"어머, 나도 모르게."

어느새 본능적으로 시드의 엉덩이를 주무르고 있는 스피네의 손.

시드는 엉덩이가 해방되자 만족스러운 표정으로 얘기했다.

"역시 초인족은 많은 부분이 일반 사람들보다 뛰어난 것 같아요. 할 때 마다 실력이 늘더군요. 나중에는 예상치 못한 반격까지 했습니다."

"그래? 너보다 강해질 것 같아?"

"확신할 수 없지만… 가능성은 존재해요."

스피네는 내심 놀랐다.

초인족이 원래 일반 사람보다 강한 힘을 가지고 태어나고, 시드가 이 대륙에서 가장 강한 이도 아니었다.

하나, 라탈 급은 선택받은 자만이 올라갈 수 있다고 하는 경지였는데 시드는 샤인처럼 타고난 것도 아닌 스스로의 노력으로 라탈 급이 된 천재였다. 한데, 아무리 타고났다 하지만 그 천재조차 능가할 수 있는 재능을 가지고 있다니!

시드의 발전은 자신들조차 기가 질릴 정도로 무서운 속도였는데…….

'마나 호흡법을 알려준다면 알게 되겠지.'

스피네의 반응을 예상했다는 듯 시드는 관심을 끄고 잠들어 있는 샤인을 바라봤다.

초인족은 타고난 만큼 발전이 더딘 편이다.

단, 큰 차이가 아니고 애초에 가지고 있는 힘이 강하기에 똑같은 노력을 했을 경우 일반 사람이 초인족을 넘어설 수 없었다.

그러나 시드 스스로는 그런 초인족조차 자신을 능가할 수 없다고 확신했다.

이미 라탈 급의 경지에 올라섰고, 마나를 전신으로 빨아들이는 육체를 가지고 있었다. 거기에다 효율이 뛰어난 마나 호흡법에 지독한 노력까지.

하지만 샤인은 특별했다.

저 나이에 라탈 급의 마나를 품고 있는 경우는 앞으로도 보기 드물 것이다.

노력이 아닌 애초에 타고난 힘이 말이다.

그렇기에 마나 호흡법에서도 기대를 걸 만했다. 일반적인 초인족과는 다른 듯했으니.

'다만……'

그런 샤인에게는 문제가 하나 있었는데, 바로 깨달음이었다.

무작정 마나만 모은다고 육체가 변화되고 급이 바뀌지는 않는다.

마탈 급의 마나를 간직했다고 전해진 샤리스가 라탈 급인 이유였다.

종이 한 장의 차이이지만 그 문을 넘어서지 못하면 마나가 아무리 많다고 할지라도 더욱 강해지며 높은 경지에 올라설 수 없는 것이다.

샤인은 라탈 급의 마나를 가지고 있지만 아직 이트 급의 깨달음도 없었다.

그것은 초인족 대부분이 그럴지도 모른다. 태어나면서부

터 변신만 하면 강한 힘을 가지니 굳이 깨달음을 얻기 위해 언제 풀릴지 모르는 문제를 잡지 않는 것이다.

물론 모두가 그런 것은 아니었기에 초인족에서도 마탈 급이 등장했고, 현재도 한 명의 마탈 급이 존재했다.

'어쩔 수 없지. 어차피 시간은 많다.'

경지는 가르치기 어려운 부분이다.

경험으로 인해 힌트를 줄 수는 있지만 해답은 아니었다. 본인 스스로 깨닫고 문을 열어야 했다.

시드는 샤인을 믿고 싶었다. 아무리 일고여덟 살의 지능을 가지고 있는 열네 살 소녀이지만 무언가 남다른 초인족이었다.

또한 큰 상처로 인해 지키고 싶어하고, 잃고 싶지 않은 마음을 잘 알고 있었다.

그녀라면 분명 해낼 수 있을 것이다.

"아참, 시엘. 할 말이 있는데……."

"네?"

그때 스피네가 곤란한 얼굴로 말문을 열었다.

스피네와 대화를 끝내고 지붕 위로 다시 올라가 마나 호흡을 하던 시드의 얼굴에 고민이 가득했다.

전혀 생각지도 못했던 얘기이다.

'어떻게 해야 하나.'

와 닿는 해답이 나오지 않았다. 그렇다고 무시할 수도 없는

일이었다. 어떻게든 메리아가 깨어날 때까지 결정을 내려야
했다.

어제저녁 샤인과 함께 여관을 나가자 메리아가 스피네를
찾아가 말했다고 한다.

마법사가 되고 싶다고, 마법을 가르쳐 달라고.

그 이유는 스피네도 알아차렸고, 시드 역시 얘기를 듣자마
자 알 수 있었다.

분명 자꾸 혼자서 남겨지는 것이 싫은 모양이었다.

한편으로는 고마움을 느꼈다. 그만큼 오빠인 자신을 좋아
하고 생각해 준다는 뜻이니. 그러나 탐탁지 않았다.

메리아는 평범하게 살았으면 좋겠다고 바란 적이 있었
다.

그 누구나 특별해지고 싶어한다. 이 세상의 주인공이 되고
싶은 마음은 사실 모두가 다르지 않을 것이다.

그렇기에 힘을 원하고, 새로운 무언가를 창조하기 위해 노
력한다.

하나 시드는 알고 있었다.

특별해질수록 위험 역시 따라온다는 사실을.

물론 위험 이상의 만족과 이득이 존재하지만… 위험하다
는 사실은 변함이 없었다.

그래서 과거 메리아가 열한 살 때 강해지는 방법을 알려달
라고 졸랐지만 거절했다.

‘양날의 검이군.’

머릿속이 혼란스러웠다. 힘은 필요하면서도 불필요했다.

그 힘으로 인해 위기를 넘길 수도 있지만 화를 부를 수도 있다.

스피네는 일단 생각해 보겠다고 얘기했다고 한다. 즉, 결정권은 자신에게 있었다.

‘어떤 결정이든 후회는 따르겠지.’

시드는 한숨을 크게 내쉬며 자리에서 일어섰다.

인생은 선택을 강요한다. 그 선택에서 후회없는 선택은 존재하지 않는다. 다만 덜 후회하는 것을 택할 뿐이다.

시드는 자신의 선택을 믿으며 지붕 위에서 뛰어내렸다.

“꼭 배우고 싶어?”

“응.”

시드가 무표정한 얼굴로 묻자 메리아는 고개를 숙이며 대답했다.

그녀는 괜히 스스로의 욕심 때문에 시드가 기분이 상하지 않았나 걱정하고 있었다.

과거에 거절당한 일을 아직도 기억하고 있었다.

“한 번 들어오면 다시는 나갈 수 없을지도 몰라.”

힘이란 마력은 무섭다. 권력이나 돈 모두가 마찬가지다.

한 번 맛을 보면 더욱 높은 자리에 올라가고 싶어 안달이 나 미친다.

“알고 있어.”

“단지 나와 함께 수련하고 싶어서야?”

시드는 메리아의 두 눈을 쳐다보며 질문했다. 메리아는 시드가 화가 나지 않았다는 사실을 느껴서인지 더 이상 시선을 피하지 않았다.

“그런 것도 있는데…….”

“또?”

“오빠를 지켜주고 싶어. 그리고… 짐이 되고 싶지 않아.”

시드는 잠시 아무런 말을 하지 않았다. 메리아의 진심이 가슴으로 전해졌다. 또한 미안했다.

단지 메리아를 지켜야 된다고 생각했다.

그래서 위험이 닥치면 주문서를 찢어 달아나라고만 했다. 그 말에서 메리아는 자기자신을 짐처럼 느꼈을지도 모른다.

다른 이들이나 샤인처럼 힘이 되어주거나 같이 싸우지도 못하고 단지 곁에 있으면 피해만 주는 존재.

물론 시드와 모두는 절대 그리 생각하지 않지만 입장에 따라 받아들이는 것이 다른 경우였다.

“알았어. 배워.”

“정말?”

“하하, 그래.”

메리아가 눈이 동그래지며 기뻐하자 시드는 웃음을 터뜨렸다.

이렇게 밝게 웃는 것을 보니 혼자서 얼마나 고민과 걱정을 했을지 알 수 있었다.

"와아! 오빠, 고마워!"

쪼옥!

메리아가 품으로 달려들더니 시드의 볼에 입을 맞췄다. 시드는 살짝 얼굴이 붉어졌지만 동생이기에 곧 평정을 되찾았다.

"헤헤, 얼른 대단한 마법사가 돼서 오빠를 지켜줄게!"

"그래. 꼭 그래줘."

시드는 맞장구를 쳐줬다.

메리아가 자신을 도와줄 정도가 되려면 대단히 오랜 시간이 걸리겠지만, 기를 꺾을 필요는 없었다.

"단, 마나 호흡법은 내가 알려줄게."

"우와! 진짜지?"

메리아는 한층 더 밝아졌다.

시드가 얼마나 강한지 그녀는 잘 알고 있었다.

그토록 대단하다고 생각하던 시멘 용병단 역시 모두가 덤벼도 이길 수 없다고 하지 않았던가.

그뿐 아니라 그동안 봐온 모습만 봐도, 아무리 잘 모르는 자신이라 할지라도 알 수 있었다.

자신의 오빠는 그 누구보다 강하다는 사실을.

"그런데 마나 호흡법이 뭐야?"

"……"

시드는 잠시 멍해졌다가 어색하게 웃었다.

그러고 보니 자신은 물론 모두가 메리아에게 제대로 가르쳐 준 적이 없었다. 그럴 필요가 없으니까.

일단 기본적인 지식 먼저 쌓아야 할 것 같았다.

"궁금증은 스피네 누나가 모두 알려줄 거야. 그리고 누나한테 배우면 돼. 꽤 실력이 좋은 사람이니까."

"우웅, 마나 호흡법은 언제 알려줘?"

"기본적인 지식만 쌓으면 바로. 호흡법이나 알고 싶은 것들에 대해 얘기를 들은 다음 오빠에게 말해. 어차피 마법의 지식을 쌓는다 할지라도 발휘하기 위해서는 마나가 있어야 하니까."

"그렇구나. 마나라는 것이 없으면 마법을 못 쓰는 거야?"

"그래."

"알았어. 오빠 바쁜데 더 이상 시간 안 뺏어야지. 얼른 언니한테 가서 물어보고 올게. 어디에 있을 거야?"

메리아가 후다닥 일어서 외치더니 방문을 잡으며 마지막으로 물었다.

"식당에서 밥 먹고 있을게."

"네, 금방 갈게요!"

메리아가 새하얗고 예쁜 이를 드러내며 밖으로 나갔고, 시드는 머리카락을 손으로 흐트러뜨렸다.

결정을 내렸다. 그렇다면 그 결정에 미련을 두지 말고 앞만 생각하자.

“시엘! 정말 이러기야?”

“흐이익! 누나! 제발 그러지 좀 말라고요!”

“히유! 히유!”

“그래요! 제 오빠에요!”

“어머, 요 어린것들이 무섭네?”

닭 가슴살로 만들어진 요리를 먹고 있던 시드는 갑작스럽게 가슴을 주무르는 손길에 누군지 예상하며 소리쳤다.

그러자 잠에서 깨어나 같이 밥을 먹고 있던 샤인과 스피네와 함께 온 메리아가 동의하며 따졌다.

“에휴, 알았어. 늙으면 죽어야지.”

“아직 한참 젊으시거든요. 아, 나이만 따지면 노처녀시군요.”

“어머? 시엘, 오늘따라 입을 혼내고 싶네?”

‘컥!’

폭풍처럼 밀려오는 살기!

시드는 식은땀을 흘리며 자신의 입을 책망했다.

자신이 노안 얘기를 싫어하는 것처럼 스피네에게 노처녀는 금기 단어였다.

순간적으로 울컥해서 실수를 한 것이다.

“으, 으하하! 뭐가 이러기에요?”

위급한 상황을 넘어가기 위한 어설픈 화제 전환.

스피네는 속이 빤히 들여다보였지만 넘어가 줬다.

"메리아가 그러던데, 가르쳐 주기로 했다면서?"

"아, 그거요?"

"그래! 우리가 가르쳐 달라 할 때는 안 알려주더니! 체!"

스피네가 눈을 흘기며 섭섭함을 드러내자 시드는 쓰게 웃었다.

"그때는 완성되지 않았어요."

"응? 너는 하고 있었잖아?"

"제가 하는 것은 아직 누나나 형, 아저씨들이 배우기에는 위험해서요."

"그러면 지금은 완성된 거야?"

스피네가 두 눈을 반짝였다.

"네. 그렇게 마음에 들지는 않지만 안전은 확실해졌어요."

"완성되지 않아서 안 가르쳐 줬다는 말은… 이제는 알려준다는?"

시드는 말없이 고개를 끄덕였다.

원래라면 돈을 받고 팔아도 모자라지만 시멘 용병단은 목숨을 구해준 은인이었다. 또한 자신과 메리아가 걱정되어 여행도 마다하지 않았다.

그런 마음 씀씀이가 고마워 마르트에 가기 전 보답을 할 계획이었다.

그래서 틈틈이 샤리스의 호흡법을 새로 창조하기 위해 노력했다.

마나를 모으는 속도는 원조에 비해 차이가 나지만 대신 초보가 배운다 할지라도 위험성이 없도록.

메리아에게 비밀이라고 하지 않았던 이유도 어차피 알려 줄 것이기 때문이었다.

"얼른 가르쳐 줘!"

스피네는 가슴이 떨렸다.

기사나 마법사, 마나를 쓰는 모두는 뛰어난 마나 호흡법을 얻기를 원했다.

하지만 구하기 쉬운 종류가 아니었다.

대부분 뛰어난 마나 호흡법은 가문에서 대대로 전해지거나, 귀족이 아니라면 가족, 혹은 지인들에게 전파된다.

절대 모르는 이들한테 알려주지 않는 것이 마나 호흡법이었다.

마나는 깨달음과 함께 강해지는 데 있어 가장 중요한 부분을 차지하고 있기에.

"모두가 모이면 알려드릴게요."

"그래, 알았어. 아우, 예뻐!"

"으읍!"

쪼오옥!

시드는 흰자위가 한가득 보일 만큼 눈이 커졌다. 그것은 메리아나 샤인도 다르지 않았다.

스피네가 기습 뽀뽀를 했기 때문이다.

메리아처럼 볼이 아닌 입술에.

"히히, 예뻐서 주는 상이야. 더한 것을 원한다면 언제든지 말해. 아홍. 일단 도망쳐야겠지?"

혀를 날름거리며 농을 건네던 스피네는 사방에서 느껴지는 두 소녀의 살기에 황급히 자리를 떠났다.

"히유? 히유!"

쪼옥!

"샤, 샤인……."

"히유! 히히!"

얼굴이 빨개진 채 멍하니 있던 시드는 이제 정신이 혼미할 정도였다.

스피네가 한 것을 하고 싶어서였는지, 갑자기 샤인도 따라서 입을 맞췄다. 그 광경을 지켜본 메리아는 입이 쩍 벌어져 있었다.

그런 다음 샤인 역시 스피네를 따라 달아났고, 어깨를 흔드는 손길에 시드는 정신을 차리며 고개를 옆으로 돌렸다.

그곳에는 화가 잔뜩 난 메리아가 서 있었는데 소리를 빽 지르더니 돌아서 가버렸다.

"오빠, 바보!"

"……."

정말 억울한 시드였다.

"체, 내가 도대체 뭘 잘못했냐고!"

소심함의 대명사라는 것을 알려주듯 시드는 지붕 위에 올라와 혼자 계속 투덜거렸다.

갑작스러운 기습에 당한 것이 자신의 잘못도 아니지 않은가!

그리고 메리아는 여자 친구도 아니면서.

아무리 다른 여자들에게 오빠를 빼앗기는 게 싫다 할지라도 말이다.

"아아, 여기에 계셨군요!"

등 뒤에서 낯익은 목소리가 들리자 시드는 인상을 여전히 찡그린 채 고개를 돌렸다. 우드였다.

"하, 하하! 기분이 안 좋아 보이십니다?"

"너는 좋아 보인다?"

"아우, 어제 스피네가 얼마나 즐겁게 해주시던지."

우드의 얼굴은 잘생긴 편이었기에 스피네라면 충분히 그럴 수 있었다. 다른 남자랑 농도 깊은 스킨십을 할지라도 벨트라가 신경 쓸 사람도 아니었고.

"그건 그렇고, 말 놓으라니깐. 다른 사람이 들을 수 있다."

"그, 그래도 되나?"

"그래. 둘이 있을 때도 마찬가지야."

"알겠어. 그런데 이것 좀 풀면 안 될까?"

우드가 손가락으로 가슴을 가리켰다. 시드는 실소와 함께 고개를 저었다.

"미안하지만 난 누구도 믿지 않는다."

거짓말이었다. 믿지 않으려 하지만 메리아를 비롯해 몇은 믿고 있었다.

"안 도망친대도 그러네."

"같은 말 또 하게 하지 말자?"

시드에게서 얼핏 살기가 새어 나오자 우드는 황급히 입을 다물었다. 시드는 우드의 가슴을 바라봤다.

어제 협상이 성립되면서 마나를 집어넣었다.

우드라면 언제든지 도망칠 수 있기에 자유를 주기 위한 보험이었다.

만약 도망을 친다면 그의 심장에 넣어둔 마나를 폭발시킬 수 있다. 그러면 우드는 꼼짝없이 죽음을 맞이한다.

다만 마법사가 아니었기에 오랜 시간이나 영구적으로 걸 수는 없었다.

그래서 하루에 한 번은 새로 작업을 해야 했다.

"기왕 말 나온 김에 이리 와라."

시드의 얘기에 우드의 얼굴이 살짝 찌푸려졌다.

어제 당해봤지만 느낌이 좋지 않은 탓이다. 다만 잠깐일 뿐, 집어넣을 때를 제외하고는 괜찮았다.

"네, 알겠습니다. 누구의 말씀인데……."

우드가 체념한 표정으로 가슴을 내밀었다. 시드는 라탈 급의 힘을 끌어올려 마나를 집어넣었다.

이 기술을 걸기 위해서는 최소 라탈 급의 마나가 필요한 탓이다.

"아참, 메리아가 단단히 화나 있던데?"

작업이 끝나고 우드가 말하자 시드는 쓰게 웃었다.

"나한테 와서 막 털어놓더라고."

"뭐라고 하던데?"

"몰라. 무슨 일인지는 말하지 않았는데… 네가 밉다고. 그리고 스피네랑 샤인도 싫다고. 더불어 너 어릴 때 어땠냐고 물었어. 지금처럼 문란했냐면서……."

"커억! 문란?"

시드는 두통이 치밀어오는 이마를 부여잡았다.

자신이 이 여자, 저 여자한테 뽀뽀를 한 것도 아닌데 문란하다는 소리를 들을 줄이야.

전생, 현생 통틀어서 아직도 순결을 간직하고 있는 사람한테.

"무슨 일이야?"

"별일 아냐. 그냥 일이 조금 있었어."

"흐음."

우드는 더 이상 캐묻지 않았다.

만난 시간은 짧았지만 벌써 시드의 더러운 성격을 간파한 것이다. 대답하지 않을 때 자꾸 캐묻다가는 맞는다.

곱게 사는 방법을 잘 아는 우드였다.

"오랜만이구나."

작업을 끝내고 여관으로 돌아가 메리아의 기분을 달래준 시드는 다시 밖으로 나왔다.

목적지에 도착한 지금 시드의 눈앞에는 거대한 저택이 있었다. 바로 자신의 아버지인 세이드 웰 백작의 집이었다.

'다른 누군가의 소유가 됐겠지.'

그날 이후 그의 남은 재산은 모두 빚쟁이들로 인해 처리가 됐다. 그것으로도 부족해 수배가 내려졌지만 아직 찾지는 못했다.

'다들 잘 계시려나.'

저택을 바라보는 시드의 눈동자에 슬픔이 새겨졌다. 그리폰과 함께 다시 백작가를 찾았을 때 그가 말했었다.

꼭 부모님들을 찾아달라고.

매일 들었던 말이지만 저택을 코앞에 두고 들으니 뭔가 와닿는 것이 컸다. 그것은 그리폰 역시 마찬가지인 듯했다.

그는 한참 동안 저택에서 눈을 떼지 못했다.

시드야 3일밖에 살지 않은 곳이지만 그리폰에게는 자신과 소중한 모두가 함께 살아 숨 쉬던 소중한 장소였다.

"언젠가는……."

필히 살아 있는 한 만날 수 있을 것이다. 아니, 꼭 만난다. 부모님이 죽었을 리가 없다.

그때 이 저택도 손안에 넣고 말 것이다.

빚은 모두 청산하고 과거처럼 저 저택 안에서 화목하게 살 수 있도록 해내고 만다.

'그전에 네가 먼저겠지만.'

시드는 리스네를 떠올렸다.

그녀가 살아 있고, 그녀에게 복수를 하는 일이 그 무엇보다 우선이었다. 만약 그렇지 않는다면 오히려 더 큰 화를 입을 수가 있었다.

시드는 주먹을 불끈 쥐었다.

여러 가지 감정이 심장 속에서 회오리치며 울부짖었다.

아직, 아직…….

시드는 증오란 갈증에 허덕이는 스스로를 달랬다. 당장 모든 것을 다 이뤄내고 싶지만 참아야 한다.

확실하게 승리할 수 있고, 누구의 눈치도 살피지 않으며 당당하게 부모님을 찾을 수 있을 때까지.

그때까지는 이를 악물고 입술에서 피가 새어 나와도 삼키며 참고 참아야했다. 그렇지 않으면 쓸데없는 죽음만 불렀다.

시드는 한참이나 저택을 눈에 담았다.

마르트에 가면 언제 다시 돌아올 수 있을지 알 수 없었다.

그렇기에 어디서도, 시간이 얼마나 흐르더라도 잊지 않도록 꼭꼭 새겨뒀다.

그리고 날이 저물기 시작해서야 천천히 신형을 돌리며 씁쓸하게 웃었다.

오늘은 감정에 이끌려 시간을 많이 낭비했다. 차라리 이 시간에 마나 호흡법을 조금이라도 더 해야 했다.

그래야 바라는 것들의 시간을 앞당길 수 있다.

찰싹! 찰싹!

시드는 손바닥으로 뺨을 세차게 때렸다.

툭 건들기만 해도 울 것 같던 표정이 어느새 평소의 그처럼 환해졌다.

'웃자. 웃자. 눈물은 모든 것을 이루고 나서 흘려도 늦지 않다. 그때까지는 이렇게 웃으며 전진하자. 뒤돌아보지도 말고 슬픔에 잠기지 말고, 아무리 상처투성이가 돼도 아파하지 말고, 이렇게, 이렇게 앞만 보며 전진하자.'

시드는 발걸음을 움직였다. 애써 입가에 미소를 지은 채.

CHAPTER 09
덫

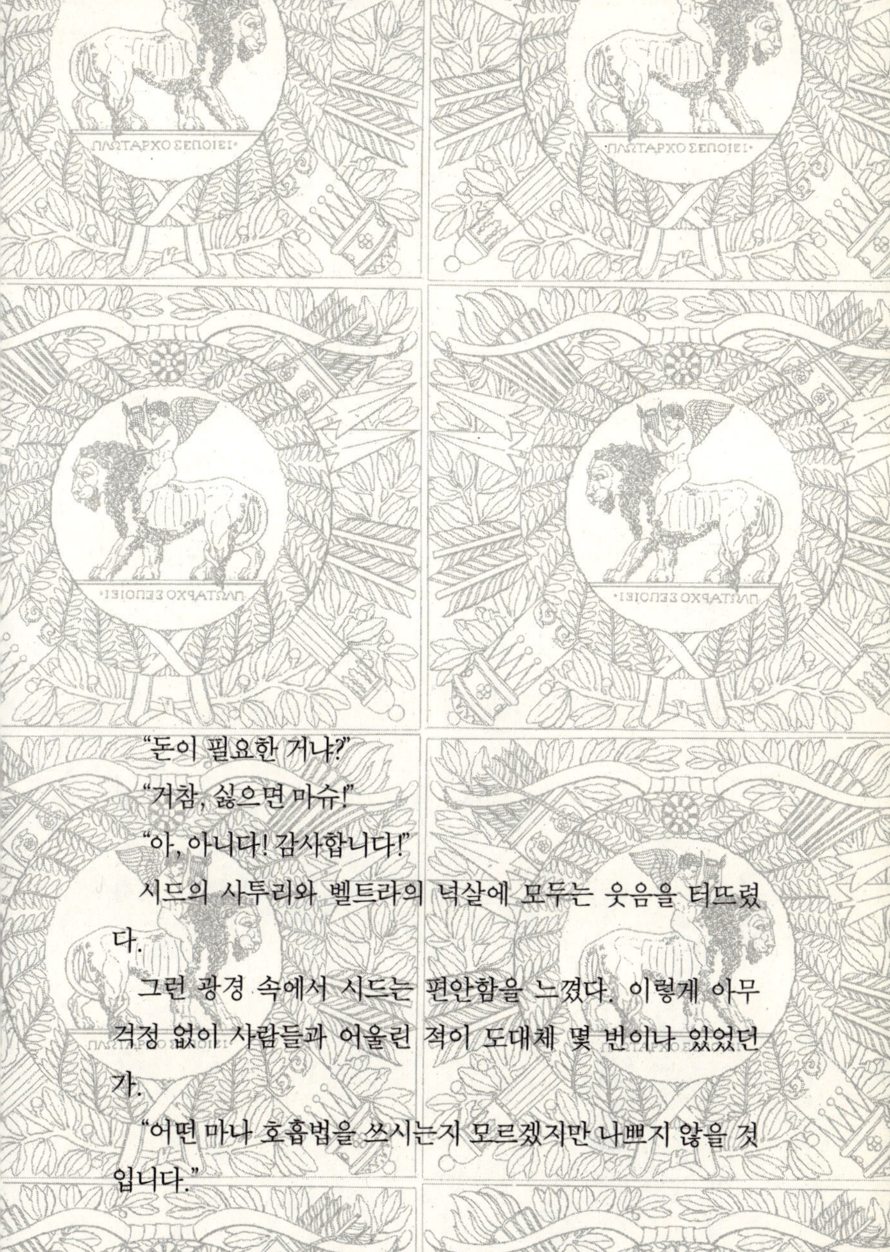

"돈이 필요한 거냐?"

"거참, 싫으면 마슈!"

"아, 아니다! 감사합니다!"

시드의 사투리와 벨트라의 넉살에 모두는 웃음을 터뜨렸다.

그런 광경 속에서 시드는 편안함을 느꼈다. 이렇게 아무 걱정 없이 사람들과 어울린 적이 도대체 몇 번이나 있었던가.

"어떤 마나 호흡법을 쓰시는지 모르겠지만 나쁘지 않을 것입니다."

“나쁘기는, 우리는 정말 고마울 뿐이다.”

“그렇다네. 마나 호흡법은 쉽게 알려주는 것이 아닌데
도…….”

“여러분에게는 괜찮습니다.”

대답을 하던 벨트라나 카네를 비롯한 시멘 용병단 모두가
따스한 눈길로 시드를 쳐다봤다.

목숨을 잃게 된 위기에서 만난 아이. 자신들 역시 같은 마
음이었다.

그렇기에 여행이라는 핑계도 있지만 이곳까지 따라온 것
이 아니겠는가.

이제 떨어지면 언제 만나게 될지 모르니…….

“단, 조건이 있습니다.”

“뭐든지 말해.”

평소 말을 아끼는 아이니조차 적극적으로 나서며 대답했
다.

더욱 뛰어난 마나 호흡법을 얻게 되고 높은 경지에 올라서
는 것! 그 일은 누구에게나 바람이자 목표였다.

“그 누구에게도 알려주시면 안 됩니다. 제가 전수해 주는
것은 여러분이지 다른 사람이 아니니까요.”

“후계자나 가족에게도?”

“아니요, 그들에게는 괜찮습니다.”

시드는 미소와 함께 대답했다.

그리폰 역시 후계자에게는 전수해도 된다고 했다.

그렇기에 시멘 용병단 역시 후계자한테는 알려줘도 된다고 생각했다. 그들만 알고 사라지기에는 아깝기도 했고 말이다.

“물론이지. 누가 알려주는 건데, 아무한테나 가르쳐 줄 수 없지. 꼭 후계자 단 한 명한테만 전수할게. 모두 동의?”

벨트라가 주도하며 외치자 다들 고개를 끄덕였다.

“알겠어요. 호흡법을 알려드리죠.”

“음, 그러면 시엘의 호흡법이 되는 건가?”

시드는 천천히 고개를 저었다.

“제가 다듬기는 했지만 처음부터 모든 것을 만든 것은 아닙니다. 제 스승님과 또 다른 누군가의 호흡법을 조화시키면서 안전성을 부여한 것밖에 없어요.”

“그래도 이름이 있어야 좋지. 마냥 호흡법이라 부르기도 그렇고.”

시드는 머리를 긁적이다 결국 벨트라의 의견을 따랐다.

“알겠습니다. 그러면 시드의 호흡법이라 하죠.”

“에? 시드? 그건 누군데?”

“오빠랑 이름이 비슷하다.”

“이유가 있습니다. 훗날 알려 드릴게요.”

시드의 말에 모두는 의아했지만 동의했다.

그가 아무런 의미 없이 이름을 지을 리가 없었다.

"그러면 이론부터 설명하죠."

시드는 물을 한 잔 마신 후, 시드의 호흡법을 알려주기 시작했다. 그런 다음 한 명씩 개인 지도를 했다.

이론으로만 익히고 혼자서 해보는 것보다, 직접 마나의 경로를 알려주는 게 익히는 입장에서 훨씬 도움이 되는 탓이다.

"노, 놀라워."

"마, 말도 안 돼. 나의 호흡법과는 비교가 되지 않아!"

"정말 고맙네. 어떻게 고마움을 표현해야 할지……."

30분 정도의 시간이 흘렀다.

개인 지도의 차례대로 스피네, 벨트라, 카네가 놀라며 감탄을 금치 않았다.

뛰어난 마나 호흡법은 아니었지만 나름대로 자부심을 가지고 있었다. 에트 급까지 올라올 수 있게 해준 호흡법이었으니.

한데, 지금 배우게 된 마나 호흡법은 차원이 달랐다.

현재까지의 호흡법의 상식을 뛰어넘는 수준! 에트 급과 라탈 급의 차이라고도 표현할 수 있었다.

아니, 지금 느끼는 벅차오름은 마탈 급이라 해도 무리가 없을 정도다.

"제 목숨을 구해주신 것만으로도 충분히 보답을 하셨습니다."

“그렇다 할지라도…….”

여전히 고마움이 마음을 휘젓던 카네는 시드의 진심 어린 눈동자를 보자 고개를 끄덕이며 손을 마주 잡았다.

그리고 시멘 용병단 모두의 뜻을 전했다.

“자네 역시 우리의 은인이네.”

‘돈을 부를 것을 그랬나.’

모든 전수를 마친 다음 시드는 왠지 모를 아까움이 들었지만 고개를 저었다.

자신의 목숨이 그리 하찮다는 말인가! 이 정도는 가르쳐 줄 수 있다.

아무리 메스토의 스텝을 알려주면서 목숨 값의 계산이 끝났다고 믿었어도 이 정도쯤은…….

‘그래, 나는 관대하다! 아, 이 자비로움은 여신조차 울 정도로구나!’

말도 안 되는 자화자찬 작렬!

“오빠, 왜 그래?”

시드가 갑작스럽게 머리카락을 쥐어짜다가 자신의 몸을 사랑스럽다는 듯 양팔로 끌어안으며 흐뭇하게 웃자, 메리아가 불안한 얼굴로 물었다.

“어? 아, 아냐.”

뒤늦게 모두가 자신을 미친놈 보듯 쳐다본다는 사실을 깨달은 시드는 다급히 정신을 차리며 손을 저었다.

그런 다음 샤인, 우드와 함께 자리에서 일어섰다.

이제 자신과 샤인이 수련할 차례였다. 더불어 우드 역시 강하게 만들어줄 계획이다. 그가 강해질수록 더 큰 도움이 될 테니.

다만 배신을 대비해 절대 자신을 넘어서지는 않게 하겠지만.

"수련하러 가……?"

"으응."

메리아가 버림받은 강아지처럼 슬픈 눈으로 바라보며 묻자 시드는 왠지 모르게 미안해졌다.

그녀에게도 마나 호흡법에 대해 전수해 줬기에 자신이 없어도 혼자 호흡을 할 수 있었다.

물론 다른 이들과 달리 완전 초보이기에 처음에는 길을 찾지 못하고 방황하겠지만 시멘 용병단이 곁에 있으니 걱정없었다.

하나 메리아의 눈동자를 보니 두고 갈 수 없었다.

"같이 갈래?"

"정말?"

시드는 메리아에게 손을 내밀었다.

어차피 같이 가도 위험한 일은 없었다. 대결을 할 때 떨어져 있으면 되고, 가까이 있는다 할지라도 우드에게 보호하라고 하면 됐다.

메리아는 그런 시드의 손을 꼭 잡으며 일어섰다.

"그러면 저희는 수련을 하고 올게요."

"그래. 우리도 오늘 밤새도록 호흡법을 하지 않을까 싶다."

"어머, 이러다 한동안 술까지 끊겠네?"

"그러게 말이네. 하하!"

벨트라의 말에 스피네가 농을 건네자 다들 동의하며 시원하게 웃었다.

용병들의 휴식이라고 하면 잠을 자거나 술을 마시며 노는 것이었다.

하지만 새로운 강함을 손에 쥔 그들은 더 이상 나태하게 지내지 않을 것이다. 분명 처음 힘을 얻었을 때처럼 수련에만 집중할 것이 분명했다.

"그러면 아침에 뵙도록 할게요."

"조심히 다녀오게나."

카네의 인사를 받으며 시드는 셋을 데리고 훈련 장소로 이동했다.

"우드, 너도 메리아의 곁에서 호흡법을 하고 있어."

"흠. 난 굳이 할 필요가 없는데……."

우드는 마나 호흡법을 배웠음에도 탐탁지 않아 했다.

오로라에게 수련이란 존재하지 않았다. 마나 호흡법이 없어도 오랜 시간을 살아가기 때문에 인간들보다 많은 양의 마나를 보유할 수 있었다.

그렇기에 나태하고 게으른 종족이었다. 처음부터 힘을 가지고 태어나는 초인족처럼.

"그럴까? 네가 만약 어릴 때부터 마나 호흡법을 했다면 세상 그 누구도 너를 이기지 못했겠지. 오로라 중에서도 가장 강할 테고. 그렇다면 지금처럼 잡힐 일도 없으며 또한 모든 암컷 오로라들에게 사랑을 받겠지. 네가 아무리 왜소하고 순식간에 끝난다 할지라도 말이야."

"그, 그렇군."

메리아, 샤인과 일정 거리를 떨어져 있음에도 시드는 귓속말로 말했다. 물론 강조할 부분에는 힘을 실어줬다.

그러자 우드의 주먹이 불끈 쥐어졌다.

이런 노예 생활을 하지 않아도 되고, 오로라들에게 남자로서 무시당하지 않아도 된다니!

오로라의 왕이 된다면 충분히 가능했다.

"그런데 지금부터 하면 늦지 않을까?"

"오로라의 수명이 어느 정도지?"

"300살이다."

"앞으로 50년. 그 정도만 해도 너는 오로라의 왕이 될 수 있다. 그때면 네 나이 200살. 한창이잖아!"

"그래, 우리 오로라에게는 200살부터가 인생의 시작이라는 말이 있어! 좋아, 나 열심히 하마!"

서로의 손을 마주 잡으며 힘차게 고개를 끄덕이는 시드와 우드.

우드가 열정적으로 메리아의 곁으로 돌아가자 시드는 만족스러운 미소를 지었다.

이제 우드 역시 앞으로 열심히 수련할 테고 강해질 것이다.

'얼른 얼른 성장해라. 더욱 부려줄 테니. 으하하!'

그런 시드의 속셈도 모른 채 오로라는 메리아와 손뼉까지 마주친 다음 함께 마나 호흡법을 시작했다.

"히유!"

우드가 돌아가자 샤인이 다가왔다.

샤인의 얼굴은 이전과는 달리 불만스러움이 가득했다.

마나 호흡법을 샤인에게만 전하지 않은 탓이었다.

"너는 그걸 배우지 않아도 충분히 강해. 단, 네가 지금의 힘을 조절할 수 있으면 그때는 꼭 가르쳐 줄게."

시드가 머리를 쓰다듬어 주며 자상하게 말하자 샤인의 표정이 조금은 밝아졌다.

"우리도 시작해야지?"

"히유! 히유!"

시드가 몸을 풀었다. 동시에 샤인의 모습이 변했다.

다음날 오후.

벨트라와 시드가 싱글벙글한 얼굴로 항구에 도착했다. 쟈칸의 배 두 대를 드디어 팔아치우면서 거액을 손에 쥐게 된 것이다.

물론 그 돈의 대부분은 시드의 몫이었다. 시드가 말하기도 전에 벨트라가 최소의 경비를 제외하고는 시드에게 건넸다.

마나 호흡법이 아니더라도 원래 그럴 생각이었으며, 돈을 사랑하는 시드를 위한 시멘 용병단의 보답이었다.

물론 시드는 굴러들어 온 복을 걷어차지 않았다.

"하아, 아카리에 언제 다시 오려나. 축제도 즐기지 못하고 가네."

"축제요?"

스피네가 기지개를 켜며 아쉬운 듯 말하자 메리아가 고개를 들며 물었다.

"응. 삼 일 뒤면 축제가 시작돼. 매년 하는 건데 며칠 전부터 볼거리가 많아졌지. 물론 이 항구에서는 거리가 좀 멀지만."

"그렇구나. 그러면 우리 내년에 꼭 같이 와요!"

"그럴까? 으훗. 시엘만 좋다면 우리도 언제나 환영이지."

"그래, 다음에 꼭 다시 오자."

시드는 기특하다는 시선으로 메리아를 쳐다보며 말했다.

고아원에서 자라 축제를 한 번도 가보지 못한 메리아였다. 그렇기에 가고 싶어 안달이 났을 것이다.

하나 자신과 모두의 시간을 위해서 티내지 않고 다음을 기약했다.

삐이익!

그때 기둥에서 신호음이 커다랗게 울렸다. 배 도착 시간이 머지않았다는 사실을 알리는 마법 기둥이었다.

"다 챙겼죠?"

시드는 벨트라와 꼼꼼하게 준비해 온 것들을 확인했다.

스파인까지는 10일 정도 걸리기에 음식과 마실 물 등이 충분히 필요했다.

이전이라면 아이니가 요리를 못하도록 충분하다 못해 과한 양을 사려고 했겠지만, 이제는 샤인이 있어 그럴 필요가 없어졌다.

"응, 완벽해."

벨트라가 엄지손가락을 치켜세우며 걱정을 덜어줬고, 시드는 문득 고개를 돌려 옆을 쳐다봤다.

조금 전에 도착한 배에서 사람들이 내리고 있었다.

그런데 시드의 얼굴이 눈에 띄게 변했다.

"시엘?"

"오빠, 왜 그래?"

그런 시드를 발견한 스피네와 메리아가 동시에 의문을 표했다. 하지만 시드의 귀에는 아무런 말도 들리지 않았다.

오로지 자신의 두 눈동자에 모든 신경이 집중돼 있었다.

두 눈을 비볐다. 머리도 세차게 저었다. 뺨도 때렸다. 그리
고 다시 쳐다봤다.

시드의 온몸이 떨리기 시작했다. 눈가가 붉게 물들어갔다.
호흡이 거칠어졌다.

"자, 잠깐만."

그 말과 함께 시드가 인파 사이로 들어가자 모두는 당황스
러웠다. 이때까지 한 번도 본 적이 없는 모습이었다.

"기다려 보자꾸나."

결국 벨트라가 걱정을 이기지 못하며 시드의 뒤를 따라가
려고 하자, 카네가 그의 손목을 붙잡으며 고개를 저었다.

"하지만……."

"시엘은 걱정하지 않아도 될 아이이지 않은가."

결국 벨트라는 뜻을 굽히며 자리에 멈춰 섰다.

걱정하는 것은 모두가 같다. 아니, 오히려 메리아와 샤인의
불안감이 더욱 클지도 모른다. 그런데 시드를 믿기에 걱정을
꾹 눌러 참으며 기다리는 것이다.

벨트라는 숨을 크게 털어냈다.

그리고 메리아와 샤인의 작은 손을 잡아주며 활짝 웃었다.
그때서야 둘 역시 겨우 미소를 머금을 수 있었다.

'어디지? 어디야?

주변을 두리번거리며 시드는 누군가를 급하게 찾았다.

분명하다. 틀림없다. 몇 번을 곱씹어도 자신의 아버지인

세이드였다.

15년의 시간이 흘렀지만 한 번에 알아볼 수 있었다. 잊지 않기 위해 수없이 머릿속에서 되새기던 얼굴이었으니…….

"저, 저기요!"

몇 분이나 찾아다닌 끝에 시드는 그를 다시 발견하고 소리 쳤다.

처음에는 돌아보지 않았다. 아마 자신을 부르는 것이라 생각하지 못한 것 같았다. 그러나 뒤를 따라가며 몇 번을 더 부르자 고개를 돌렸다.

시드는 눈물이 날 것 같은 기쁜 감정을 느끼며 그를 쳐다봤다.

"나 말이냐?"

'맞아, 아버지의 목소리다. 아버지의 얼굴이다.

시드는 고개를 푸욱 숙였다.

부모님에게 애정이 없다고 판단했다.

뱃속에 있을 때부터 의식이 있어, 10개월 동안 둘의 목소리를 듣고 사랑을 느꼈지만 태어나서 함께한 것은 단지 3일뿐이었다.

그런데 직접 만나보니 알 수 있었다. 왜 물보다 피가 진하다고 하는지를.

주체하기 힘든 육체가, 수많은 감정이 휘몰아치는 심장이 그 증거였다.

“저예요…….”

시드는 차마 고개를 들지 못한 채 말했다. 눈을 마주쳤다가는 맺힌 눈물이 흐를 것 같았다.

“저라니?”

못 알아보는 것이 당연했다. 갓난아기 때의 모습만 봤으니 말이다. 하나 이름을 대면 기억할 것이다.

자신이 그랬던 것처럼 부모님 역시 잊지 못했을 테니.

“저… 시드예요.”

떨리는 입술로 자신의 이름을 말한 시드는 곧이어 들릴 반응을 떠올렸다.

놀라는 아버지의 모습, 기뻐하는 아버지의 모습, 눈물을 흘리는 아버지의 모습, 미안해하는 아버지의 모습…….

수많은 반응이 머릿속에서 춤을 추고 뛰어놀았다. 한데 정작 현실은 전혀 예상 밖이었다.

“시드? 그게 누구지? 사람을 잘못 본 것 같구나.”

시드는 잠시 아무런 대꾸도 할 수 없었다. 처음 그를 봤을 때 눈을 의심했던 것처럼 이번에는 귀가 잘못 들은 것이 아닐까 의심했다.

그렇지만 눈앞에 있는 중년인은 정말 모르겠다는 표정이었다.

“시, 시드라고요. 성함이 세이드가 아니신가요?”

“세이드? 그 역시 처음 듣는데?”

“하, 하하…….”

시드는 저도 모르게 웃음을 터뜨렸다. 어이가 없어서인지, 아니면 슬퍼서인지는 알 수 없지만 막연하게 웃음이 새어 나왔다.

“정말 모르시겠어요?”

“나는 그런 사람들 모른단다. 미안하구나. 그러면 이만 가마.”

“잠깐, 아니에요. 알겠어요. 제가 사람을 잘못 본 것 같아요. 죄송합니다.”

순간적으로 그를 붙잡았던 시드는 곧 고개를 숙이며 말했다.

그래, 잘못 본 것이다. 아버지일 리가 없다. 이곳 아카리에 아버지가 올 일이 없지 않은가. 훈장처럼 여기던 이마에 상처도 없다.

처음에는 바뀐 머리카락 색이나 사라진 상처가 정체를 감추기 위한 위장이라 확신했지만 시드는 물론 세이드라는 이름도 모른다고 했다.

장난을 치는 게 아닌 정말 진지한 표정으로 말이다.

단지 닮은 사람이다. 아니면 아버지라고 믿고 싶었던가.

‘그래, 나의 아버지가 아니다.’

시드는 힘없이 몸을 돌렸다. 멀리서 일행이 눈에 들어왔다. 하나 시드는 바로 다가가지 않았다.

참으려고 하는데, 이를 꽉 깨무는데 결국 눈에서 슬픔이 흘렀기 때문이다.

이때까지는 잘 참았는데, 이렇게까지 간절하지는 않은 것 같았는데 아버지와 어머니가 너무나 보고 싶었다.

"아빠!"

이제 열 살 정도가 됐을까?

붉은 머리카락과 눈동자를 가진 어린 소녀가 여관 방문이 열리자 환하게 웃으며 중년인의 품으로 달려들었다.

"오셨어요?"

그 뒤를 이어 허리까지 곱게 기른 갈색의 머리카락과 붉은 눈동자의 단아한 여인이 그를 반겼다.

"하루를 둘만 보내게 해서 미안하구려. 일이 밀리는 바람에."

"괜찮아요."

여인은 천사보다 자상한 미소로 남편의 미안함을 덜어줬다. 그 미소에 남자 역시 사랑스러운 눈길로 화답하며 짐을 바닥에 내려놨다.

"그런데 당신, 정말 괜찮소? 이전에는 아카리라고 하면 절대 싫다고 했었는데……."

"어쩌겠어요. 시에라가 친구에게 무슨 얘기를 들었는지 그토록 바라니. 그리고 이제는 괜찮아요."

"뭐, 이유가 뭔 상관이겠소. 축제를 즐기며 우리 세 식구 행복한 시간을 보내면 되는 것이니."

"그래요."

여인은 동의하며 가방에 짐을 정리했다.

이제 축제가 열리는 곳으로 이동해야 하는데 하루 동안 딸 아이인 시에라가 온통 난장판을 만들어놓은 탓이다.

"아참, 항구에서 이상한 청년을 만났소."

"이상한 청년이요?"

옷을 개키던 여인이 흥미로운 듯 고개를 돌렸다.

"갑자기 나를 부르더니 저예요 하는 것이 아니겠소."

"어머?"

"그러더니 자신의 이름을 대고 모르냐고 묻더이다."

"그래서요?"

중년인은 실소를 흘리며 어깨를 으쓱했다.

"처음 듣는 이름이어서 모른다고 했더니, 또 다른 이름을 대던데… 그 이름도 알지 못하는 것이었소."

"정말 이상한 사람이네요. 그런데 이름은 뭐래요?"

여인은 아무런 생각 없이 다시 가방을 정리하며 물었다.

"음, 뭐라고 했더라? 맞소. 시드와 세이드였소. 혹시 당신은 알고 있소?"

"네?"

투욱!

여인의 손에 들려 있던 옷가지가 바닥으로 떨어졌다.

"뭐, 뭐라고요?"

"왜 그러시오?"

"그 이름이 뭐라고요?"

"시, 시드와 세이드였소."

언제나 자상하고 온화하며 한 번도 가족은 물론 타인에게도 흐트러진 모습을 보이지 않던 아내의 갑작스러운 태도에 중년인은 지금의 상황을 도저히 믿을 수가 없었다.

"시드… 시드……. 어, 어디에 있어요, 그 청년? 어디에서 봤어요?"

"항구에서였소."

"알겠어요. 저 잠시만 다녀올게요."

"부인! 부인!"

"엄마, 왜 그래?"

그녀는 남편과 딸아이의 부름과 물음에도 대답하지 않고 다급히 달려 나갔다.

그런 그녀의 큰 눈에서는 굵직한 눈물방울이 떨어지고 있었다.

잊을 수 없는 이름. 꿈에서도 수없이 나타났던 아이. 그 누구보다 사랑해주고 싶었지만 품에서 떼어놓아야 할 수밖에 없었던 아이.

그토록 찾아 헤맸는데 드디어, 드디어 만나다니…….

"하아! 하아!"

항구에 도착한 여인은 터질 것 같은 숨을 진정시키며 주변
을 둘러봤다.

그러고 보니 어떻게 생겼는지도 물어보지 못했다는 사실
이 떠올랐지만 이제 와 다시 돌아갈 수는 없었다.

"시드! 시드!"

그녀는 결국 소리쳐 시드를 찾았다.

분명 아직 항구에 있다면 자신의 이름을 듣고 올 것이다.

하지만 목이 터져라 수십 분 동안 외쳐도 그 어떤 이도 찾
아오지 않았다.

"응? 뭐지?"

배가 출발하고 얼마 지나지 않아 시드는 항구를 향해 고개
를 돌렸다.

마치 누군가가 자신을 부르는 듯한 기분이 들었다. 그러
나 이내 그럴 리 없다 생각하며 일행이 잡은 내실로 들어갔
다.

배는 총 60명이 탈 수 있는 규모로 4인실 두 개와 2인실 한
개, 10인실, 20인실로 이루어져 있었다.

그중에서 벨트라는 10인실을 잡았다.

아직 낯선 사람들을 싫어하는 샤인을 배려하기 위함도 있
었지만 조용한 공간에서 마나 호흡법에 집중하고 싶은 이유

가 더 컸다.

'다들 열심이군.'

30여 분 정도 홀로 시간을 보낸 뒤 안으로 들어온 시드는 우울함을 떨쳐 내며 모두를 바라봤다. 샤인을 제외하곤 다들 마나 호흡에 열중이었다.

"히유! 히유!"

너무 심심해서 잠이나 잘까 하던 샤인은 시드가 들어오자 자리에서 일어서며 기쁨을 표현했다. 그로 인해 모두는 하고 있던 마나 호흡법을 중지했다.

그렇다고 바로 눈을 뜨며 움직인 것은 아니다.

시드처럼 경지에 이르렀다면 모르겠지만 아직 수준이 낮은 이들은 갑작스럽게 호흡을 끊으면 안에서 마나가 뒤틀릴 수 있었다.

그래서 메리아와 우드가 가장 늦게 일어났다.

"밖에서 한참이나 뭐 했냐? 그리고 아까는 왜 그랬어?"

'어머! 멋지다, 우드!'

'역시 불알친구는 용감하구나! 이 벨트라도 꺼내지 못하는 질문을!'

하고 싶은 질문이었으나 차마 하지 못하고 있던 시멘 용병단이 속으로 응원을 보냈다. 하지만 속 시원한 답은 나오지 않았다.

"그냥… 누군가를 착각했어."

“누구?”

“…….”

시드의 이마에 핏줄이 돋았다. 보자 보자 하니까 끝없이 파고든다.

[말하면 네가 아냐? 어쭈, 웃어라.]

갑작스럽게 정신을 통해 시드의 목소리가 들리자 우드는 표정이 굳었다가 활짝 입을 찢었다.

[이, 이런 것도 할 줄 아셨습니까?]

두려운 후환과 함께 어느새 존댓말 모드로 돌변한 우드. 그에게 자존심 따위는 없다.

[라탈 급 수준에 오르면 배울 수 있지.]

그리폰이 과거 살수한테 배웠다면서 가르쳐 준 기술이었다.

[그다지 얘기하고 싶은 부분이 아니니 입 다물자.]

[누구 말씀이신데! 알겠습니다!]

“쟤들 뭐 하냐?”

지금의 상황이 어리둥절한 벨트라가 주위에 답을 구했다. 그러나 다른 이들도 모르기는 마찬가지였다.

분명 누구냐고 물었는데 둘 다 아무런 말 없이 마냥 웃고 있다. 마치 그게 대답이라도 되는 듯.

“우드, 뭐라고? 못 들었어. 다시 말해봐.”

시드가 정신이 아닌 입으로 말하며 연기를 했다. 그러자 우드 역시 손을 내저으며 맞받아쳤다.

"아니야. 아, 배고프다."

"그래? 그러면 밥 먹어야지."

주변 사람의 의견은 물어보지도 않은 채 뜬금없이 화제를
바꾸며 식사를 하기로 결정하는 둘.

몇 시간 뒤.

벨트라가 시드 몰래 우드한테 접근해 도대체 무슨 일이냐
고 물어봤지만 우드는 아무런 말 없이 깊은 한숨만 내쉴 뿐이
었다.

"하아, 날씨 좋다."

실내에서 나온 시드는 난간을 부여잡고 고개를 들어 하늘
을 쳐다봤다.

새하얀 구름이 둥실둥실 떠다니는 하늘은 맑았으며 태양
빛도 진하고 따스했다.

어느덧 6월을 앞두고 있기에 슬슬 더위가 느껴질 법도 했
지만 마탈 급의 육체가 된 이후에는 겨울이나 여름에 추위와
더위로 고생하지 않았다.

'이제 8일 정도 남았구나.'

아카리를 떠난 지 어느덧 이틀이 되었다.

그동안 일행은 아무런 일 없이 평온하게 시간을 보내고 있
었다.

대부분은 마나 호흡법에 열중이었고, 샤인은 심심하면 곧바로 자는 법을 터득했다.

굳이 사소한 문제가 있다면 다름 아닌 우드였다. 우드는 배를 탄 첫날부터 멀미를 하기 시작했다.

다른 이들은 당연한 일처럼 받아들였으나 시드는 의아했다. 매일 바다 안에서 살았던 오로라가 배를 탄다고 멀미를 하다니?

그러나 곧 의혹을 떨쳐 내며 그럴 수도 있다고 생각했다. 전생에서 비슷한 사례가 있었던 탓이다.

사람들은 매일 땅을 걸어 다닌다. 하지만 차를 타면 멀미를 하는 이들이 많다. 우드도 그와 다를 바 없었다.

"우우… 시드……."

뒤에서 다 죽어가는 목소리가 들리자 시드는 쓰게 웃으며 돌아봤다.

그곳에는 우드가 반 좀비가 되어 휘청거리며 다가오고 있었다.

그런 우드의 얼굴은 멍투성이였다. 아이니에게 두들겨 맞았기 때문이다.

아이니는 변함없이 자신의 요리를 만들었다. 먹는 사람은 이전처럼 샤인밖에 존재하지 않았다.

우드는 왜 안 먹느냐고 물어봤지만 다들 정확한 대답을 회피할 뿐이었다.

그러다 오늘 아침, 결국 호기심을 참지 못한 우드가 아이니의 요리를 한 숟가락 가득 떠서 입 안에 넣었다.

그리고 진심을 담아 반응했다.

"우웩! 뭐야? 몬스터도 먹고 어이없어하겠다!"

그 결과 아이니의 불꽃 따귀가 작렬했다.

정말 손바닥에 불꽃의 정령을 소환해 때렸다. 그것도 턱 잡고 수십 대를.

"아우, 죽겠다."

우드는 난간에 걸터앉으며 파란 바다를 내려다봤다. 확 뛰어들고 싶었다.

"저기… 나는 본신으로 돌아가서 뒤따라가면 안 될까?"

"멀미 때문에?"

"응. 이 배의 속도는 따라잡을 수 있고."

우드에게는 가장 현명한 결정이었다. 하나 시드의 입장에서는 아니었다.

"싫어."

"캑! 왜?"

"네가 멀미 안 하게 되잖아."

"……."

대놓고 사악한 발언. 절대 돌려서 말하지 않는다.

"뭐, 그 이유도 있기는 하지만 갑자기 네가 사라지면 다른 사람들이 이상해할 것 아냐. 저녁에는 돌아온다 할지라도 본신에서 모습을 바꾸면 알몸이고. 거기다 너 지금 꼬리도 없어서 헤엄을 잘 칠 수 있냐?"

"아, 꼬리!"

우드는 그때서야 중요한 사실을 기억해 냈다.

처음 만난 날 꼬리를 떼어줬다. 완벽하게 재생되기 위해서는 일주일이란 시간이 걸리기에 아직 헤엄을 치기에는 무리였다.

아니, 칠 수는 있다 할지라도 빠르게 움직이기 힘들었다.

"에휴, 어쩌다 내 인생이 이리 됐는지……."

앞으로 멀미로 고생할 것을 생각하니 우드는 한탄을 담아 말했다. 단 직접적으로 시드에게 '너 때문이야!' 라고는 하지 않았다.

아직 한창인 나이에 일찍 죽고 싶지 않았다.

"그런데 마르트에서 만날 사람은 누구야?"

강해지기 위해서 마르트에 간다는 얘기를 들었지만 자세히는 알지 못했다. 그러고 보니 시드는 누구에게도 직접적으로 알려준 적이 없었다.

"벨케."

"그게 누군데?"

"나도 몰라."

"엥? 어떻게 만나려고?"

우드는 기가 찼다. 막무가내도 이런 막무가내가 없었다.

　물론 마르트에도 인간이 소수 살지만 그들은 초인족에게
인정받은 이들이었다. 그들을 제외한 대다수 인간들한테는
좋은 감정을 가지고 있지 않았다.

　한데 안면이 있는 것도 아니고 생판 모르는 이를 찾아갈 줄
이야!

　"샤인도 있잖아. 그리고 우리 역시 인정받을 수 있고."

　"뭐, 그렇기는 하다만, 벨케라……. 그 비슷한 이름의 초인
족은 한 명 아는데 벨케는 모르겠네."

　"비슷한 이름?"

　"그래. 벨라케라는 초인족이 한 명 있었지."

　시드는 호기심에 우드의 얘기를 경청했다.

　"벨라케는 초인족임에도 스스로 수련을 즐겼고, 마탈 급에
올라갔지. 그러다 20년 전 어느 날 갑자기 자취를 감췄어. 당
시 벨라케는 마탈 급 중 가장 강한 마탈 급으로 꼽히기도 했
던 것 같다."

　"벨라케라……."

　시드는 벨케와 벨라케라는 두 이름을 되뇌었다.

　산 중턱에 위치한 작은 마을이었다.

　처음에는 세상에 지친 초인족들이 한 명, 두 명 산을 찾
아들어 왔다가 그 수가 늘어나자 마을을 이루게 된 것이었
다.

그 후, 마을은 오랜 시간 평화로움 속에서 존재했다.

"모, 몬스터다!"

하지만 정오의 어느 날.

일상을 위협하는 외침이 마을 주민에게 들려왔다.

땡땡땡!

마을 외곽에 위치한 종이 큰 소리로 울었다. 몬스터가 나타났으니 아이들은 집 안에 들어가 몸을 숨기고, 성인들은 맞서 싸울 준비를 하라는 것이었다.

"세 번이나 울리다니."

"조심해야겠군요."

수염을 길게 기른 마을 촌장의 얼굴에 걱정이 어렸다.

자신들은 초인족이었다. 모두가 초인족은 아니지만 7할 이상이었으며, 그들의 힘은 놀라웠다.

그러나 마르트 왕국에 기거하는 몬스터들 역시 다른 왕국의 몬스터들보다 뛰어났다.

특히 다크 몬스터들이 유독 많았으며, 지능도 뛰어났다.

"다크 오크 서른 마리에 다크 오우거 열 마리입니다! 거기다 다크 푸라치도 다섯 마리 있습니다!"

상황을 보고 받은 촌장은 미간을 찌푸렸다.

푸라치는 오우거조차 잡아먹는다고 알려진 몬스터였다. 서식 조건 때문인지 다른 왕국에는 존재하지 않고 오로지 마르트에만 사는 폭식자였다.

그런 푸라치가 다크 모드였다.

다크 푸라치의 경우는 에트 급의 힘을 가진 초인족이라 할지라도 일대일 싸움은 무리였다.

"그를 불러와라."

결국 초인족은 누군가를 떠올렸다.

웬만해서는 그가 혼자 있는 시간을 방해하고 싶지 않지만 어쩔 수 없었다.

싸운다면 이길 수는 있다. 단, 희생을 감수해야 했다. 하나 그가 싸운다면 어떤 희생도 없이 일을 끝낼 수 있었다.

"알겠습니다!"

상황을 알린 마을 청년은 그가 누구인지를 깨달으며 다급히 달려나갔다.

잠시 후, 마을에는 거친 머리칼을 허리까지 기른 한 남자가 나타났다.

푸우욱!

"키에엑! 주, 죽여라!"

한 마리의 다크 푸라치가 비명과 함께 외쳤다. 그런 푸라치의 몸은 순식간에 양분되어 허공에 피를 뿌리며 바닥으로 떨어졌다.

마지막 외침이 된 것이다.

"아아, 이놈의 다크들. 말도 잘하네."

남자는 길게 하품을 하며 기다란 검을 지면에 꽂았다.

콰콰콱!

마나가 검을 타고 내려가 지면에 도달하자 땅이 솟구치며 다크 오크 다섯 마리를 집어삼켰다.

호흡하나 흐트러지지 않는 압도적인 힘이었다.

"얼른, 얼른 덤벼라! 이래 봬도 바쁜 몸이거든."

남자가 씨익 웃었다. 새하얀 이가 드러났다. 동시에 몬스터들 사이로 순식간에 파고들었다.

푸지직!

거대한 근육과 단단한 피부를 자랑하는 오우거!

그 오우거보다 몇 배는 세고 더욱 단단하다고 알려진 다크 오우거의 허리가 단칼에 두 동강 났다.

"흐으, 짜릿하구나!"

짙은 피비린내가 남자의 코를 자극했다.

과거 전장에서 수없이 맡아본 향기였다.

"한 번에 끝내자."

남자가 정가운데에 나타나자 몬스터들은 기회를 노리며 한꺼번에 달려들었다.

"하아압!"

그 순간 남자가 검에 마나를 집중시키며 폭발시키자, 그의 검에서 눈을 뜰 수 없는 마나의 빛이 숲을 뒤덮었다.

"후아아!"

몬스터들을 모두 처리한 남자는 재차 하품을 하며 느릿느

릿 걸음을 옮겼다.

그가 도착한 곳은 마을 뒤편에 위치한 계곡이었는데, 그가 하루의 대부분을 보내는 곳이었다.

소중하면서도 가슴을 메이게 하는 사랑하는 사람이 잠들어 있는 곳.

그는 그날 이후 한시도 이 계곡을 벗어나려고 하지 않았다.

"요즘은 참 따분하다. 뭐, 이제는 익숙해졌지만."

아무도 없지만 그는 혼잣말로 중얼거렸다. 폭포 소리가 대답을 하는 것 같았다.

"아아, 그 녀석 같은 놈 하나 더 안 오나? 그놈이 있을 때는 나름 재미있었는데 말이야. 이곳에서 벗어나지 않아도 되고, 몬스터들도 대신 치워주고."

남자는 누군가를 떠올렸다.

자신에게 패배하자 가르쳐 달라고 사정하던 청년.

처음에는 거절했지만 그의 끈질김에 결국 수락했고 테스트를 거쳤다.

수련을 핑계로 한 구타가 그 시작이었다. 한데, 놀랍게도 한 달이라는 시간 동안 제대로 가르쳐 주지도 않고 구타와 온갖 심부름만을 시켰는데도 떠나지 않았다.

나이에 비해 실력이 꽤 있던 인간인 그가 자신이 농락당하고 있다는 사실을 모르고 있지 않았을 텐데 말이다.

그 후부터 그를 다시 보게 되면서 제대로 가르치기 시작했다.

"그놈 이름이 뭐였지?"

남자가 달콤한 과즙이 듬뿍 흐르는 과일을 한 입 베어 물며 기억을 더듬었다.

오래전 일이라 쉽게 떠오르지 않았다.

"아, 그렇지. 그리폰이었어."

삐이익!

신호음이 들렸다. 스파인 항구가 머지않았다는 뜻이다.

'이제 마지막 왕국이다.'

배를 탄 지 어느덧 10일.

시드는 멀리 보이는 항구를 바라보며 차가운 공기를 깊게 들이마시고 흥분되는 가슴을 진정시켰다.

'과연 어떤 날이 펼쳐질 것인가.'

위험 속에서 리샤르를 벗어난 게 엊그제 같은데 어느덧 스파인이었다. 남은 일은 스파인에서 마르트를 향한 배를 타는 것뿐.

물론 곧바로 헤어지기에는 아쉬우니 하루는 스파인에서 다 같이 맘먹고 신나게 놀기로 했기에 내일이 되어야 배를 타겠지만 마지막이란 사실은 변함없었다.

"후아! 드디어 스파인에 도착했구나."

벨트라가 가장 먼저 배에서 내리며 여러 가지 생각이 담긴 얼굴로 말했다.

그런 벨트라의 표정에는 쓸쓸함도 묻어 있었다.

마음 같아서는 마르트까지 같이 가주고 싶었다. 용병들 역시 같은 생각이었다.

하지만 그것만큼은 시드가 절대로 허락하지 않았다.

'일단 한동안은 이곳에서 일을 하자. 시엘이 돌아오는 것이 늦어지면 리샤르로 다시 돌아가든 결정하고.'

"아후, 옷이나 하나 사야겠어. 치마가 더러워졌어."

"하하, 스피네. 자네는 안 그래도 옷이 많지 않은가?"

"치이! 카네 아저씨가 젊은 여자의 마음을 모르시는 거예요!"

"그런가? 후후."

스피네가 토라지며 대답하자 카네는 웃음을 터뜨렸다.

"아, 한숨 자고 싶어. 헤헤. 그래도 오늘은 신나게 놀 거야."

"그래. 오빠도 오늘 하루만큼은 수련을 하지 않을게."

"진짜지? 약속했다?"

배에서 내린 메리아가 손가락을 내밀자 시드는 마주 손가락을 걸고 약속했다.

이런 날에도 수련을 한다고 모두를 섭섭하게 만들 수는 없었다.

"우, 드디어 해방이다!"

마지막으로 내린 우드가 팔을 힘껏 펼치며 소리를 질렀다.
그는 10일 동안의 멀미로 몰골이 말이 아니었다.
"그러면 일단 여관부터 잡도……."
모두가 한자리에 모이고 시드가 말을 꺼내는 참이었다.
시드의 얼굴이 갑작스럽게 굳으며 다급히 고개를 돌렸다.
모두는 그런 시드의 시선을 따라 한곳을 쳐다봤다.
그와 함께 샤인과 메리아, 벨트라 역시 표정이 가라앉았다.
'어떻게 여기에…….'
시드는 당혹함을 감추지 못하며 등 뒤에 나타난 이들을 쳐
다봤다.
그곳에는 스로우와 페이리가 여럿의 사람들과 함께 서 있
었다.
"어머, 또 보네?"
페이리의 입가에 잔혹한 미소가 걸렸다.

『시드』 3권에 계속…

共同傳人
공동전인

설경구 新무협 판타지 소설

마교를 재건하라.

혈마옥에 갇히며 마교 장로들의 공동전인이 된 사무진에게 주어진 과제.
역사상 가장 착한 마교의 교주.
하지만 역사상 가장 강한 마교의 교주가 되고 싶다.

고정관념을 버려요.
마교도라고 해서 꼭 나쁜 놈일 필요는 없잖아요.

지금까지와는 다른 마교.
이제 사무진이 만들어가는 새로운 마교가 모습을 드러낸다.

歡喜密功

환희밀공

설봉 新무협 판타지 소설

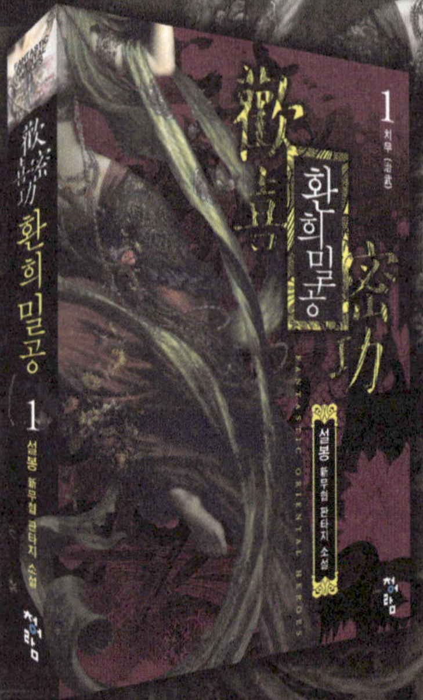

무유칠덕(武有七德), 금폭(禁暴), 집병(戢兵), 보대(保大),
정공(定功), 안민(安民), 화중(和衆), 풍재(豊財), 자야(者也).
〈좌전(左傳), 선공 십이년(宣公 十二年)〉

무에는 일곱 가지 덕이 있다.
첫째, 난폭을 금지한다. 둘째, 무기를 거두어들인다. 셋째, 큰 나라를 보전한다.
넷째, 공적을 정한다. 다섯째, 백성을 편안하게 한다. 여섯째, 대중을 화합하게 한다.
일곱째, 물자를 풍부하게 한다.

섬서성(陝西省) 육반산(六盤山)에 신력(神力)을 바탕으로
패공(覇功)을 구사하는 가문(家門), 육반루가(六盤婁家).
세상에게 외면받고 멸시당하는 환희교(歡喜敎).
육반루가의 후손과 환희교 교주의 운명적인 만남.

"넌 환희교를 지키는 수문장(守門將)이 될 거야.
강하게, 아주 강하게 키워주마."
'아버지처럼 죽지 않을 거야. 아무도 날 죽일 수 없어.
세상에서 최고로 강한 사람이 될 거야.'

유행이 아닌 자유추구 -
www.chungeoram.com
Book Publishing CHUNGEORAM